แบบฝึกหัดทักษะการอ่านภาษาจีน ระดับกลาง (ฉบับภาษาไทย)

華語文閱讀測驗

中級篇
ระดับกลาง

泰語版

ผู้เขียน รศ.ดร.หยาง ซิ่ว ฮุ่ย **楊琇惠**——著 Cristina Yang
ผู้แปล นายโอฬาร สุมนานุสรณ์ **林漢發**——譯 Olan Linhanfa

五南圖書出版公司 印行

序

　　在耕耘華語教材十二年之後的今天，終於有機會跨出英文版本，開始出版越語、泰語及印尼語三種新版本，以服務不同語系的學習者。此刻的心情，真是雀躍而歡欣，感覺努力終於有了些成果。

　　這次之所以能同時出版三個東南亞語系的版本，除了要感謝夏淑賢主任、林漢發老師、劉文華老師（泰語）、李良珊老師（印尼語）及陳瑞祥雲老師（越南語）的翻譯外，最主要的，還是要感謝五南圖書出版社！五南帶著社企的精神，一心想要回饋社會，想要為臺灣做點事，所以才能促成此次的出版。五南的楊榮川董事長因為心疼許多嫁到臺灣的新住民以及東南亞語系的朋友，因為對臺灣語言、文化的不熟悉，導致適應困難，甚至自我封閉。有鑑於此，便思考當如何才能幫助來到寶島和我們一起生活，一起養兒育女的新住民以及東南亞語系的朋友，讓他們能早日融入這個地方，安心地在這裏生活，自在地與臺灣人溝通，甚至教導下一代關於中華文化的種種，思索再三，還是覺得必須從語言文化下手，是以不計成本地開闢了這個書系。

　　回想半年前，當五南的黃惠娟副總編跟筆者傳達這個消息時，內心實在是既興奮又激動，開心之餘，感覺有股暖流在心裡盪漾。是以當下，筆者便和副總編一同挑選了五本適合新住民以及東南亞語系的朋友的華語書籍，當中除了有基礎會話，中級會話的教學外，還有些著名的中國寓言，及實用有趣的成語專書，可以說從最基礎到高級都含括了。希望新住民以及東南亞語系的朋友能夠透過這個書系，來增進華語聽、說、讀、寫的能力，讓自己能順利地與中華文化接軌。

　　這是個充滿愛與關懷的書系，希望新住民及東南亞語系的朋友能感受到五南的用心，以及臺灣人的熱情。在研習這套書後，衷心期盼新住民以及東南亞語系的朋友能和我們一起愛上這個寶島，一同在這個島上築夢，並創造屬於自己的未來。

楊琇惠

民國一〇五年十一月十九日
於林口臺北新境

คำนำผู้เขียน

หลังจากที่มีการพัฒนาแบบเรียนภาษาจีนกว่า 12 ปี ในที่สุดก็สามารถก้าวข้ามฉบับภาษาอังกฤษ และเริ่มตีพิมพ์ในฉบับภาษาเวียดนาม ภาษาไทย และภาษาอินโดนิเซีย เพื่อตอบโจทย์ผู้เรียนภาษาต่างๆ จนถึงวันนี้ หลังจากความพยายามอย่างยาวนานจนสามารถตีพิมพ์ออกมาได้เป็นรูปธรรม ทำให้เรารู้สึกปลื้ม ปีติอย่างมาก

การจัดทำหนังสือชุดนี้ในฉบับภาษาเอเชียตะวันออกเฉียงใต้ 3 ภาษาครั้งนี้ ต้องขอขอบคุณ อาจารย์รพีพร เพ็ญเจริญกิจ อาจารย์โอฬาร สุมนานุสรณ์ อาจารย์ญาณินท์ ทัศนะบรรจง อาจารย์ Li Liang Shan และอาจารย์ Trần Thụy Tường Vân ที่ช่วยแปลหนังสือ สิ่งที่สำคัญกว่านั้น คือ ต้องขอบคุณสำนักพิมพ์ Wunan ที่คอยสนับสนุนและด้วยความต้องการที่จะสร้างประโยชน์ให้ กับสังคมไต้หวัน จึงสามารถสำเร็จลุล่วงเป็นอย่างดี โดยเฉพาะคุณหยางหย่งซวน ประธานบริษัท Wunan ที่ห่วงใยผู้ย้ายถิ่นฐานใหม่และชาวต่างชาติจากเอเชียตะวันออกเฉียงใต้ที่พำนักในไต้หวัน พวกเขาอาจไม่รู้จักภาษาและวัฒนธรรมไต้หวันดีนัก ปรับตัวค่อนข้างยาก บางคนถึงขั้นเก็บตัว ด้วยเหตุนี้ จึงเป็นที่มาของหนังสือชุดนี้ ที่จะช่วยเตรียมความพร้อมด้านภาษาและวัฒนธรรม เป็นเครื่องมือที่จะช่วยผู้ย้ายถิ่นฐานใหม่และชาวต่างชาติจากเอเชียตะวันออกเฉียงใต้สามารถดำรงชีวิตร่วม กันในสังคมไต้หวันอย่างเป็นสุข ทุกคนร่วมกันดูแลและเลี้ยงดูลูกหลานของพวกเขา และสามารถสื่อสารกับคนไต้หวันได้ รวมถึงการให้ความรู้ความเข้าใจต่อวัฒนธรรมจีน

นึกถึงเมื่อครึ่งปีก่อน ที่คุณหวง ฮุย เจวียน รองบรรณาธิการได้ติดต่อมาเพื่อจัดทำหนังสือชุดนี้ ในใจนั้นรู้สึกดีใจและตื่นเต้น ราวกับลมเย็นที่พัดผ่านเข้าในหัวใจ ในเวลานั้น ผู้เขียนกับรองบรรณาธิการได้ คัดสรรหนังสือจำนวน 5 เล่มที่เหมาะสมกับผู้ย้ายถิ่นฐานใหม่และชาวต่างชาติจากเอเชียตะวันออกเฉียงใต้ นอกจากหนังสือการสนทนาพื้นฐานและระดับกลางแล้ว ยังมีหนังสือที่เกี่ยวกับสำนวนและสุภาษิตจีนอีกด้วย ดังนั้น จะเห็นว่าเนื้อหาครอบคลุมตั้งแต่ระดับพื้นฐานจนถึงระดับสูง หวังว่าเพื่อนๆ ผู้ย้ายถิ่นฐานใหม่และชาว ต่างชาติจากเอเชียตะวันออกเฉียงใต้จะใช้หนังสือเหล่านี้ พัฒนาทักษะการฟัง พูด อ่านและเขียนภาษาจีน ซึ่งจะช่วยให้สามารถเข้าถึงวัฒนธรรมจีนได้เป็นอย่างดี

หนังสือชุดนี้ที่เต็มเปี่ยมไปด้วยความรักและความห่วงใย หวังว่าผู้ย้ายถิ่นฐานใหม่และชาวต่างชาติ จากเอเชียตะวันออกเฉียงใต้จะสัมผัสได้ถึงความตั้งใจของสำนักพิมพ์ Wunan และความเป็นมิตรของ คนไต้หวัน หลังจากที่ท่านได้ศึกษาหนังสือชุดนี้แล้ว เราปรารถนาให้ทุกท่านมาร่วมกันหวงแหนเกาะแห่งนี้ ร่วมสร้างฝันและสร้างอนาคตของท่านไปด้วยกัน

รศ.ดร.หยาง ซิ่ว ฮุ่ย (Cristina Yang)

วันที่ 19 พฤษภาคม 2016

ณ ไทเปซินจิ้ง เขตหลินโขว

　　「華語文能力測驗」為一種「外語／第二語言能力測驗」。主要的測驗對象為母語不是華語的各界人士。此測驗共分為基礎、初等、中等和高等四個等級。

　　作者依學生程度的高低及不同需求，擬計畫出版三本閱讀測驗。本書是專為學習華語中級生所設計的。

　　這是一本「實用、活潑、創新」為編寫宗旨的教材。祈使經由本書，不僅可供你參加華語文測驗，亦可成為學生自學、老師任教的好教材。

　　特點如下：

1. 內容：本書以學生在日常生活中可能遇到的生活情境，將課文分成表格、對話、短文等三大篇。

   (1) 表格篇，包括臺灣高鐵時刻表、門診時間表、飯店房間價目表、夜市地圖、藥袋……等10篇。

   (2) 對話篇，包括買東西、朋友聊天、搭捷運、蜜月旅行、失眠、約會……等10篇。

   (3) 短文篇，包括消夜、父親節的由來、數字「四」、有幾桶水、不能說的祕密、臺灣的小吃、月餅……等30篇。

   試圖以多元的生活情境內容，貼近及增進學生的閱讀能力。篇篇精彩，篇篇實用！

2. 編排：每課內文是以課文、問題練習及單字的順序呈現。會將單字放在最後，是為了能讓學生在課後能進行自我測驗。

คำนำสำนักพิมพ์

Test Of Chinese as a Foreign Language (TOCFL) เป็นการทดสอบระดับภาษาจีนในฐานะ ภาษาต่างประเทศ หรือภาษาที่ 2 กลุ่มเป้าหมายเป็นบุคคลที่ไม่ใช้ภาษาจีนเป็นภาษาแม่ การสอบวัดระดับภาษาจีน (TOCFL) แบ่งเป็น 4 ระดับ ได้แก่ ระดับพื้นฐาน ระดับต้น ระดับกลาง และระดับสูง

ผู้เขียนได้แบ่งตำราชุดนี้เป็น 3 เล่ม โดยแบ่งจากระดับความยากง่ายของผู้เรียน โดยหนังสือเล่มนี้เหมาะสำหรับผู้เรียนภาษาจีนระดับกลาง

หนังสือเล่มนี้เป็นตำราที่ออกแบบภายใต้แนวคิด "ใช้งานได้จริง เนื้อหาสนุกสนาน และสร้างสรรค์" ดังนั้น เล่มนี้จึงไม่เพียงใช้สำหรับเตรียมสอบวัดระดับภาษาจีน ทั้งยังสามารถใช้เป็นแบบเรียนที่ผู้เรียนไว้เรียนรู้ด้วยตัวเอง หรือครูผู้สอนไว้ใช้สอนภาษาจีนได้เช่นกัน

ลักษณะเด่นของตำราเล่มนี้ ประกอบด้วย

1. ด้านเนื้อหา เล่มนี้มีเนื้อหาที่เป็นเรื่องราวในชีวิตประจำวัน แบ่งบทเรียนเป็น 3 ส่วน ในรูปแบบ ตาราง บทสนทนา และบทความสั้น

   (1) เนื้อหาในส่วน "ตาราง" มี 10 บท ประกอบด้วย ตารางเวลารถไฟความเร็วสูง ตารางเปิดทำ การของคลินิก ตารางราคาห้องพักของโรงแรม แผ่นที่ตลาดกลางคืน ฉลากยา เป็นต้น

   (2) เนื้อหาในส่วน "บทสนทนา" มี 10 บท ประกอบด้วย การซื้อของ การสนทนาระหว่างเพื่อน การนั่งรถไฟ การท่องเที่ยว การนอนไม่หลับ การออกเดท เป็นต้น

   (3) เนื้อหาในส่วน "บทความสั้น" มี 30 บท ประกอบด้วย การกินอาหารมื้อดึก ที่มาของวันพ่อ เรื่องเล่าของเลข ๔ มีน้ำกี่ถัง ความลับที่พูดไม่ได้ ของทานเล่นไต้หวัน ขนมไหว้พระจันทร์ เป็นต้น เนื้อหาที่หลากหลายและใช้งานได้จริง จะเสริมสร้างให้ผู้เรียนสามารถพัฒนาทักษะการอ่านได้เร็วขึ้น

2. ด้านการจัดเรียงของบทเรียน ในแต่ละบทจะมีบทเรียน แบบทดสอบ และคำศัพท์ตามลำดับ โดยการจัด วางคำศัพท์ไว้ด้านหลังสุด เพื่อจะให้ผู้เรียนสามารถทบทวนและทดสอบหลังจากอ่านบทเรียนเสร็จแล้ว

CONTENTS

目錄

CONTENTS 目錄

目錄 CONTENTS

CONTENTS

目錄

單元一　表格

一. 臺灣 高鐵 時刻表
Táiwān gāotiě shíkèbiǎo

(一)表格
biǎogé

車次 Chēcì	臺北 Táiběi	板橋 Bǎnqiáo	桃園 Táoyuán	新竹 Xīnzhú	臺中 Táizhōng	嘉義 Jiāyì	臺南 Táinán	左營 Zuǒyíng
605	06:30	06:38	06:52	07:05	07:32	07:57	08:16	08:30
111	07:30	07:38			08:22			09:06
119	08:30	08:38			09:22			10:06
621	08:36	08:44	08:57	09:10	09:38	10:02	10:21	10:36
625	09:00	09:08	09:21	09:33	10:01	10:26	10:45	11:00
131	09:55	10:02			10:46			11:30
657	10:35	10:44	10:57	11:10	11:38	12:02	12:21	12:40
641	11:00	11:08	11:21	11:33	12:01	12:26	12:45	13:00

臺灣 高鐵 時刻表
Táiwān gāotiě shíkèbiǎo

(二)問題
wèntí

_____ 1. 什麼 是「南下」？
shénme shì nán xià
(A) 從北邊去南邊
(B) 南邊的下面
(C) 從南邊到北邊
(D) 臺南的下面

_____ 2. 「時刻表」不能 告訴你 什麼？
shíkèbiǎo bùnéng gàosù nǐ shénme
(A) 從臺北開車時間
(B) 從臺北到臺南需要多少錢
(C) 到高雄的時間
(D) 從臺北到高雄需要多少時間

_____ 3. 哪些 車次 經過 的 車站 最 少？
nǎxiē chēcì jīngguò de chēzhàn zuì shǎo
(A) 119、605、641
(B) 111、625、131
(C) 621、625、657
(D) 111、119、131

_____ 4. 車子不一定 會 經過 下面 哪個 車站？
chēzi bùyídìng huì jīngguò xiàmiàn nǎge chēzhàn
(A) 臺北
(B) 新竹
(C) 臺中
(D) 左營

_____ 5. 從 臺北 到 左營，哪一班 車 開得 最 慢？
cóng Táiběi dào Zuǒyíng nǎ yì bān chē kāi de zuì màn

(A) 605

(B) 625

(C) 641

(D) 657

_____ 6. 住 在 桃 園 的 亞當 想 去 找 臺中 的
zhù zài Táoyuán de Yàdāng xiǎng qù zhǎo Táizhōng de

夏娃。他 想 在 十 點 以前 到 臺中 高鐵
Xiàwá tā xiǎng zài shí diǎn yǐqián dào Táizhōng gāotiě

車 站，他 可以 坐 哪 些 車？
chēzhàn tā kěyǐ zuò nǎxiē chē

(A) 605、 621、111、119

(B) 605、621、625

(C) 605、621

(D) 621、625

_____ 7. 元 庭 在 臺北 的 高鐵 車 站。現 在 是 早
Yuántíng zài Táiběi de gāotiě chēzhàn xiànzài shì zǎo

上 八 點。如果 元 庭 想 在 早 上 九
shang bādiǎn rúguǒ Yuántíng xiǎng zài zǎoshang jiǔ

點 半 以前 到 達 臺中 高鐵 車 站，他 應
diǎn bàn yǐqián dàodá Táizhōng gāotiě chēzhàn tā yīng

該 坐 哪 一 班 車？
gāi zuò nǎ yì bān chē

(A) 111

(B) 119

(C) 621

(D) 625

_____ 8. 子捷 住 在 板 橋。他 禮拜六 中 午 12 點 要 去
Zǐjié zhùzài Bǎnqiáo tā lǐbàiliù zhōngwǔ diǎn yào qù

左 營 和 雨 萍 吃飯。他 想 早 一 個 小 時
Zuǒyíng hé Yǔpíng chīfàn tā xiǎng zǎo yíge xiǎoshí

到 左 營 高 鐵 車 站，他 應 該 坐 哪一 班 車?
dào Zuǒyíng gāotiě chēzhàn tā yīnggāi zuò nǎyì bān chē

(A) 119

(B) 621

(C) 625

(D) 131

(三) 生 詞
shēngcí

	生詞	漢語拼音	解釋
1	時刻表	shíkèbiǎo	ตารางเวลา (เดินรถ)
2	車次	chēcì	เลขขบวน
3	板橋	Bǎnqiáo	เมืองปั่นเฉียว
4	桃園	Táoyuán	เมืองเถาหยวน
5	新竹	Xīnzhú	เมืองซินจู๋
6	嘉義	Jiāyì	เมืองเจียอี้
7	左營	Zuǒyíng	สถานีจั่วอิ๋ง

二、門診時間表
ménzhěn shíjiān biǎo

(一)表格 biǎogé

健康醫院十月份門診時間表 Jiànkāng yīyuàn shíyuèfèn ménzhěn shíjiān biǎo

門診時間 ménzhěn shíjiān	星期一 xīngqí yī (3.10.17.24.31)		星期二 xīngqí èr (4.11.18.25)		星期三 xīngqí sān (5.12.19.26)		星期四 xīngqí sì (6.13.20.27)		星期五 xīngqí wǔ (7.14.21.28)	
	科別 kēbié	醫師 yīshī	科別 kēbié	醫師 yīshī	科別 kēbié	醫師 yīshī	科別 kēbié	醫師 yīshī	科別 kēbié	醫師 yīshī
上午 shàngwǔ 9:00－12:00	一般內科 yībān nèikē	王大明 Wáng Dàmíng	一般內科 yībān nèikē	王大明 Wáng Dàmíng	減肥門診 jiǎn féi ménzhěn	吳亨受 Wú Hēng shòu（十月12,26日）	外科 wài kē	林雨欣 Lín Yǔxīn	眼科 yǎnkē	陳一展 Chén Yīzhǎn
	牙科 yákē	劉建中 Liú Jiàn zhōng	皮膚科 pífū kē	白幼亮 Bái Yòu liàng	一般內科 yībān nèikē	王大明 Wáng Dàmíng	一般內科 yībān nèikē	王大明 Wáng Dàmíng	一般內科 yībān nèikē	王大明 Wáng Dàmíng

健康醫院十月份門診時間表
Jiànkāng yīyuàn shíyuèfèn ménzhěn shíjiān biǎo

	何又凡 Hé Yòufán（十月 shíyuè 10、24 日）rì						
下午 xiàwǔ 2:00 ∣ 5:30 戒菸門診 jièyān ménzhěn mén zhěn	一般內科 yībān nèikē	王大明 Wáng Dàmíng	一般內科 yībān nèikē	王大明 Wáng Dàmíng	牙科 yákē 劉建中 Liú Jiàn zhōng	一般內科 yībān nèikē	王大明 Wáng Dàmíng
			眼科 yǎnkē	陳一展 Chén Yīzhǎn			

午休

＊預約掛號 天數為30天
yùyuē guàhào tiānshù wéi tiān

(二)問題
wèntí

_____ 1. 美美 喜歡 曬 太陽，前 幾天 因此 曬 傷
Měiměi xǐhuān shài tàiyáng qián jǐtiān yīncǐ shàishāng

了，她 可以 去 哪 一個 門 診？
le tā kěyǐ qù nǎ yíge ménzhěn

(A) 減肥門診

(B) 牙科

(C) 皮膚科

(D) 眼科

_____ 2. 王 先 生 想預約 十月25日的一般 內科
Wáng xiānshēng xiǎng yùyuē shíyuè rì de yìbān nèikē

門 診，請 問 他 最早 可以 幾號 預約？
ménzhěn qǐngwèn tā zuìzǎo kěyǐ jǐhào yùyuē

(A) 九月30日

(B) 九月25日

(C) 十月15日

(D) 十月1日

_____ 3. 愛吃 糖 的 小 傑牙齒 痛，媽媽 可以 帶 他 去 看
ài chī táng de Xiǎojié yáchǐ tòng māma kěyǐ dài tā qù kàn

哪 一個 門 診？
nǎ yíge ménzhěn

(A) 一般內科

(B) 牙科

(C) 眼科

(D) 戒菸門診

_____ 4. 今天 是 十 月17日，愛 抽 菸 的 林 先 生 不
jīntiān shì shíyuè rì ài chōuyān de Lín xiānshēng bù

想 再 抽 了，他 可以 預約 幾號 的 門 診？
xiǎng zài chōu le tā kě yǐ yùyuē jǐhào de ménzhěn

(A) 10號

(B) 18號

(C) 20號

(D) 24號

_____ 5. 潔林 不喜 歡 自己的 樣子，一直 覺得自己太 胖
Jiélín bù xǐhuān zìjǐ de yàngzi yìzhí juéde zìjǐ tàipàng
了，她 可以去哪個 門 診 問 問 醫 生 的意
le tā kěyǐ qù nǎge ménzhěn wènwèn yīshēng de yì
見？
jiàn

(A) 減肥門診

(B) 牙科

(C) 戒菸門診

(D) 一般內科

_____ 6. 林 小 姐一大早 覺得 肚子不 舒服，想 快 點
Lín xiǎojiě yídàzǎo juéde dùzi bù shūfú xiǎng kuàidiǎn
去看 醫 生。家裡到 醫 院 坐 車 要 30
qù kàn yīshēng jiālǐ dào yīyuàn zuòchē yào sānshí
分 鐘，她 最晚 可以幾點 出 門 搭車？
fēnzhōng tā zuìwǎn kěyǐ jǐdiǎn chūmén dāchē

(A) 8:00

(B) 7:30

(C) 7:00

(D) 8:30

_____ 7. 這間 醫院 的一般 內科醫生 是伯廷 的
zhèjiān yīyuàn de yìbān nèikē yīshēng shì Bótíng de
好 朋 友，伯廷 想 找 一天 請他看
hǎo péngyǒu Bótíng xiǎng zhǎo yìtiān qǐng tā kàn
電 影，請 問 哪一天 可以？
diànyǐng qǐngwèn nǎ yìtiān kěyǐ

(A) 18號下午

(B) 21號早上

(C) 24號下午

(D) 18號早上

_____ 8. 可 欣 平 常　工 作 很　忙，最 近 眼 睛 不 太
Kěxīn píngcháng gōngzuò hěn máng zuìjìn yǎnjīng bú tài

舒服，而且 她 想　順 便 去 醫院 看　減肥
shūfú　érqiě tā xiǎng shùnbiàn qù yīyuàn kàn jiǎnféi

門　診，但是 她 只能　請 一天 假，請 問 哪
ménzhěn dànshì tā zhǐnéng qǐng yìtiān jià　qǐngwèn nǎ

一天　最 好？
yìtiān zuìhǎo

(A) 十月26日

(B) 十月19日

(C) 十月7日

(D) 十月28日

(三)生 詞
shēngcí

	生詞	漢語拼音	解釋
1	門診	ménzhěn	คลินิก
2	一般內科	yìbān nèikē	แผนกอายุรศาสตร์
3	減肥	jiǎnféi	ลดความอ้วน
4	外科	wàikē	แผนกศัลยกรรมทั่วไป
5	皮膚科	pífūkē	แผนกผิวหนัง
6	戒菸	jièyān	เลิกบุหรี่
7	預約	yùyuē	นัดหมาย
8	掛號	guàhào	ลงทะเบียน (นัดหมาย)

三、顧客意見調查表
gù kè yì jiàn diàochábiǎo

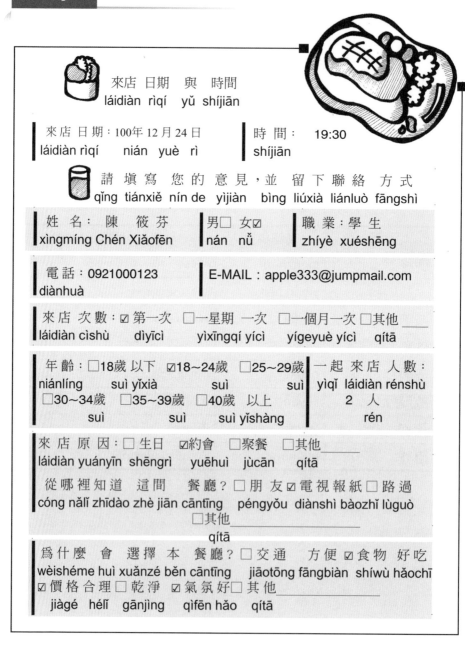

來店日期與時間
láidiàn rìqí yǔ shíjiān

| 來店日期：100年12月24日
láidiàn rìqí　　nián yuè rì | 時間：　　19:30
shíjiān |

請填寫您的意見，並留下聯絡方式
qǐng tiánxiě nín de yìjiàn bìng liúxià liánluò fāngshì

| 姓名：陳筱芬
xìngmíng Chén Xiǎofēn | 男□ 女☑
nán nǚ | 職業：學生
zhíyè xuéshēng |

| 電話：0921000123
diànhuà | E-MAIL：apple333@jumpmail.com |

來店次數：☑第一次 □一星期一次 □一個月一次 □其他＿＿＿
láidiàn cìshù　　dìyīcì　　yìxīngqí yícì　　yígeyuè yícì　qítā

| 年齡：□18歲以下 ☑18~24歲 □25~29歲
niánlíng　　suì yǐxià　　　suì　　　　suì
□30~34歲 □35~39歲 □40歲以上
　　suì　　　　suì　　　suì yǐshàng | 一起來店人數：
yìqǐ láidiàn rénshù
　2 人
　　rén |

來店原因：□生日 ☑約會 □聚餐 □其他＿＿＿＿
láidiàn yuányīn shēngrì yuēhuì jùcān qítā

從哪裡知道這間餐廳？□朋友 ☑電視報紙 □路過
cóng nǎlǐ zhīdào zhè jiān cāntīng péngyǒu diànshì bàozhǐ lùguò
　　　　　　□其他＿＿＿＿＿＿＿
　　　　　　qítā

爲什麼會選擇本餐廳？□交通方便 ☑食物好吃
wèishéme huì xuǎnzé běn cāntīng jiāotōng fāngbiàn shíwù hǎochī
☑價格合理 □乾淨 ☑氣氛好 □其他＿＿＿＿＿
jiàgé hélǐ gānjìng qìfēn hǎo qítā

評價：你的餐點：＿牛排＿ píngjià　nǐ de cāndiǎn　niúpái	滿意 mǎnyì	要加強 yàojiāqiáng
食物的味道 shíwù de wèidào	☑	☐
上菜速度 shàngcài sùdù	☐	☑
服務生態度 fúwùshēng tàidù	☑	☐
服務生名字 fúwùshēng míngzi	Jerry	
餐廳乾淨程度 cāntīng gānjìng chéngdù	☑	☐
價格 jiàgé	☑	☐
分數（1~10分） fēnshù　fēn	8	分 fēn

其他的意見
qí tā de yìjiàn

牛排很好吃！店裡放的音樂很棒，氣氛很好。
niúpái hěn hǎochī diànlǐ fàng de yīnyuè hěnbàng qìfēn hěnhǎo
只是送菜的速度有點慢，咖啡還送錯了。
zhǐshì sòngcài de sùdù yǒudiǎn màn　kāfēi hái sòngcuò le
希望下次不會這樣。我還會再和朋友來的！
xīwàng xiàcì búhuì zhèyàng wǒ háihuì zài hé péngyǒu lái de

(二)問題
wèntí

_____ 1. 筱芬到店裡吃飯，可能是為了慶祝
Xiǎofēn dào diànlǐ chīfàn　kěnéng shì wèile qìngzhù
什麼日子？
shénme rìzi
(A)除夕
(B)聖誕節
(C)生日
(D)情人節

_____ 2. 筱芬可能 是？
Xiǎofēn kěnéng shì
(A) 國小生
(B) 國中生
(C) 高中生
(D) 大學生

_____ 3. 筱芬 為什麼會知道 這間 餐廳？
Xiǎofēn wèishénme huì zhīdào zhèjiān cāntīng
(A) 朋友跟她說的
(B) 網路上看到的
(C) 電視上看到的
(D) 半路經過

_____ 4. 這可能 是一間 什麼 樣子的 餐廳？
zhè kěnéng shì yìjiān shénme yàngzi de cāntīng
(A) 蛋糕店
(B) 西式餐廳
(C) 冰淇淋店
(D) 中式餐廳

_____ 5. 哪一個不是 筱芬來 這間 餐廳 的 原因？
nǎ yíge búshì Xiǎofēn lái zhèjiān cāntīng de yuányīn
(A) 來這間店很方便
(B) 燈光、音樂都很棒
(C) 東西很好吃
(D) 價格不會太貴

_____ 6. 筱芬 比較 不喜歡 的是？
Xiǎofēn bǐjiào bù xǐhuān de shì
(A) 店裡不乾淨
(B) 食物不好吃
(C) 上菜太慢
(D) 服務生態度不好

_____ 7. 這　張　表 可以 做　什　麼？
　　　 zhè zhāng biǎo kěyǐ zuò shénme
　　　 (A) 餐廳老闆可以知道客人對食物的評價
　　　 (B) 餐廳老闆可以知道可以再做得更好的地方
　　　 (C) 餐廳老闆可以知道客人對服務品質的評價
　　　 (D) 上面的答案都對

_____ 8. 下　面　哪一個 是 錯　的？
　　　 xiàmiàn nǎ yíge shì cuò de
　　　 (A) 筱芬可能是跟男朋友一起去的
　　　 (B) 筱芬還會想再來這家餐廳
　　　 (C) 他們吃的是晚餐
　　　 (D) 筱芬以前就來過這家店了

(三) 生 詞
shēngcí

	生詞	漢語拼音	解釋
1	填寫	tiánxiě	เติม
2	聯絡	liánluò	ติดต่อ
3	人數	rénshù	จำนวนคน
4	聚餐	jùcān	รับประทานอาหารร่วมกัน
5	路過	lùguò	ทางผ่าน
6	選擇	xuǎnzé	เลือก
7	價格	jiàgé	ราคา
8	合理	hélǐ	สมเหตุสมผล
9	氣氛	qìfēn	บรรยากาศ
10	評價	píngjià	ประเมิน
11	加強	jiāqiáng	ปรับปรุง พัฒนา
12	速度	sùdù	ความรวดเร็ว
13	程度	chéngdù	ระดับ

四、舒服飯店 房 間價目表
Shūfú fàndiàn fángjiān jiàmùbiǎo

㈠表格
biǎogé

舒服 飯店 房間 價目表
Shūfú fàndiàn fángjiān jiàmùbiǎo

房間 種類 fángjiān zhǒnglèi	價格 jiàgé
舒服 單人 房 shūfú dānrén fáng	NT$3,000
舒服 雙人 房 shūfú shuāngrén fáng	NT$3,500
享受 單人 房 xiǎngshòu dānrén fáng	NT$4,000
享受 雙人 房 xiǎngshòu shuāngrén fáng	NT$4,500

◇住房 就送 免費早餐（1F舒服 咖啡 AM6:30～AM9:30）。
zhùfáng jiù sòng miǎnfèi zǎocān shūfú kāfēi
◇房內 提供 礦泉水、報紙及免費 上網 服務。
fáng nèi tígōng kuàngquánshuǐ bàozhǐ jí miǎnfèi shàngwǎng fúwù
◇免費 使用5F健身 俱樂部（腳踏車、游泳池、三溫暖）。
miǎnfèi shǐyòng jiànshēn jùlèbù jiǎotàchē yóuyǒngchí sānwēnnuǎn
◇如果需要 加床， 每床 NT$ 1,000（含早餐），每房 限加
rúguǒ xūyào jiāchuáng měichuáng hán zǎocān měifáng xiàn jiā
一床。
yìchuáng
◇需加收10% 服務費。
xū jiāshōu fúwùfèi
◇ [享受房] 有按摩、免費 紅酒、洗衣 服務。
xiǎngshòufáng yǒu ànmó miǎnfèi hóngjiǔ xǐyī fúwù
◇入住時間：下午2點， 退房 時間：隔日 中午12點。
rùzhù shíjiān xiàwǔ diǎn tuìfáng shíjiān gérì zhōngwǔ diǎn
◇電話：06-9876543
diànhuà

(二)問題
wèntí

_____ 1. 什 麼 是 「雙　人　房」？
shénme shì shuāngrén fáng

　　(A) 給一個人住的大房間

　　(B) 給兩個人住的房間

　　(C) 給兩個或四個人住的房間

　　(D) 上面的答案都不對

_____ 2. 「舒服　雙　人　房」不 提供　什 麼 服務？
shūfú shuāngrén fáng bù tígōng shénme fúwù

　　(A) 上網

　　(B) 紅酒

　　(C) 報紙

　　(D) 免費早餐

_____ 3. 「健　身　俱樂部」裡面　沒有　什麼？
jiànshēn jùlèbù　lǐmiàn méiyǒu shénme

　　(A) 腳踏車

　　(B) 游泳池

　　(C) 咖啡廳

　　(D) 三溫暖

_____ 4. 哪 個 不 對？
nǎge búduì

　　(A) 一間房間只能加一張床

　　(B) 加一張床要加NT$1,000

　　(C) 「享受單人房」不能加床

　　(D) 加床的人可以吃免費的早餐

_____ 5. 宜宣 與 健文 選擇 住「享 受 雙 人
Yíxuān yǔ Jiànwén xuǎnzé zhù xiǎngshòu shuāngrén

房」一個 晚 上，他們 一 共 要 付 多 少 錢？
fáng yíge wǎnshàng tāmen yígòng yào fù duōshǎo qián

(A) NT$3500

(B) NT$3850

(C) NT$4500

(D) NT$4950

_____ 6. 宜 宣 與 健 文 住 在「享 受 雙 人 房」，
Yíxuān yǔ Jiànwén zhù zài xiǎngshòu shuāngrén fáng

哪 一 個 不 是 他們 可 以 享 受 的 特別 服務？
nǎ yí ge búshì tāmen kěyǐ xiǎngshòu de tèbié fúwù

(A) 按摩

(B) 紅酒

(C) 洗衣

(D) 免費晚餐

_____ 7. 宜 宣 與 健 文 在 入 住 那 一 天 的 中 午12點
Yíxuān yǔ Jiànwén zài rùzhù nà yì tiān de zhōngwǔ diǎn

到「舒服飯店」附近，他們 必須 等 多久 才
dào Shūfú fàndiàn fùjìn tāmen bìxū děng duōjiǔ cái

能 進去 他們 的 房 間？
néng jìnqù tāmen de fángjiān

(A) 馬上就可以進去

(B) 20分鐘以後

(C) 1小時以後

(D) 2小時以後

_____ 8.宜宣 與 健文 在「享 受　雙 人 房」睡
Yíxuān yǔ Jiànwén zài xiǎngshòu shuāngrén fáng shuì
了一 晚，隔日早　上 10點 起 床，他們 不 能
le yì wǎn　gé rì zǎoshang diǎn qǐchuáng tāmen bùnéng
做　什麼 事 情？
zuò shénme shìqing
⒜ 在1F舒服咖啡廳吃免費早餐
⒝ 免費上網
⒞ 去游泳池游泳
⒟ 看報紙

(三)生 詞 shēngcí

	生詞	漢語拼音	解釋
1	種類	zhǒnglèi	ประเภท
2	價格	jiàgé	ราคา
3	享受	xiǎngshòu	เสวยสุข
4	免費	miǎnfèi	ฟรี
5	礦泉水	kuàngquánshuǐ	น้ำแร่ (น้ำดื่ม)
6	健身俱樂部	jiànshēn jùlèbù	ชมรมสุขภาพ
7	三溫暖	sānwēnnuǎn	ซาวน่า
8	加床	jiāchuáng	เพิ่มเตียง
9	限	xiàn	จำกัด
10	服務費	fúwùfèi	ค่าบริการ
11	按摩	ànmó	นวด
12	紅酒	hóngjiǔ	ไวน์แดง
13	入住	rùzhù	เช็คอิน
14	退房	tuìfáng	เช็คเอ้าท์
15	隔日	gérì	วันถัดไป

五、永建夜市地圖
Yǒngjiàn yèshì dìtú

永建 夜市 地圖
Yǒngjiàn yèshì dìtú

停車場
tíngchēchǎng

7-11

藥房
yàofáng

醫院
yīyuàn

花店
huādiàn

麵包店
miànbāodiàn

中正一路
Zhōngzhèng yí lù

公車站
gōngchēzhàn

銀行
yínháng

咖啡店
kāfēidiàn

水餃
shuǐjiǎo

炒飯
chǎofàn

永建大學
Yǒngjiàn dàxué

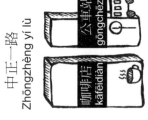

超市
chāoshì

吃到飽
chīdàobǎo

火鍋店
huǒguōdiàn

公園
gōngyuán

消防局
xiāofángjú

眼科
yǎnkē

永建國中
Yǒngjiàn guózhōng

永建
Yǒngjiàn
捷運站
jiéyùnzhàn

永建國小
Yǒngjiàn guóxiǎo

7-11

警察局
jǐngchájú

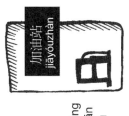

加油站
jiāyóuzhàn

警察局
jǐngchájú

中山路
Zhōng shān lù

中正二路
Zhōngzhèng èr lù

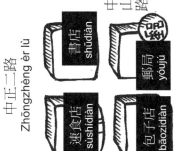

書店
shūdiàn

郵局
yóujú

速食店
sùshídiàn

包子店
bāozidiàn

中正三路
Zhōngzhèng sān lù

公園
gōngyuán

牛肉麵
niúròumiàn

一心街
Yì xīn jiē

永建夜市
Yǒngjiàn yèshì

永建路
Yǒng jiàn lù

百貨公司
bǎihuò gōngsī

醫院
yīyuàn

計程車招呼站
jìchéngchēzhāohūzhàn

7-11

(二)問題
wèntí

_____ 1. 小雨的 車子在 永 建 路不見了，他 應 該 去
Xiǎoyǔ de chēzi zài Yǒngjiàn lù bújiàn le　tā yīnggāi qù
哪裡找 人　幫 忙？
nǎ lǐ zhǎo rén bāngmáng
(A) 永建路和中正二路的十字路口，7-11的旁邊
(B) 永建路和中正三路的十字路口，百貨公司的旁邊
(C) 永建路和中正二路的十字路口，消防局的對面
(D) 上面的答案都不對

_____ 2. 大 明 在 永 建 國　中，請 你 告 訴 他 最 近
Dàmíng zài Yǒngjiàn guózhōng qǐng nǐ gàosù tā zuì jìn
的 7-11 在　哪裡。
de　　zài nǎlǐ
(A) 在永建路上，消防局的旁邊
(B) 在中山路和中正一路的十字路口
(C) 在永建路和中正三路的十字路口
(D) 在永建路上，永建國小和警察局的中間。

_____ 3. 金 水 肚子餓了，想 要 吃 很多　種 不 同 的
Jīnshuǐ dùzi è le xiǎngyào chī hěnduō zhǒng bùtóng de
食物，請　問 他去哪裡買 食物比較　好？
shíwù qǐng wèn tā qù nǎlǐ mǎi shíwù bǐjiào hǎo
(A) 永建路
(B) 一心街
(C) 中正一路
(D) 中山路

———— 4. 志 祥 在 永 建 國 小 前 面 被 車 子
Zhìxiáng zài Yǒngjiàn guóxiǎo qiánmiàn bèi chēzi

　　撞 了，請 問 應 該 帶 他 去 哪裡 找 醫 生
zhuàng le qǐng wèn yīnggāi dài tā qù nǎlǐ zhǎo yīshēng

比 較 好？
bǐjiào hǎo

⒜ 在中山路和中正二路的十字路口，藥局的旁邊

⒝ 在中山路和中正二路的十字路口，銀行的對面

⒞ 永建路和中正三路的十字路口，百貨公司的旁邊

⒟ 永建路和中正二路的十字路口，消防局的旁邊

———— 5. 珍 珍 頭 痛，她 想 要 自 己 買 藥 來吃，她
Zhēnzhēn tóutòng tā xiǎngyào zìjǐ mǎi yào lái chī tā

　　應 該 去 哪 一 條 路 買？
yīnggāi qù nǎ yì tiáo lù mǎi

⒜ 永建路

⒝ 中正三路

⒞ 中正一路

⒟ 中山路

———— 6. 如 果 要 去 永 建 夜市，坐 什 麼 車去，下 車
rúguǒ yào qù Yǒngjiàn yèshì zuò shénme chē qù xiàchē

的 地 方 離 永 建 夜 市 最 近？
de dìfāng lí Yǒngjiàn yèshì zuì jìn

⒜ 捷運

⒝ 計程車

⒞ 公車

⒟ 上面的答案都不對

———— 7. 如 果 你 從 永 建 國 小 出 發，過 了 永 建
rúguǒ nǐ cóng Yǒngjiàn guóxiǎo chūfā guò le Yǒngjiàn

路 的 馬 路 後，一 直 直 走 到 下 一 個 十字路 口
lù de mǎlù hòu yìzhí zhí zǒu dào xià yí ge shízì lùkǒu

前，你 的 右 手 邊 會 是 什 麼？
qián nǐ de yòushǒu biān huì shì shénme

⒜ 超市

(B) 永建大學

(C) 警察局

(D) 咖啡店

———— 8. 在一心街 上 可能 買不到 什麼 東西？
zài Yìxīn jiē shàng kěnéng mǎibúdào shénme dōngxi

(A) 蘋果

(B) 漢堡

(C) 蛋糕

(D) 書

(三)生 詞
shēngcí

	生詞	漢語拼音	解釋
1	國中	guózhōng	โรงเรียนมัธยม
2	國小	guóxiǎo	โรงเรียนประถม
3	藥房	yàofáng	ร้านขายยา
4	眼科	yǎnkē	แผนกจักษุ
5	夜市	yèshì	ตลาดกลางคืน
6	加油站	jiāyóuzhàn	ปั้มน้ำมัน
7	計程車招呼站	jìchéngchē zhāohūzhàn	จุดเรียกรถแท็กซี่
8	警察局	jǐngchájú	สถานีตำรวจ
9	停車場	tíngchēchǎng	ลานจอดรถ
10	捷運站	jiéyùnzhàn	สถานีรถไฟฟ้า
11	消防局	xiāofángjú	สถานีดับเพลิง
12	吃到飽	chīdàobǎo	บุฟเฟ่ต์
13	火鍋店	huǒguōdiàn	ร้านหม้อไฟ
14	炒飯	chǎofàn	ข้าวผัด
15	速食店	sùshídiàn	ร้านอาหารฟาสต์ฟู้ด

六、藥袋
yàodài

(一)藥袋
yàodài

臺 大 診 所
Táidàzhěnsuǒ

2012年5 月18日
nián yuè rì

□外 用　　　☑口 服　　　□針 劑
wàiyòng　　　kǒufú　　　zhēnjì

姓　　名：李 建 華
xìngmíng　　Lǐ Jiànhuá

藥 物　名 稱：
yàowù míngchēng
　　　外 觀： 長 方 形， 黃 色， 口 服 錠 劑
　　　wàiguān chángfāngxíng huángsè kǒufú dìngjì
　　　液 狀，咖 啡 色，口 服 藥 水
　　　yèzhuàng kāfēisè kǒufú yàoshuǐ
使 用 方 法：口 服 錠 劑 每 天 四 次，三 餐 飯 後
shǐyòng fāngfǎ kǒufú dìngjì měitiān sìcì sāncān fànhòu
　　　及 睡 前 使 用，每 次 兩 顆。口 服 藥 水 每 天 一 次，
　　　jí shuìqián shǐyòng měicì liǎngkē kǒufú yàoshuǐ měitiān yícì
　　　睡 前 使 用，每 次 10 c.c.
　　　shuìqián shǐyòng měicì
使 用 期 限：2012 年5 月20 日
shǐyòng qíxiàn nián yuè rì

喉 嚨 痛 的 注 意 事 項：
hóulóng tòng de zhùyì shìxiàng
1.多 喝 水，少 說 話。
　duō hēshuǐ shǎo shuōhuà
2.煙、酒、咖 啡、花 生、巧 克 力、餅 乾、辣 椒、太 酸 的、
　yān jiǔ kāfēi huāshēng qiǎokèlì bǐnggān làjiāo tàisuān de
　油 炸 的 和 刺 激 的 都 不 能 吃。
　yóuzhá de hé cìjī de dōu bùnéng chī
3.不 要 用 葡 萄 柚 汁 或 茶 服 用 藥 物，藥 水 請 放
　búyào yòng pútáoyòu zhī huò chá fúyòng yàowù yàoshuǐ qǐng fàng
　冰 箱。
　bīngxiāng

(二)問題
wèntí

_____ 1. 到 什麼地方 可以拿到 這個 東西？
dào shénme dìfāng kěyǐ nádào zhèige dōngxi

(A) 學校

(B) 公車站

(C) 醫院

(D) 飯店

_____ 2. 李 建 華 怎麼 了？
Lǐ Jiànhuá zěnme le

(A) 跟女朋友吵架

(B) 心情不好

(C) 考試成績太差

(D) 身體不舒服

_____ 3. 吃 這 種 藥 的 時 候，可以喝 什麼？
chī zhèzhǒng yào de shíhòu kěyǐ hē shénme

(A) 咖啡

(B) 水

(C) 葡萄柚汁

(D) 酒

_____ 4. 喉 嚨 痛 的 時 候 不可以做 什麼？
hóulóng tòng de shíhòu bù kěyǐ zuò shénme

(A) 少喝咖啡，多喝熱開水

(B) 聽醫生的話照時間吃藥，多休息

(C) 整個晚上和朋友聊天、唱歌

(D) 少吃零食、餅乾

_____ 5. 什 麼 時 候 吃完 這些 藥比較 好？
shénme shíhòu chīwán zhèxiē yào bǐjiào hǎo
　　(A) 2012年6月30日以前
　　(B) 2012年5月19日以前
　　(C) 2012年6月1日以前
　　(D) 2012年5月20日以前

_____ 6. 藥 水 喝 完 以後，放 在 哪裡比較 好？
yàoshuǐ hēwán yǐhòu fàngzài nǎlǐ bǐjiào hǎo
　　(A) 冰箱裡
　　(B) 書桌上
　　(C) 沙發上
　　(D) 容易拿到的地方

_____ 7. 李 建 華 不 能 吃下面 哪 一樣 東西？
Lǐ Jiànhuá bùnéng chī xiàmiàn nǎ yíyàng dōngxi
　　(A) 蘋果
　　(B) 炸雞
　　(C) 麵包
　　(D) 牛奶

_____ 8. 下 面 哪一個 是 對 的？
xiàmiàn nǎ yíge shì duì de
　　(A) 其中的一種藥是長方形、白色的
　　(B) 一天總共要喝10c.c.的藥水
　　(C) 李建華除了口服的藥以外，還有外用的藥
　　(D) 三餐飯後和睡前要喝藥水

(三) 生 詞
shēngcí

	生詞	漢語拼音	解釋
1	診所	zhěnsuǒ	คลินิก
2	外用	wàiyòng	(ยา)ใช้ภายนอก
3	口服	kǒufú	(ยา)สำหรับรับประทาน
4	針劑	zhēnjì	ยาฉีด
5	外觀	wàiguān	รูปลักษณ์ภายนอก
6	錠劑	dìngjì	ยาเม็ด
7	液狀	yèzhuàng	ของเหลว
8	喉嚨	hóulong	ลำคอ
9	煙	yān	ควัน
10	花生	huāshēng	ถั่วลิสง
11	辣椒	làjiāo	พริก
12	油炸	yóuzhá	ของทอด
13	刺激	cìjī	กระตุ้น
14	葡萄柚汁	pútáoyòuzhī	น้ำองุ่น
15	茶	chá	ชา
16	調劑	tiáojì	การผสมยา

七、訂婚 喜帖
dìnghūn xǐtiě

(一)喜帖
xǐtiě

謹 訂 於 中 華 民 國101年9月9日(星期日)
jǐn dìng yú Zhōnghuámínguó nián yuè rì xīngqírì

爲 次女 秀 鳳 與 林 征 局 先 生 長 男 林 文 邦 君
wèi cìnǚ Xiùfèng yǔ Lín Zhēngjú xiānshēng zhǎngnán Lín Wénbāng jūn

舉行 文 定 之喜 敬 備 喜筵 恭 請
jǔxíng wén dìng zhī xǐ jìng bèi xǐyán gōng qǐng

闔 第 光 臨
hé dì guāng lín

王 文 曲
Wáng Wénqǔ

胡 金 葉　　敬 邀
Hú Jīnyè　　jìng yāo

觀禮 一、時間: 上午 十 時
guānlǐ shíjiān shàngwǔ shí shí

二、地點: 自宅
dìdiǎn zìzhái

臺北 市 臺北 路30號
Táiběi shì Táiběi lù hào

電 話: (02)1111-6577
diànhuà

席設 一、時間: 中 午十一時三 十分準 時入席
xíshè shíjiān zhōngwǔ shíyī shí sānshí fēn zhǔnshí rùxí

二、地點: 幸福 餐廳
dìdiǎn xìngfú cāntīng

臺北市臺 北路50號
Táiběi shì Táiběi lù hào

電 話: (02)1111-3498
diànhuà

(二)問題
wèntí

_____ 1. 誰　請你去參加訂婚　典禮？
shéi qǐng nǐ qù cānjiā dìnghūn diǎnlǐ

⒜ 王秀鳳

⒝ 王秀鳳的爸爸、媽媽

⒞ 林文邦

⒟ 林文邦的爸爸、媽媽

_____ 2. 誰要　訂婚了？
shéi yào dìnghūn le

⒜ 王秀鳳

⒝ 王文曲

⒞ 胡金葉

⒟ 林征局

_____ 3. 訂婚　典禮在　什麼　時候？
dìnghūn diǎnlǐ zài shénme shíhòu

⒜ 九月九日早上十點

⒝ 九月九日早上十一點半

⒞ 九月八日早上十點

⒟ 九月八日早上十一點半

_____ 4. 訂婚　典禮在哪裡？
dìnghūn diǎnlǐ zài nǎlǐ

⒜ 王秀鳳的家

⒝ 林文邦的家

⒞ 幸福餐廳

⒟ 喜帖沒有寫

_____ 5. 在哪裡吃喜筵？
zài nǎlǐ chī xǐyán

⒜ 王秀鳳的家

(B) 林文邦的家

(C) 幸福餐廳

(D) 喜帖沒有寫

_____ 6. 什 麼 是 次女？
shénme shì cì nǚ

(A) 年紀最大的女兒

(B) 第二個女兒

(C) 第三個女兒

(D) 年紀最小的女兒

_____ 7. 如果 你只 要 吃喜筵，你 應該 幾點 到？
rúguǒ nǐ zhǐ yào chī xǐyán nǐ yīnggāi jǐ diǎn dào

(A) 10:00

(B) 11:30

(C) 12:00

(D) 12:30

_____ 8. 訂 婚 喜帖 沒 有 寫 的 是？
dìnghūn xǐtiě méiyǒu xiě de shì

(A) 訂婚的時間

(B) 訂婚的地點

(C) 喜筵的地點

(D) 林文邦的父母姓名

(三)生 詞
shēngcí

	生詞	漢語拼音	解釋
1	訂婚	dìnghūn	การหมั้น
2	喜帖	xǐtiě	บัตรเชิญพิธีมงคลสมรส
3	謹	jǐn	ด้วยความเคารพ

	生詞	漢語拼音	解釋
4	訂	dìng	กำหนด
5	於	yú	ณ (ที่)
6	為	wè	เพื่อ
7	次女	cìnǚ	ลูกสาวคนที่ ๒
8	長男	zhǎngnán	ลูกชายคนโต
9	君	jūn	นาย (คำนำหน้าชื่อ)
10	文定之喜	wén dìng zhī xǐ	พิธีหมั้น
11	敬	jìng	เคารพ
12	喜筵	xǐyán	งานเลี้ยง (งานมงคล)
13	恭	gōng	เคารพ ด้วยความเป็นเกียรติ
14	闔第光臨	hé dì guāng lín	ขอเรียนเชิญทั้งครอบครัวมาร่วมงาน
15	邀	yāo	ขอเชิญ
16	觀禮	guānlǐ	เข้าร่วมงาน
17	自宅	zìzhái	บ้านเจ้าของพิธี
18	設	shè	จัดเตรียม

八、產 品保 證 卡
chǎnpǐnbǎozhèngkǎ

(一)保 證 卡
bǎozhèng kǎ

產 品 保證 卡
chǎnpǐn bǎozhèng kǎ

商 品 資 料：
shāngpǐn zīliào

產 品 號 碼：JAX-230 chǎnpǐn hàomǎ 產 品 顏 色：白 chǎnpǐn yánsè bái	購 買 日 期：2012年2月18日 gòumǎi rìqí nián yuè rì 保 固 時 間：一 年 bǎogù shíjiān yìnián

購 買 者 資 料：　　　　　　經 銷 商 資 料：
gòumǎizhě zīliào　　　　　　jīngxiāoshāng zīliào

姓 名：李俊宏　　　　　　店 名：旺來 車 行
xìngmíng Lǐ Jùnhóng　　　diànmíng wànglái chēháng
電 話：0922-123-456　　聯 絡 電 話：(04)2233-1170
diànhuà　　　　　　　　liánluò diànhuà
地址：臺北 市 仁愛 路10號　地址：臺 中 市 四平 路65號
dìzhǐ Táiběishì Rénài lù hào　dìzhǐ Táizhōngshì Sìpíng lù hào

注 意 事 情：
zhùyì shìqing

1.請 您 在 購買 產 品 之後 十 天 以 內，填好 保證卡 並
qǐng nín zài gòumǎi chǎnpǐn zhīhòu shítiān yǐnèi tiánhǎo bǎozhèngkǎ bìng
寄到 本 公 司，以 保證 您 的 權利。或 到 本 公 司 網站
jìdào běn gōngsī yǐ bǎozhèng nín de quánlì huò dào běn gōngsī wǎngzhàn
註冊、填好 資料 後，開始 計算 保固 時間 一年。如果 沒 有
zhùcè tiánhǎo zīliào hòu kāishǐ jìsuàn bǎogù shíjiān yìnián rúguǒ méiyǒu
註冊，則 以 產 品 購買 日 開始 計算。
zhùcè zé yǐ chǎnpǐn gòumǎi rì kāishǐ jìsuàn

2.保固日期內　免費　修理。過　保固一年　以內，費用　八折。
　bǎogù　rìqí nèi miǎnfèi xiūlǐ　　guò bǎogù yìnián　yǐnèi fèiyòng bāzhé
3.購買日七日內，產品　如果　有　任何　問題，免費　換新。
　gòumǎi rì　qīrì nèi　chǎnpǐn rúguǒ yǒu rènhé wèntí　miǎnfèi huànxīn

　自行車　公司
　zìxíngchē gōngsī

──────────────────────────────

　電話：(07)2234-5678　　地址：高雄市　大安路253號
　diànhuà　　　　　　　　dìzhǐ　Gāoxióngshì Dàān lù　　hào
　免費　電話（24 小　時）：0800-123-000
　miǎnfèi diànhuà　　xiǎoshí

（二）問題
　　　wèntí

──────── 1. 什　麼　時　候　最　可　能　拿　到　這　種　卡（片）？
　　　　　shénme shíhòu zuì kěnéng nádào zhèzhǒng kǎ (piàn)

　　　(A) 去餐廳吃飯之後

　　　(B) 上完中文課之後

　　　(C) 去書店買書之後

　　　(D) 買新的電腦

──────── 2. 這　個　人　買　了　什　麼　東　西？
　　　　　zhège rén mǎile shénme dōngxi

　　　(A) 黑色的自行車

　　　(B) 白色的自行車

　　　(C) 白色的機車

　　　(D) 他還沒決定要買哪一臺

──────── 3. 李　俊　宏　在　什　麼　地　方　買　了　這　臺　車？
　　　　　Lǐ Jùnhóng zài shénme dìfāng mǎile zhè tái chē

　　　(A) 高雄市

　　　(B) 臺中市

　　　(C) 臺北市

　　　(D) 上面沒有寫

———— 4. 如果 李 俊 宏 忘 了 上 網 寫 他 的 資料，
rúguǒ Lǐ Jùnhóng wàngle shàngwǎng xiě tā de zīliào

產 品 的 保 證 日 期 到 什 麼 時 候？
chǎnpǐn de bǎozhèng rìqí dào shénme shíhòu

(A) 2013年2月18日

(B) 2012年12月31日

(C) 2014年2月18日

(D) 2013年2月28日

———— 5. 李 俊 宏 在 2013 年 夏 天 和 同 學 一 起 騎 車
Lǐ Jùnhóng zài nián xiàtiān hé tóngxué yìqǐ qíchē

出 去 玩，結 果 車 子 壞 了，本 來 修 車 的 錢
chūqù wán jiéguǒ chēzi huài le běnlái xiūchē de qián

需 要 1000元，李 俊 宏 要 付 多 少 錢？
xūyào yuán Lǐ Jùnhóng yào fù duōshǎo qián

(A) 500元

(B) 800元

(C) 1000元

(D) 不用付錢

———— 6. 如果 買 車 之 後 的 隔 天 覺 得 車 子 怪 怪
rúguǒ mǎichē zhīhòu de gétiān juéde chēzi guài guài

的，怎 麼 做 是 最 好 的？
de zěnme zuò shì zuìhǎo de

(A) 七天之後再告訴公司這件事情

(B) 付錢請公司修車子

(C) 告訴公司這件事情，請公司換新的車子

(D) 沒關係，繼續騎這臺車子

───── 7. 如果 半夜 三 點 有 問題 想 問 公司，
rúguǒ bànyè sāndiǎn yǒu wèntí xiǎng wèn gōngsī

可以打 哪一個 電 話？
kěyǐ dǎ nǎ yíge diànhuà

(A) (07)2234-5678

(B) (04)2233-1170

(C) 0800-123-000

(D) 0922-123-456

───── 8. 什 麼 時 候 把 卡 片 寄到 公 司比較 好？
shénme shíhòu bǎ kǎpiàn jìdào gōngsī bǐjiào hǎo

(A) 2012年2月28日之前

(B) 2012年3月7日之前

(C) 2013年2月28日之前

(D) 什麼時候都可以

(三)生 詞
shēngcí

	生詞	漢語拼音	解釋
1	產品	chǎnpǐn	ผลิตภัณฑ์
2	保證	bǎozhèng	รับประกัน
3	商品	shāngpǐn	สินค้า
4	資料	zīliào	ข้อมูล
5	號碼	hàomǎ	หมายเลข
6	購買	gòumǎi	ซื้อ
7	保固	bǎogù	การประกัน
8	經銷商	jīngxiāoshāng	ผู้จัดจำหน่าย
9	填	tián	เติม

	生詞	漢語拼音	解釋
10	權利	quánlì	สิทธิ
11	網站	wǎngzhàn	เว็บไซต์
12	註冊	zhùcè	ลงทะเบียน
13	始	shǐ	เริ่มต้น
14	則	zé	ก็จะ
15	計算	jìsuàn	คำนวณ
16	免費	miǎnfèi	ฟรี
17	修理	xiūlǐ	ซ่อมแซม
18	費用	fèiyòng	ค่าธรรมเนียม
19	換新	huànxīn	เปลี่ยนใหม่
20	自行車	zìxíngchē	จักรยาน

九、音樂會 門 票
yīnyuèhuì ménpiào

(一)門票
ménpiào

千 華 售 票
Qiānhuá shòupiào

24小時 網路 訂票 電話：02-2731-8888
xiǎoshí wǎnglù dìngpiào diànhuà

節目：馬友友 音樂會
jiémù Mǎ Yǒuyǒu yīnyuèhuì

票價：1500 元
piàojià yuán

地點：臺灣 大學 體育館
dìdiǎn Táiwān dàxué tǐyùguǎn
※禁止帶外食 和 照相機
jìnzhǐ dài wàishí hé zhàoxiàngjī

日 期：2012 / 1 / 7 （六） 時 間：19：30
rìqí liù shíjiān

座位：3樓 2排 10號
zuòwèi lóu pái hào
※爲了 安全，3樓 座位 身高 110 公分 以下 兒童 禁止 入場
wèile ānquán lóu zuòwèi shēngāo gōngfēn yǐxià értóng jìnzhǐ rùchǎng

入 場 須 知：
rùchǎng xūzhī
1. 服裝 必須 整齊 乾淨，禁止 穿著 背心、拖鞋入場。
fúzhuāng bìxū zhěngqí gānjìng jìnzhǐ chuānzhuó bèixīn tuōxié rùchǎng
2.節目 開始 前30分鐘 入場，節目 開始 後 無法 入場。
jiémù kāishǐ qián fēnzhōng rùchǎng jiémù kāishǐ hòu wúfǎ rùchǎng
3. 會場 內 請勿 大聲 講話。
huìchǎng nèi qǐng wù dàshēng jiǎnghuà
4.手機 請 關機。 ※節目 不因 下雨 或 天冷 而 異動。
shǒujī qǐng guānjī jiémù bù yīn xiàyǔ huò tiānlěng ér yìdòng

_____ 1. 這是什麼樣的表格？
zhè shì shénme yàng de biǎogé

(A)門票，有了這張才能去看表演

(B)這是一個通知，告訴大家表演的時間和地點

(C)看完表演之後可以拿到這張表格

(D)告訴你這是什麼樣的節目，進入表演地方的時候可以
拿到這張表格

_____ 2. 從表格中可以知道這是什麼樣的
cóng biǎogé zhōng kěyǐ zhīdào zhè shì shénme yàng de

節目？
jiémù

(A)做菜

(B)棒球

(C)游泳

(D)上面的答案都不對

_____ 3. 應該去哪裡看這個節目？
yīnggāi qù nǎlǐ kàn zhège jiémù

(A)銀行

(B)圖書館

(C)學校

(D)宿舍

_____ 4. 下面哪一個身高的兒童不能坐這個
xiàmiàn nǎ yíge shēngāo de értóng bùnéng zuò zhège

位子？
wèizi

(A)105公分

(B)118公分

(C)123公分

(D)150公分

_____ 5. 什 麼 時候 可以 進入 表 演 節 目 的 地方？
shénme shíhòu kěyǐ jìnrù biǎoyǎn jiémù de dìfāng

(A) 19：30~20：00

(B) 19：00~19：30

(C) 18：30~19：00

(D) 18：30~19：30

_____ 6. 如果 這 天 下了 好 大 的 雨，請 問 表 演 會？
rúguǒ zhètiān xiàle hǎo dà de yǔ qǐngwèn biǎoyǎn huì

(A) 改變表演的時間

(B) 改變表演的地點

(C) 不會改變

(D) 上面沒有寫

_____ 7. 下 面 哪 一 種 人 不 能 進 場？
xiàmiàn nǎ yìzhǒng rén bùnéng jìnchǎng

(A) 帶食物進去吃的人

(B) 19:15進去體育館的人

(C) 身高100公分的兒童

(D) 帶手機的人

_____ 8. 哪 一個 是 對 的？
nǎ yíge shì duì de

(A) 天氣太熱了，穿著背心去看表演比較舒服

(B) 看表演的時候可以講電話

(C) 旁邊朋友聽不到我說什麼，所以我可以大聲地和他說話

(D) 看表演的時候不能照相

㈢生詞
shēngcí

	生詞	漢語拼音	解釋
1	售	shòu	ขาย
2	訂	dìng	จอง
3	音樂會	yīnyuèhuì	คอนเสิร์ต
4	地點	dìdiǎn	สถานที่
5	體育館	tǐyùguǎn	อาคารยิมเนเซี่ยม
6	禁止	jìnzhǐ	ห้าม
7	外食	wàishí	อาหารข้างนอก
8	票價	piàojià	ราคาตั๋ว
9	座位	zuòwèi	ที่นั่ง
10	入場須知	rùchǎng xūzhī	ข้อควรระวังก่อนเข้างาน
11	服裝	fúzhuāng	การแต่งกาย
12	必須	bìxū	ควรจะ
13	整齊	zhěngqí	เรียบร้อย
14	乾淨	gānjìng	สะอาด
15	背心	bèixīn	เสื้อกล้าม
16	拖鞋	tuōxié	รองเท้าแตะ
17	會場	huìchǎng	สถานที่จัดงาน
18	勿	wù	ห้าม
19	手機	shǒujī	โทรศัพท์มือถือ
20	關機	guānjī	ปิดเครื่อง
21	異動	yìdòng	เปลี่ยน

十、集點活動
jí diǎn huódòng

(一)集點活動說明
jí diǎn huódòng shuōmíng

多多商店，祝福娃娃 集點活動
Duōduō shāngdiàn zhùfú wáwa jídiǎn huódòng

活動日期：2012年11月1日至11月24日23：59
huódòng rìqí nián yuè rì zhì yuè rì

兌換截止日期：2012年12月1日23：59
duìhuàn jiézhǐ rìqí nián yuè rì

活動辦法：
huódòng bànfǎ

1.消費滿66元可得一點。
　xiāofèi mǎn yuán kě dé yì diǎn

2.集滿10點加50元可兌換祝福娃娃一個。
　jímǎn diǎn jiā yuán kě duìhuàn zhùfú wáwa yí ge

3.集滿30點可免費兌換祝福娃娃一個。
　jímǎn diǎn kě miǎnfèi duìhuàn zhùfú wáwa yí ge

4.買中杯咖啡多贈一點。
　mǎi zhōngbēi kāfēi duō zèng yì diǎn

5.依煙害防制法，本集點活動不包含煙品價格。
　yī yānhàifángzhì fǎ běn jídiǎn huódòng bù bāohán yānpǐn jiàgé

※集滿10點可享 以下優惠：

jímǎn   diǎn kěxiǎn   yǐxià yōuhuì

□Star 咖啡 kāfēi	□甜甜圈小姐 Tiántiánquān xiǎojiě	□拿去吃 pizza Náqù chī	□當當漢堡 Dāngdāng hànbǎo
	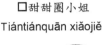		
第二杯半價 dì èr bēi bànjià	6 入 168 元 rù yuán	大 Pizza100 元 dà yuán	漢堡買一送一 hànbǎo mǎi yī sòng yī

※集滿 10 點免費兌換：

□千吉巧克力雪糕 Qiānjí qiǎokèlì xuěgāo	□累司洋芋片 Lèisī yángyùpiàn	□心心餅乾 Xīnxīn bǐnggān	□無情巧克力 Wúqíng qiǎokèlì
		 （小）	

※五 種 祝 福 娃 娃，等 你 帶 回 家！（隨 機 贈 送）

wǔ zhǒng zhùfú   wáwa děng nǐ dài huí jiā   suíjī   zèng sòng

祝福綠娃 zhùfú lǜ wá	祝福紅娃 zhùfú hóng wá	祝福橘娃 zhùfú jú wá	祝福藍娃 zhùfú lán wá	祝福紫娃 zhùfú z wá

健康 jiànkāng	愛情 àiqíng	財富 cáifù	學業 xuéyè	工作 gōngzuò

(二)問題
wèntí

_____ 1. 錢　小姐在多多　商　店　買了120元　的
Qián xiǎojiě zài Duōduō shāngdiàn mǎile yuán de

東西，請　問　她可以得到　幾點？
dōngxi qǐngwèn tā kěyǐ dédào jǐdiǎn

(A) 0

(B) 1

(C) 2

(D) 3

_____ 2. 林　先　生　在多多　商　店　買了一杯　中
Lín xiānshēng zài Duōduō shāngdiàn mǎile yìbēi zhōng

杯咖啡跟一包　餅乾，總　共　花了60 元，
bēi kāfēi gēn yìbāo bǐnggān zǒnggòng huāle yuán

請　問　他可以得到　幾點？
qǐngwèn tā kěyǐ dédào jǐdiǎn

(A) 0

(B) 1

(C) 2

(D) 3

_____ 3. 劉　先　生　在多多　商　店　買了五包煙，
Liú xiānshēng zài Duōduō shāngdiàn mǎile wǔbāo yān

總　共330元，請　問　他可以得到　幾點？
zǒnggòng yuán qǐngwèn tā kěyǐ dédào jǐdiǎn

(A) 0

(B) 1

(C) 5

(D) 6

_____ 4. 金 小 姐11月30日在 多 多 商 店 花 了
Jīn xiǎojiě yuè rì zài Duōduō shāngdiàn huāle

132元, 請 問 她 可 以 得 到 幾 點?
yuán qǐngwèn tā kěyǐ dédào jǐdiǎn

(A) 0

(B) 1

(C) 2

(D) 3

_____ 5. 如 果 你 集 滿 十 點,你 不 能 做 什 麼 事 情?
rúguǒ nǐ jí mǎn shí diǎn nǐ bùnéng zuò shénme shìqing

(A) 加50元換一個祝福娃娃

(B) 免費得到無情巧克力

(C) 用一百元買到大pizza

(D) 免費得到一個祝福娃娃

_____ 6 小 容 是 個 學 生,她 最 近 要 參 加 考 試,
Xiǎoróng shì ge xuéshēng tā zuìjìn yào cānjiā kǎoshì

你 覺 得 送 給她 什 麼 娃 娃 最 好?
nǐ juéde sòng gěi tā shénme wáwa zuì hǎo

(A) 祝福紅娃

(B) 祝福橘娃

(C) 祝福藍娃

(D) 祝福紫娃

_____ 7. 關 於 集 滿 十 點 的 優 惠,哪 一 個 錯 誤?
guānyú jímǎn shí diǎn de yōuhuì nǎ yí ge cuòwù

(A) Star咖啡一杯100元,如果買兩杯,第二杯只要50元。

(B) 買六個甜甜圈總共只要168元

(C) 買「拿去吃」的大pizza只要花一百元

(D) 買「當當漢堡」會送你飲料

_____ 8. 哪一個 錯誤？
nǎyíge cuòwù

(A) 12月1日23：59以前都可以換祝福娃娃

(B) 12月1日23：59以前都可以得到點數

(C) 不能選祝福娃娃的顏色

(D) 集滿十點可以換心心餅乾

(三)生詞
shēngcí

	生詞	漢語拼音	解釋
1	集點	jídiǎn	สะสมคะแนน
2	至	zhì	ถึง (วันที่)
3	兌換	duìhuàn	แลก
4	截止	jiézhǐ	หมดเขต
5	消費	xiāofèi	บริโภค
6	滿	mǎn	เต็ม
7	集	jí	สะสม
8	免費	miǎnfèi	ฟรี
9	祝福	zhùfú	อวยพร
10	贈	zèng	มอบให้
11	依	yī	อาศัย ตามที่
12	煙害防制法	yānhài fángzhì fǎ	กฎหมายเพื่อป้องกันอันตรายจากยาสูบ
13	本	běn	นี้
14	包含	bāohán	รวมถึง
15	煙	yānpǐn	บุหรี่
16	價格	jiàgé	ราคา
17	享	xiǎng	ได้รับ

	生詞	漢語拼音	解釋
18	以下	yǐxià	ดังต่อไปนี้
19	優惠	yōuhuì	สิทธิพิเศษ สิทธิประโยชน์
20	半價	bànjià	ครึ่งราคา
21	隨機	suíjī	สุ่ม
22	愛情	àiqíng	ความรัก
23	財富	cáifù	โชคลาภ
24	學業	xuéyè	การเรียน

單元二　對話

十一、夫妻對話
fūqī duìhuà

(一)對話
duìhuà

家文：喂，一美，妳在 忙 嗎？
Jiāwén wéi Yìměi nǐ zài máng ma

一美：現在 還 好啊，你在 哪裡呢？
Yìměi xiànzài hái hǎo a nǐ zài nǎlǐ ne

家文：我 在 餐廳，不過，我 也在妳心裡啊！
Jiāwén wǒ zài cāntīng búguò wǒ yě zài nǐ xīnlǐ a

一美：哎唷！你肉麻 不 肉麻啊？
Yìměi　ai yo　nǐ ròumá bú ròumá a

家文：這 哪裡會 肉麻？對了，妳今天 一定 很 疲倦吧？
Jiāwén　zhè nǎlǐ huì ròumá　duìle　nǐ jīntiān yídìng hěn píjuàn ba

　　　要 多 休息啊！
　　　yào duō xiūxí a

一美：咦？我 今天 還好啊，不會 覺得 累耶！
Yìměi　yí　wǒ jīntiān háihǎo a　búhuì juéde lèi ye

家文：可是妳今天在 我 心裡跑了 好久，腿一定 很 痠
Jiāwén　kěshì nǐ jīntiān zài wǒ xīnlǐ pǎole hǎojiǔ　tuǐ yídìng hěn suān

　　　吧？
　　　ba

一美：你 少 來了！打給我 到底要 幹嘛啦？
Yìměi　nǐ shǎo lái le　dǎ gěi wǒ dàodǐ yào gànmá la

家文：我是要 問妳，下禮拜六有 沒 有 空，要 不 要
Jiāwén　wǒ shì yào wèn nǐ　xià lǐbàiliù yǒu méi yǒu kòng yào bú yào

　　　去 吃 大餐？我 請 客！
　　　qù chī dàcān　wǒ qǐngkè

一美：你要 請 客嗎？當 然 好 囉！不過，爲什麼 你要
Yìměi　nǐ yào qǐngkè ma dāngrán hǎo lou　búguò wèishénme nǐ yào

　　　請 我 吃大餐 呢？
　　　qǐng wǒ chī dàcān ne

家文：妳 忘 了嗎？下禮拜六是我 們 的五 週 年
Jiāwén　nǐ wàng le ma　xià lǐbàiliù shì wǒmen de wǔ zhōunián

　　　紀念日啊！
　　　jìniànrì a

一美：對唷！我 差點 忘了！幸 好你還記得。
Yìměi　duì yo　wǒ chādiǎn wàng le　xìnghǎo nǐ hái jìdé

家文：那 當然！我 說 過妳跟我結婚以後，會是
Jiāwén　nà dāngrán　wǒ shuōguò nǐ gēn wǒ jiéhūn yǐhòu　huì shì

世界 上 第二 幸福的人啊！
shìjièshàng dì èr xìngfú de rén a

一美：哈哈，我記得，不過，爲什麼 不是第一啊？
Yìměi　hā hā　wǒ jìdé　búguò　wèishénme búshì dì yī a

家文：因爲 有了妳，我 才是第一 幸福的人啊！
Jiāwén　yīnwèi yǒu le nǐ　wǒ cáishì dì yī xìngfú de rén a

(二)問題
wèntí

_____ 1. 家文 跟一美 在 哪裡 說話？
Jiāwén gēn Yìměi zài nǎlǐ shuōhuà
(A) 餐廳裡
(B) 網路上
(C) 電話裡
(D) 家文的心裡

_____ 2. 一美 現在 忙 嗎？
Yìměi xiànzài máng ma
(A) 很忙
(B) 不太忙
(C) 她不忙，但是很累
(D) 對話裡沒有答案

_____ 3. 一美 爲 什 麼 跟 家 文 說：「你 肉 麻 不 肉 麻
Yìměi wèishénme gēn Jiāwén shuō　nǐ ròumá bú ròumá

啊？」
a

(A) 一美覺得家文肉麻

(B) 一美覺得家文不肉麻

(C) 一美擔心家文身體不舒服

(D) 一美想知道家文是不是肉麻

_____ 4. 家 文 爲 什 麼 跟 一 美 說：「這 哪 裡 會
Jiāwén wèishénme gēn Yìměi shuō　zhè nǎlǐ huì

肉 麻？」
ròumá

(A) 家文覺得餐廳肉麻

(B) 家文覺得一美才肉麻

(C) 家文覺得自己不肉麻

(D) 家文想知道一美什麼地方不舒服

_____ 5. 爲 什 麼 家 文 跟 一 美 說：「妳 今 天 在 我
wèishénme Jiāwén gēn Yìměi shuō　nǐ jīntiān zài wǒ

心 裡 跑 了 好 久」？
xīnlǐ pǎole hǎojiǔ

(A) 家文今天心情不好

(B) 家文的心不太舒服

(C) 家文今天很想一美

(D) 家文希望一美多運動

_____ 6. 一美 爲 什 麼 跟 家 文 說：「你 少 來 了！」？
Yìměi wèishénme gēn Jiāwén shuō　nǐ shǎo lái le

(A) 希望家文不要說話

(B) 希望家文不要去找她

(C) 希望家文不要肉麻了

(D) 希望家文不要常常去找她

_____ 7. 家 文 跟 一美 應 該 是？
Jiāwén gēn Yìměi yīnggāi shì
(A) 兄妹
(B) 父女
(C) 男女朋友
(D) 先生和太太

_____ 8. 哪 個 不 對？
nǎge búduì
(A) 一美今天跑了很久
(B) 家文覺得自己很幸福
(C) 家文要請一美吃大餐
(D) 一美差點忘記五週年紀念日

(三)生 詞
shēngcí

	生詞	漢語拼音	解釋
1	夫妻	fūqī	สามีภรรยา
2	肉麻	ròumá	เลี่ยน (ฟังแล้วจะเลี่ยน)
3	疲倦	píjuàn	เหนื่อยล้า
4	咦	yí	คำอุทาน
5	痠	suān	เมื่อย
6	少來了	shǎoláile	น้อยๆ หน่อย
7	幹嘛	gànmá	ทำไม
8	週年	zhōunián	วันครบรอบ
9	紀念	jìniàn	ระลึก อนุสรณ์
10	幸好	xìnghǎo	โชคดี
11	幸福	xìngfú	ความสุข

十二、買 東西㈠
mǎi dōngxi

㈠對話
duìhuà

（莉娜 走 進 一 家 店）
　Lìnà zǒujìn yì jiā diàn

雨心：挑挑 看、選 選 看，喜歡 都 可以 試 穿 唷！
Yǔxīn　tiāotiāo kàn xuǎnxuǎn kàn　xǐhuān dōu kěyǐ shìchuān yo

莉娜：小姐，請 問 這件 紅色 的 外套 還有 大 一點 的
Lìnà　xiǎojiě qǐngwèn zhèjiàn hóngsè de wàitào háiyǒu dà yì diǎn de

尺寸 嗎？
chǐcùn ma

雨心：沒有了耶！這個 顏色 只 剩 最後 一件M號 的。
Yǔxīn　méiyǒu le ye　zhège yánsè zhǐshèng zuìhòu yí jiàn　hào de

　　　不過，我 覺得 妳的 身材 穿 M號 就可以了。
　　　búguò　wǒ juéde nǐ de shēncái chuān　hào jiù kě yǐ le

莉娜：我 怕M號 穿 起來太緊，看起來會 很 胖。
Lìnà　wǒ pà　hào chuān qǐ lái tài jǐn　kàn qǐ lái huì hěn pàng

雨心：不會啦！小姐妳的 身 材很 苗 條。
Yǔxīn　búhuì la　xiǎojiě nǐ de shēncái hěn miáotiáo

　　　而且 這件 外套 有 特別的 設計，穿 起來很
　　　érqiě zhèjiàn wàitào yǒu tèbié de shèjì　chuān qǐ lái hěn

　　　顯 瘦，所以賣得 超級好 的，我自己也帶了一
　　　xiǎnshòu　suǒyǐ màide chāojí hǎo de　　wǒ zìjǐ　yě dài le yí

　　　件呢！
　　　jiàn ne

莉娜：這件 外套 除了 紅色，還有 別的 顏色 嗎？
Lìnà　zhèjiàn wàitào chúle hóngsè　háiyǒu bié de yánsè ma

雨心：還有一件 黑色M號 的，妳要不要 兩 件 都
Yǔxīn　háiyǒu yí jiàn hēisè　hào de　nǐ yàobúyào liǎngjiàn dōu

　　　試穿？
　　　shìchuān

莉娜：好 啊！
Lìnà　hǎo a

（10分 鐘 以後）
fēnzhōng yǐhòu

雨心：怎麼 樣？還 可以 嗎？
Yǔxīn　zěnmeyàng　hái kěyǐ ma

我 覺得 妳 兩件 穿 起來都 很 好看 呢！
wǒ juéde nǐ liǎngjiàn chuān qǐlái dōu hěn hǎo kàn ne

莉娜：還 不錯，兩 件 我 都 很 喜歡。一件 要 多少
Lìnà　hái búcuò liǎngjiàn wǒ dōu hěn xǐhuān yíjiàn yào duōshǎo

錢 呢？
qián ne

雨心：一件 現在特價五百九唷！妳要 兩件 都 帶嗎？
Yǔxīn　yíjiàn xiànzài tèjià wǔbǎijiǔ yo nǐ yào liǎngjiàn dōu dài ma

莉娜：不，我的 錢 不太夠，我買 這件 紅色的 就好
Lìnà　bù wǒ de qián bú tài gòu wǒ mǎi zhè jiàn hóngsè de jiù hǎo

了，妳可以算 我 便宜一點 嗎？
le nǐ kěyǐ suàn wǒ piányí yìdiǎn ma

雨心：很 抱歉，我們 店 不二價，五百九已經 很 便宜
Yǔxīn　hěn bàoqiàn wǒmen diàn búèrjià wǔbǎijiǔ yǐjīng hěn piányi

了，再 算 妳 便宜一點，我會 被 老闆 罵 的。
le zài suàn nǐ piányi yìdiǎn wǒ huì bèi lǎobǎn mà de

莉娜：拜託嘛！我會再介紹 我的 朋 友 來找 妳買
Lìnà　bàituō ma wǒ huì zài jièshào wǒ de péngyǒu lái zhǎo nǐ mǎi

的！
de

雨心：真 的不行啦！
Yǔxīn　zhēnde bùxíng la

我們　老闆　說過　兩件一起帶才可以算　便宜
wǒmen lǎobǎn shuōguò liǎngjiàn yìqǐ dài cái kěyǐ suàn piányi

一點，妳要不要也買黑色的那件，兩件一千
yīdiǎn　nǐ yàobúyào yě mǎi hēisè de nà jiàn liǎngjiàn yìqiān

就好！
jiù hǎo

莉娜：真的嗎！？好吧，我兩件都買！
Lìnà　zhēn de ma　hǎo ba　wǒ liǎngjiàn dōu mǎi

雨心：好的，謝謝！下次再幫我介紹客人唷！
Yǔxīn　hǎo de　xièxie　xiàcì zài bāng wǒ jièshào kèrén yo

㈡問題
wèntí

———— 1. 莉娜進去的店應該叫做什麼店？
Lìnà jìnqù de diàn yīnggāi jiàozuò shénme diàn
⑷書店
⑻鞋店
㊄飯店
⒟服裝店

———— 2. 雨心是誰？
Yǔxīn shì shéi
⑷莉娜的朋友
⑻那家店的老闆
㊄在那家店工作的人
⒟在那家店買東西的人

_____ 3. 如果 妳 要 買 的皮包 是100元，
rúguǒ nǐ yào mǎi de píbāo shì yuán

老闆 告訴妳 這個皮包「不二價」，他的意思
lǎobǎn gàosù nǐ zhège píbāo búèrjià tā de yìsi

是？
shì

(A) 妳必須花100元買皮包

(B) 妳必須花120元買皮包

(C) 妳只要花20元就可以買到皮包

(D) 妳只要花80元就可以買到皮包

_____ 4. 猜猜看，文章 中 的「顯瘦」是 什麼意
cāi cāi kàn wénzhāngzhōng de xiǎnshòu shì shénme yì

思？
si

(A) 穿外套可以變瘦

(B) 穿外套讓人體重變輕

(C) 穿外套讓人看起來很瘦

(D) 上面的答案都不對

_____ 5. 「五百九」的意思是 多 少 錢？
wǔbǎi jiǔ de yìsi shì duōshǎo qián

(A) 509元

(B) 590元

(C) 599元

(D) 905元

_____ 6. 下面 哪一個句子 中 的「起來」，
xiàmiàn nǎyíge jùzi zhōng de qǐlái

意思跟 其他三 個不一 樣？
yìsi gēn qítā sān ge bùyíyàng

(A) 妳還好嗎？你看起來很累！

(B) 這件外套妳穿起來很好看！

(C) 這道菜吃起來酸酸甜甜的，我很喜歡。

(D) 我昨天太晚睡，所以早上沒起來吃早餐。

_____ 7.「除了」不 能 放 在 哪一個 句子 的□□ 中？
　　chúle　bùnéng fàng zài nǎyíge　jùzi de　zhōng

⒜ □□美國，我還去過日本。

⒝ □□西瓜，我還喜歡吃蘋果。

⒞ □□生氣，但是我還當她是我的朋友。

⒟ □□去餐廳吃大餐，我們還去看表演。

_____ 8. 哪個 是 錯 的？
　　nǎge shì cuò de

⒜ 莉娜最後買了兩件外套。

⒝ 外套有紅、黑、藍三種顏色。

⒞ 莉娜本來想試穿L號的外套。

⒟ 雨心也有一件跟莉娜一樣的外套。

61

㈢生詞 shēngcí

	生詞	漢語拼音	解釋
1	挑	tiāo	เลือก
2	試穿	shìchuān	ลอง (สวม)
3	尺寸	chǐcùn	ขนาด
4	身材	shēncái	หุ่น รูปร่าง
5	苗條	miáotiáo	เอวบางร่างเล็ก
6	而且	érqiě	นอกจากนี้ ยิ่งไปกว่า
7	設計	shèjì	ออกแบบ
8	顯瘦	xiǎnshòu	ดูผอม
9	超級	chāojí	(คำคุณศัพท์) สุด
10	特價	tèjià	ราคาพิเศษ
11	你可以算我便宜一點嗎？	nǐ kěyǐ suàn wǒ piányí yìdiǎn ma	คุณช่วยลดราคาลงอีกได้ไหม
12	不二價	búèrjià	ราคามาตรฐาน (ไม่ลดราคาให้)

十三、朋 友聊天
péngyǒu liáotiān

玉文：好久不見！哇！小均 這麼 大啦！
Yùwén　hǎojiǔbújiàn　wa Xiǎojūn zhème dà la

笑 得好可愛啊！他現在幾個月了？
xiàode hǎo kěài a　tā xiànzài jǐge yuè le

日蘋：七個月啦！他現在看到人 超愛笑，
Rìpín　qīge yuè la　tā xiànzài kàndào rén chāo ài xiào

平 常 又 超 愛 講 話 的。
píngcháng yòu chāo ài jiǎnghuà de

玉文：那他都 跟 妳 說 些 什麼 呢？
Yùwén　nà tā dōu gēn nǐ shuō xiē shénme ne

他 會 叫 爸爸、媽媽 了 嗎？
tā huì jiào bàba　māma le ma

日蘋：還 不 會 耶！
Rìpín　hái búhuì ye

其實我也 聽 不太 懂 他 平 常 在 說 些 什
qíshí wǒ yě tīng bú tài dǒng tā píngcháng zài shuō xiē shén

麼，就是發出一些 像「啊、喔、安咕」的 聲音。
me　jiùshì fāchū yìxiē xiàng　a　o　āngū　de shēngyīn

玉文：哈哈，聽起來好 可愛呀！
Yùwén　hāhā　tīngqǐlái hǎo kěài ya

話 說 回來，他 長 得好 快 啊！
huàshuōhuílai　tā zhǎngde hǎo kuài a

記得 當 初我去看妳 生 小均 的 時候，
jìde dāngchū wǒ qù kàn nǐ shēng Xiǎojūn de shíhòu

小均只有 我半隻 手臂那麼 長，
Xiǎojūn zhǐyǒu wǒ bànzhī shǒubì nàme cháng

現在大概有 我一隻 手臂那麼 長 了吧！
xiànzài dàgài yǒu wǒ yìzhī shǒubì nàme cháng le ba

日蘋：對啊，他也 變 得好 重 哪！
Rìpín　duì a　tā yě biànde hǎo zhòng na

我 現在 沒 辦法抱 他抱 太久了。
wǒ xiànzài méi bànfǎ bào tā bào tài jiǔ le

玉文：妳也好 厲害呀！才七個月 身 材就 恢復了。
Yùwén　nǐ yě hǎo lì hai ya　cái qīge yuè shēncái jiù huīfù le

喔，不！我覺得妳好 像 比以前 更 苗 條了耶！
o　bù　wǒ juéde nǐ hǎoxiàng bǐ yǐqián gèng miáotiáo le ye

日蘋：帶這 孩子，不 瘦 也難！
Rìpín　dài zhè háizi　bú shòu yě nán

他 剛 出 生 的那三個月，
tā gāng chūshēng de nà sānge yuè

晚 上 都不肯 好好 睡覺，一直哭鬧，
wǎnshang dōu bùkěn hǎohǎo shuìjiào　yī zhí kū nào

我 跟老 公 必須輪流抱他、搖搖他，
wǒ gēn lǎogōng bìxū lúnliú bào tā　yáoyáo tā

他才肯 安靜 下來。
tā cái kěn ānjìng xiàlai

我們 常 常 沒時間 好好 吃飯、睡覺，
wǒmen chángcháng méi shíjiān hǎohǎo chīfàn　shuìjiào

這孩子可把我們 累 壞了！
zhè háizi kě bǎ wǒmen lèihuài le

玉文：說 到 這個，我家那個 孩子最近也是 這 樣，
Yùwén　shuō dào zhège　wǒ jiā nàge háizi zuìjìn yě shì zhèyàng

晚 上 常 常 吵得我睡不著 啊！
wǎnshang chángcháng chǎode wǒ shuìbùzháo a

我 最近也累 壞了。
wǒ zuìjìn yě lèihuài le

日蘋：難 怪 我 覺得 妳 看 起來 特別 累，不過，
Rìpín　nánguài wǒ juéde nǐ kànqǐlái tèbié lèi　búguò

妳 什 麼 時候　生 了 孩子，我 怎麼 都 不 知道 啊？
nǐ shénme shíhòu shēng le háizi　wǒ zěnme dōu bùzhīdào a

玉文：哈哈，我 說 的 是 我 家 會 打 呼 的 大 孩子，
Yùwén　hāhā　wǒ shuō de shì wǒ jiā huì dǎhū de dà háizi

我 的 老 公 啦！
wǒ de lǎogōng la

(二)問題
wèntí

———— 1. 日蘋 跟 玉文 可能　多久 沒 見 面 了？
Rìpín gēn Yùwén kěnéng duōjiǔ méi jiànmiàn le

(A)一年

(B)七個月

(C)三個月

(D)一個星期

———— 2. 日蘋 和 玉文　沒有 談 到 的 事情　是？
Rìpín hé Yùwén méiyǒu tándào de shìqing shì

(A)孩子

(B)老公

(C)身材

(D)工作

———— 3. 下 面 哪 一件 事情 跟 小 均 沒 有　關 係？
xiàmiàn nǎ yíjiàn shìqíng gēn Xiǎojūn méiyǒu guānxì

(A)愛笑

(B)會打呼

(C)愛講話

(D) 長得很快

_____ 4. 「看 起來特別 累」的「特別」和下 面 哪一個
kànqǐlái tèbié lèi de tèbié hé xiàmiàn nǎyíge
「特別」的意思一 樣？
tèbié de yìsi yíyàng

(A) 今天「特別」冷

(B) 我覺得妳很「特別」

(C) 我要送他「特別」的生日禮物

(D) 在這個世界上，妳是最「特別」的

_____ 5. 日蘋 爲 什 麼 變 苗 條？
Rìpín wèishénme biàn miáotiáo

(A) 她睡得多

(B) 她天天運動

(C) 因爲照顧小均很累

(D) 她的老公晚上打呼，她睡不好。

_____ 6. 玉文 沒 有 問 的 問題是？
Yùwén méiyǒu wèn de wèntí shì

(A) 小均的年紀

(B) 小均會說什麼

(C) 小均會不會叫爸爸媽媽

(D) 日蘋什麼時候生了孩子

_____ 7. 「可」不 能 放 進 下 面 哪一個□中？
kě bùnéng fàngjìn xiàmiàn nǎyíge zhōng

(A) 今天□晴天！

(B) 你起得□眞早！

(C) 她今天□漂亮了！

(D) 這家店的麵□眞好吃！

_____ 8. 哪 個 是 錯 的？
nǎge shì cuò de

(A) 小均長高也變重了

⒝ 日蘋比以前更瘦了
⒞ 小均會叫爸爸媽媽了
⒟ 日蘋聽不懂小均說的話

㈢生 詞
shēngcí

	生詞	漢語拼音	解釋
1	超	chāo	(คำคุณศัพท์) สุด
2	話說回來	huàshuōhuílái	กลับมาประเด็นเดิม
3	當初	dāngchū	ตอนแรก
4	手臂	shǒubì	แขน
5	厲害	lìhai	เก่ง เยี่ยมยอด
6	身材	shēncái	หุ่น รูปร่าง
7	恢復	huīfù	ฟื้นคืน
8	苗條	miáotiáo	เอวบางร่างเล็ก ผอมบาง
9	鬧	nào	เสียงดัง
10	老公	lǎogōng	สามี
11	輪流	lúnliú	ผลัดเปลี่ยน
12	搖	yáo	เขย่า สั่น แกว่ง
13	打呼	dǎhū	เสียงกรน

十四、買 東西㈡
mǎi dōngxi

㈠對話
duìhuà

（世天 與 泰熙 走到 一家店）
Shìtiān yǔ Tàixī zǒudào yì jiā diàn

店員：嗨，帥哥，老 樣子，珍奶 半 糖 去冰 嗎？
diànyuán hāi shuàigē lǎoyàngzi zhēnnǎi bàn táng qù bīng ma

世天：沒錯，麻煩 妳了！
Shìtiān méicuò máfán nǐ le

泰熙：（對 世天 說）店員 好厲害，怎麼 知道 你
Tàixī　　duì Shìtiān shuō diànyuán hǎo lìhai　 zěnme zhīdào nǐ

　　要 點 什麼？
　　yào diǎn shénme

世天：因為我 常 常 來這家 店啊！
Shìtiān　yīnwèi wǒ chángcháng lái zhè jiā diàn a

　　小美，這是我 的 韓國 朋友，
　　Xiǎoměi　zhèshì wǒ de Hánguó péngyǒu

　　我 帶她來喝喝看 妳們 家的 飲料。
　　wǒ dài tā lái hēhē kàn nǐmen jiā de yǐnliào

店員：（對泰熙說）帥哥是我們 店 的老客人了，
diànyuán　 duì Tàixī shuō shuàigē shì wǒmen diàn de lǎo kèrén le

　　所以我 會記得他喜歡 喝 什麼。
　　suǒyǐ wǒ huì jìdé tā xǐhuān hē shénme

　　美女妳呢？今天 想 喝 什麼呢？
　　měinǚ nǐ ne　 jīntiān xiǎng hē shénme ne

泰熙：我不知道 耶，每個看 起來都 很 棒，
Tàixī　 wǒ bù zhīdào ye　 měi ge kànqǐlái dōu hěn bàng

　　妳推薦 什麼呢？
　　nǐ tuījiàn shénme ne

店員： 帥哥 點 的 珍 珠奶茶是我們 店裡的招牌，
diànyuán shuàigē diǎn de zhēnzhūnǎichá shì wǒmen diànlǐ de zhāopái

　　如果 妳喜歡 喝茶的 話，我們 的烏龍 綠茶也
　　rúguǒ nǐ xǐhuān hēchá de huà　wǒmen de wūlónglǜchá yě

　　很 好喝唷，我們 是用 茶葉泡的，沒有 加
　　hěn hǎohē yo　wǒmen shì yòng cháyè pào de　méiyǒu jiā

香 精，很　清涼 解渴呢！
xiāngjīng　hěn qīngliáng jiěkě　ne

泰熙：那 我要　試試 看 烏龍綠茶！我要一杯大杯的，
Tàixī　　nà wǒ yào shìshì kàn wūlónglǜchá　wǒ yào yìbēi dàbēide

謝謝！
xièxie

店員：好 的，甜度 冰塊　正　常　嗎？
diànyuán　hǎo de　tiándù bīngkuài zhèngcháng ma

泰熙：（對 世天　說）什麼 意思啊？
Tàixī　　　duì Shìtiān shuō　shénme　yìsi　a

世天：她在　問妳，
Shìtiān　tā zài wèn nǐ

妳的烏龍綠茶 的 糖　跟　冰塊 要不要　多加
nǐ de wūlónglǜchá de táng gēn bīngkuài yào bú yào duō jiā

一點，或是　少　加一點，或是 不改變。
yì diǎn　huòshì shǎo jiā yìdiǎn　huòshì bù gǎibiàn

泰熙：我在 減肥，我 不想　加糖，
Tàixī　wǒ zài jiǎnféi　wǒ bùxiǎng jiā táng

天氣那麼熱，冰塊　就不要　改變　好了。
tiānqì nàme rè　bīngkuài jiù búyào gǎibiàn hǎo le

店員：那就是一杯 烏 龍綠無糖　正　常　冰。
diànyuán　nà jiù shì yìbēi wūlónglǜ wútáng zhèngcháng bīng

跟　您 收20元，帥 哥的是25元，你們　要一起
gēn nín shōu yuán shuàigē de shì　yuán　nǐmen yào yīqǐ

算　嗎？
suàn ma

世天：一起算！（對泰熙 說）這 杯 我 請 妳吧！
Shìtiān　yìqǐ suàn　　duì Tàixī shuō　zhè bēi wǒ qǐng nǐ ba

泰熙：這 怎麼 好意思呢？
Tàixī　zhè zěnme hǎo yìsi　ne

世天：沒 關係啊！下次再 換 妳 請 我 就好了。
Shìtiān　méiguānxì a　　xiàcì zài huàn nǐ qǐng wǒ jiù hǎo le

泰熙：好 吧！那就 先 謝謝你的烏龍綠了！
Tàixī　hǎo ba　　nà jiù xiān xièxie nǐ de wūlónglǜ　le

(二)問題
wèntí

_____ 1. 世天 與泰熙去的 店 是 什麼？
Shìtiān yǔ Tàixī qù de diàn shì shénme

　　(A) 餐廳

　　(B) 飯店

　　(C) 飲料店

　　(D) 便利商店

_____ 2. 世天 的 韓國 朋 友 叫做 什 麼 名 字？
Shìtiān de Hánguó péngyǒu jiàozuò shénme míngzi

　　(A) 小美

　　(B) 泰熙

　　(C) 美女

　　(D) 上面的答案都不對

_____ 3. 在第一句話 中，店 員 跟 世天 說 的
zài dì yī jù huà zhōng diànyuán gēn Shìtiān shuō de
「老 樣 子」是 什 麼 意思？
lǎoyàngzi　　shì shénme yìsi

　　(A) 「好久不見了！」

(B)「你看起來很累。」

(C)「你的臉比以前老了。」

(D)「你要買你每次最喜歡點的珍珠奶茶嗎？」

_____ 4. 「老客人」的「老」和下面哪一個詞中的
lǎokèrén de lǎo hé xiàmiàn nǎ yí ge cí zhōng de
「老」意思不一樣？
lǎo yìsi bù yíyàng

(A)老人

(B)老朋友

(C)老樣子

(D)老同學

_____ 5. 「珍珠奶茶是我們店裡的招牌」這句
zhēnzhūnǎichá shì wǒmen diànlǐ de zhāopái zhè jù
話是什麼意思？
huà shì shénme yìsi

(A)那家店只賣珍珠奶茶

(B)那家店的名字叫做珍珠奶茶

(C)珍珠奶茶是那家店最好喝的飲料

(D)除了珍珠奶茶以外，其他的飲料都不好喝

_____ 6. 如果你的朋友想喝烏龍綠茶，他只要一
rúguǒ nǐ de péngyǒu xiǎng hē wūlónglǜchá tā zhǐyào yí
半的糖，不改變冰塊的多少，你可以怎
bàn de táng bù gǎibiàn bīngkuài de duōshǎo nǐ kěyǐ zěn
麼幫他簡單地告訴店員？
me bāng tā jiǎndān de gàosù diànyuán

(A)烏龍綠半糖去冰

(B)烏龍綠無糖正常冰

(C)烏龍綠正常糖半冰

(D)烏龍綠半糖正常冰

_____ 7. 泰熙的飲料　為什麼不要加糖？
Tàixī de yǐnliào wèishénme búyào jiā táng
(A) 天氣太熱了
(B) 泰熙在減肥
(C) 加糖要多加錢
(D) 加糖就不好喝了

_____ 8. 哪個是錯的？
nǎge shì cuò de
(A) 世天喝了烏龍綠
(B) 世天請泰熙喝飲料
(C) 泰熙第一次去那家店
(D) 那家店的烏龍綠沒有加香精

㈢生詞
shēngcí

	生詞	漢語拼音	解釋
1	老樣子	lǎoyàngzi	เหมือนเดิม
2	珍奶 / 珍珠奶茶	zhēnnǎi/ zhēnzhū nǎichá	ชานมไข่มุก
3	半糖	bàn táng	หวาน ๕๐%
4	去冰	qù bīng	ไม่เอาน้ำแข็ง
5	厲害	lìhai	เก่ง เยี่ยมยอด
6	老客人	lǎokèrén	ลูกค้าประจำ ลูกค้าเก่า
7	推薦	tuījiàn	แนะนำ
8	招牌	zhāopái	ขึ้นชื่อ
9	烏龍綠茶	wūlónglǜchá	ชาเขียวอู่หลง
10	茶葉	cháyè	ใบชา
11	香精	xiāngjīng	กลิ่นหอม (ส่วนประกอบ)

	生詞	漢語拼音	解釋
12	清涼	qīngliáng	เย็นสดชื่น
13	解渴	jiěkě	ดับกระหาย
14	甜度	tiándù	ความหวาน
15	減肥	jiǎnféi	ลดน้ำหนัก ลดความอ้วน

十五、搭捷運
dā jiéyùn

(一)對話
duìhuà

傑夫：您好，不好意思，我要去動物園，請問我
Jiéfū　nínhǎo　bùhǎoyìsi　wǒ yào qù dòngwùyuán qǐngwèn wǒ

應該 怎麼 坐車 呢？
yīnggāi zěnme zuòchē ne

三美：請 您 看 這 張　捷運路線圖，現在 您 在 臺北
Sānměi qǐng nín kàn zhèzhāng jiéyùn lùxiàntú　xiànzài nín zài Táiběi

車站，您必須先搭藍線到忠孝復興站，
chēzhàn nín bìxū xiān dā lánxiàn dào Zhōngxiàofùxīng zhàn

換成棕線，再搭9站就可以到動物園了。
huàn chéng zōngxiàn zài dā zhàn jiù kěyǐ dào dòngwùyuán le

傑夫：請問，我該怎麼買票呢？
Jiéfū qǐngwèn wǒ gāi zěnme mǎi piào ne

三美：請跟我來。（兩人走到售票處前面）
Sānměi qǐng gēn wǒ lái liǎngrén zǒudào shòupiàochù qiánmiàn

您可以先查從臺北車站到動物園的
nín kěyǐ xiān chá cóng Táiběichēzhàn dào dòngwùyuán de

票價，從臺北車站到其他捷運站的票價，
piàojià cóng Táiběichēzhàn dào qítā jiéyùnzhàn de piàojià

都寫在售票處上面貼的票價圖中。
dōu xiě zài shòupiàochù shàngmiàn tiē de piàojiàtú zhōng

傑夫：所以，動物園站上面有一個數字是35，
Jiéfū suǒyǐ dòngwùyuán zhàn shàngmiàn yǒu yíge shùzì shì

從臺北車站到動物園的票價就是35元，
cóng Táiběichēzhàn dào dòngwùyuán de piàojià jiùshì yuán

對嗎？
duì ma

三美：沒錯，您在機器上，先選擇您要買的票
Sānměi méicuò nín zài jīqì shàng xiān xuǎnzé nín yào mǎi de piào

價，再把錢放進去機器裡，就可以買到車票
jià zài bǎ qián fàngjìnqù jī qì lǐ jiù kěyǐ mǎidào chēpiào

了。
le

傑夫：臺北捷運的單程車票是藍色的、圓圓
Jiéfū　Táiběi jiéyùn de dānchéng chēpiào shì lánsè de　yuányuán

的，真特別。
de　zhēn tèbié

三美：是啊！不過車票很小，您要拿好，別弄
Sānměi　shì a　　búguò chēpiào hěn xiǎo　nín yào náhǎo　bié nòng

丟了。
diū le

傑夫：如果我弄丟了，會怎麼樣嗎？
Jiéfū　rúguǒ wǒ nòngdiū le　huì zěnmeyàng ma

三美：萬一弄丟了，就必須重新買票了。
Sānměi　wànyī nòngdiū le　jiù bìxū chóngxīn mǎipiào le

傑夫：我知道了，我會把票拿好的。對了，我看
Jiéfū　wǒ zhīdào le　wǒ huì bǎ piào náhǎo de　duì le　wǒ kàn

到很多人拿長方形的卡片坐捷運，
dào hěnduō rén ná chángfāngxíng de kǎpiàn zuò jiéyùn

請問那是什麼？
qǐngwèn nà shì shénme

三美：那是悠遊卡，如果您常常搭捷運，
Sānměi　nàshì yōuyóukǎ　rúguǒ nín chángcháng dā jiéyùn

我建議您可以買一張，搭捷運可以打八折唷！
wǒ jiànyì nín　kěyǐ mǎi yìzhāng　dā jiéyùn kěyǐ dǎ bāzhé yo

傑夫：真的嗎？我下次也要買一張，
Jiéfū　zhēnde ma　wǒ xiàcì yě yào mǎi yìzhāng

臺北還有很多我想去看看的地方呢！
Táiběi háiyǒu hěnduō wǒ xiǎng qù kànkàn de dìfāng ne

謝謝 您告訴 我。
xièxie nín gàosù wǒ

三美：不客氣，還有 其他的 問題嗎？
Sānměi búkèqì háiyǒu qítā de wèntí ma

傑夫：小姐，您什麼 時候 放假？可以給 我 您的 手機
Jiéfū xiǎojiě nín shénme shíhòu fàngjià kěyǐ gěi wǒnín de shǒujī

號碼 嗎？
hàomǎ ma

(二)問題
wèntí

_____ 1. 三美 應該 是？
Sānměi yīnggāi shì

　(A) 要坐捷運的人

　(B) 到臺灣旅遊的人

　(C) 在捷運站工作的人

　(D) 上面的答案都不對

_____ 2. 怎麼 用 售 票 處的機器買 票？
zěnme yòng shòupiàochù de jīqì mǎipiào

　(A) 選擇要去的地方→把錢放進去→拿到票

　(B) 選擇票價→把錢放進去→拿到票

　(C) 選擇票價→選擇要去的地方→把錢放進去→拿到票

　(D) 把錢放進去→選擇票價→拿到票

_____ 3. 如果 傑夫 35元 的 單 程 票不見了，該怎麼
rúguǒ Jiéfū yuán de dānchéngpiào bújiàn le gāi zěnme

辦？
bàn

　(A) 再花35元買票

⒝ 再花28元買票

⒞ 沒關係，不用再買票

⒟ 上面的答案都不對

_____ 4. 35元 的 車 票 打八折，是 多 少 錢？
yuán de chēpiào dǎ bāzhé shì duōshǎo qián

⒜ 35*8

⒝ 35*0.8

⒞ 35*2

⒟ 35*0.2

_____ 5. 「萬一」這 個 詞 可 以 放 在 哪個□□裡面？
wànyī zhège cí kěyǐ fàng zài nǎge lǐmiàn

⒜ 這間房子很漂亮，□□太貴了。

⒝ □□他非常有錢，所以他買了很多房子。

⒞ □□我明天忘記帶妳的書，請妳不要生氣。

⒟ □□我不漂亮，可是我是個好人。

_____ 6. 請 問 下 面 哪 一 個 是 臺北 捷 運 的 單 程
qǐngwèn xiàmiàn nǎ yíge shì Táiběi jiéyùn de dānchéng

車 票？
chēpiào

⒜

⒝

⒞

⒟

———— 7. 請　看下面的圖片，選　出　不對的句子。
qǐng kàn xiàmiàn de túpiàn　xuǎn chū bú duì de jùzi

(A) 這是臺北車站到其他車站的票價圖。

(B) 從臺北車站到小南門站不用換車。

(C) 從臺北車站到板橋需要25元。

(D) 從臺北車站到龍山寺、中正紀念堂、善導寺都只要20元。

———— 8. 哪個是　對的？
nǎge shì duì de

(A) 悠遊卡是藍色的、圓圓的

(B) 用悠遊卡坐捷運，票價可以打八折

(C) 從臺北車站到忠孝復興站要35元

(D) 傑夫想先去忠孝復興玩，再去動物園玩

(三) 生 詞
shēngcí

	生詞	漢語拼音	解釋
1	捷運	jiéyùn	รถไฟฟ้า
2	路線圖	lùxiàntú	แผนที่เดินรถ
3	臺北車站	Táiběi chēzhàn	สถานี Taipei Main Station
4	搭	dā	โดยสาร (โดยยานพาหนะ)
5	藍線	lánxiàn	(รถไฟฟ้า) สายสีน้ำเงิน
6	忠孝復興站	Zhōngxiàofùxīng zhàn	สถานีจงเซี่ยวฟู่ซิง
7	棕線	zōngxiàn	(รถไฟฟ้า) สายสีน้ำตาล
8	售票處	shòupiàochù	ช่องจำหน่ายตั๋ว
9	票價圖	piàojiàtú	อัตราค่าโดยสาร
10	車票	chēpiào	ตั๋ว (รถเมล์ รถไฟ)
11	萬一	wànyī	ถ้าหาก...
12	重新	chóngxīn	เริ่มใหม่ อีกครั้ง
13	長方形	chángfāngxíng	สี่เหลี่ยมผืนผ้า
14	悠遊卡	yōuyóukǎ	บัตรโดยสาร easy card
15	建議	jiànyì	แนะนำ ข้อเสนอแนะ
16	打八折	dǎ bāzhé	ลด ๒๐%

十六、蜜月旅行
mìyuè lǚxíng

㈠對話
duìhuà

子千：嗨，俊文！好久不見，你的蜜月 旅行 還好嗎？
Zǐqiān　hāi　Jùnwén　hǎojiǔ bú jiàn　nǐ de mìyuè lǚxíng háihǎo ma

俊文：唉！別提了，一 說 到 這個我就 頭痛。
Jùnwén　āi　bié tí le　yì shuōdào zhège wǒ jiù tóutòng

子千：發生 什麼 事了？旅行 應該 甜 甜 蜜 蜜 的啊，
Zǐqiān　fāshēng shénme shì le　lǚxíng yīnggāi tián tián mì mì de a

你怎麼 一個苦瓜 臉呢？
nǐ zěnme yí ge kǔguāliǎn ne

俊文：還不是美美，都 不事先 把行李準備 好，
Jùnwén hái bùshì Měiměi dōu bú shìxiān bǎ xínglǐ zhǔnbèi hǎo

要去旅行那天我們 匆 忙地出門，
yào qù lǚxíng nàtiān wǒmen cōngmáng de chūmén

差點 趕不上 飛機，而且……唉。
chàdiǎn gǎnbúshàng fēijī érqiě ai

子千：別一直嘆氣啊，又發 生了 什麼事嗎？
Zǐqiān bié yìzhí tànqì a yòu fāshēngle shénme shì ma

俊文：我們 住的 飯店 很不好，房間 很 潮濕，
Jùnwén wǒmen zhù de fàndiàn hěn bùhǎo fángjiān hěn cháoshī

而且隔壁 房間 的人 半夜還在大 聲 唱歌，
érqiě gébì fángjiān de rén bànyè hái zài dàshēng chànggē

我 們 都 不能 睡覺。
wǒmen dōu bùnéng shuìjiào

子千：聽起來 眞的很 糟糕啊，難 道就沒發生
Zǐqiān tīngqǐlái zhēnde hěn zāogāo a nándào jiù méi fāshēng

什麼 好的事情 嗎？
shénme hǎo de shìqíng ma

俊文：除了飯店 的食物還不錯 之外，就沒 什麼 好
Jùnwén chúle fàndiàn de shíwù hái bùcuò zhīwài jiù méi shénme hǎo

說 的了。
shuō de le

子千：至少 你一輩子都 不會 忘記這趟 旅行啊。
Zǐqiān zhìshǎo nǐ yíbèizi dōu búhuì wàngjì zhètàng lǚxíng a

俊文：不說 這個了，你看起來心情 很 好，跟 佳英
Jùnwén bù shuō zhè ge le　nǐ kànqǐlái xīnqíng hěnhǎo　gēn Jiāyīng

　　　什麼 時候 有 好 消息啊？
　　　shénme shíhòu yǒu hǎo xiāoxí a

子千：我們 在 討論 這件 事情了，有 好 消息一定
Zǐqiān wǒmen zài tǎolùn zhèjiàn shìqíng le　yǒu hǎo xiāoxí yídìng

　　　第一個告訴你。
　　　dì yī ge gàosù nǐ

俊文：真的嗎？真 是太好了！
Jùnwén zhēnde ma　zhēn shì tàihǎo le

子千：等 著 接我們 的「紅色 炸彈」吧！
Zǐqiān děngzhe jiē wǒmen de　hóngsè zhàdàn ba

俊文：我一定 會爲你們 準備一份大禮物的。
Jùnwén wǒ yídìng huì wèi nǐmen zhǔnbèi yí fèn dà lǐwù de

(二)問題 wèntí

_____ 1. 從 對話 中 可以 知道「蜜月 旅行」跟 什麼
cóng duìhuàzhōng kěyǐ zhīdào mìyuè lǚxíng gēn shénme
最 有 關係？
zuì yǒu guānxì
(A)學校假期
(B)生日
(C)結婚
(D)畢業

_____ 2. 美美跟 俊文 的 關係是？
　　　Měiměi gēn Jùnwén de guānxì shì

(A) 先生和太太

(B) 同學

(C) 哥哥和妹妹

(D) 老師和學生

_____ 3. 「別提了！」的「提」和下面 哪一個意思一樣？
　　　bié tí le　de　tí　hé xiàmiàn nǎ yíge yìsi yíyàng

(A) 這袋子太重，我提不起來

(B) 你上次提過的那件事我忘記了，可以再說一次嗎？

(C) 這家餐廳提供的服務很好

(D) 今年的學費提高了

_____ 4. 為什麼俊文 說「一 說到 這個我就頭
　　　wèishénme Jùnwén shuō yì shuōdào zhège wǒ jiù tóu
痛」？
tòng

(A) 他忘記了旅行的事情

(B) 想到旅行的事情，所以他心情不好

(C) 旅行時間太久，所以他的身體不舒服

(D) 事情太多他記不起來

_____ 5. 「潮濕」和下面 哪一個詞最有 關係？
　　　cháoshī hé xiàmiàn nǎyíge cí zuì yǒu guānxì

(A) 烤

(B) 乾

(C) 太陽

(D) 水

_____ 6. 「甜甜蜜蜜」原本可以說成「甜蜜」，
　　　tián tián mì mì yuánběn kěyǐ shuōchéng tiánmì
下面 哪一個詞也可以這樣 說？
xiàmiàn nǎyíge cí yě kěyǐ zhèyàng shuō

(A) 方便→方方便便

(B) 安靜→安安靜靜

(C) 幫忙→幫幫忙忙

(D) 難過→難難過過

_____ 7.「苦瓜 臉」的意思是 指一個人？
　　　　kǔguāliǎn　de yìsi shì zhǐ yígerén

(A) 心情不好

(B) 很開心

(C) 肚子很餓

(D) 長得不好看

_____ 8. 下 面　哪一個 是 對 的？
　　　　xiàmiàn nǎyíge　shì duì de

(A) 俊文和美美沒有趕上飛機

(B) 一提到旅行，俊文的心情就很好

(C) 子千之後可能要結婚了

(D) 俊文覺得飯店的食物很難吃

㈢生 詞
shēngcí

	生詞	漢語拼音	解釋
1	蜜月旅行	mìyuè lǚxíng	ฮันนีมูน
2	提	tí	เอ่ยถึง กล่าวถึง
3	甜甜蜜蜜（甜蜜）	tián tián mì mì (tiánmì)	หวาน มีความสุข
4	苦瓜臉	kǔguāliǎn	สีหน้าอมทุกข์
5	事先	shìxiān	ล่วงหน้า
6	行李	xínglǐ	กระเป๋าเดินทาง
7	匆忙	cōngmáng	เร่งรีบ
8	差點	chadiǎn	เกือบ

	生詞	漢語拼音	解釋
9	嘆氣	tànqì	ถอนใจ
10	飯店	fàndiàn	โรงแรม
11	潮濕	cháoshī	เปียกชื้น
12	隔壁	gébì	ถัดไป
13	半夜	bànyè	กลางดึก
14	糟糕	zāogāo	แย่ เลวร้าย
15	難道	nándào	แท้จริงแล้ว (.....หรือไง)
16	至少	zhìshǎo	อย่างน้อย
17	一輩子	yíbèizi	ตลอดชีวิต
18	討論	tǎolùn	อภิปราย ถกเถียง
19	紅色炸彈	hóngsè zhàdàn	(สำนวน) อุปมาว่า "บัตรเชิญงานแต่ง"
20	準備	zhǔnbèi	เตรียม
21	禮物	lǐwù	ของขวัญ

十七、失眠
shīmián

㈠對話
duìhuà

李 先 生： 楊 小姐，最近 有 好一點 嗎？
Lǐ xiānshēng Yáng xiǎojiě zuìjìn yǒu hǎo yìdiǎn ma

楊 小姐：老 樣子！晚 上 還是 睡不著，隔天 上
Yáng xiǎojiě lǎoyàngzi wǎnshang háishì shuìbùzháo gétiān shàng

課覺得 很累。
kè juéde hěnlèi

李　先　生：這樣　啊……看　樣子我　上次　給妳的　藥
Lǐ xiānshēng　zhèyàng a　　kànyàngzi wǒ　shàngcì　gěi nǐ de yào

　　　　　　沒有　什麼　作用。
　　　　　　méiyǒu shénme zuòyòng

楊　小姐：你有別的　方法嗎？
Yáng xiǎojiě　nǐ yǒu bié de fāngfǎ ma

李　先　生：妳已經　吃過那麼　多　種　藥都沒有
Lǐ xiānshēng　nǐ yǐjīng chīguò nàme duō zhǒng yào dōu méiyǒu

　　　　　　作用，讓我　想　想……
　　　　　　zuòyòng ràng wǒ xiǎngxiǎng

楊　小姐：最近學校要考試了，我必須要　認　眞
Yáng xiǎojiě　zuìjìn xuéxiào yào kǎoshì le　wǒ bìxū yào rènzhēn

　　　　　　幫　學　生　複習功課，你有　更　好的方法
　　　　　　bāng xuéshēng fùxí gōngkè　nǐ yǒu gènghǎo de fāngfǎ

　　　　　　嗎？
　　　　　　ma

李　先　生：妳可以試試　睡　前　喝杯熱牛奶，或是　泡
Lǐ xiānshēng　nǐ kěyǐ shìshì shuìqián hē bēi rèniúnǎi　huòshì pào

　　　　　　熱水澡　讓　自己放　鬆　一下。
　　　　　　rèshuǐzǎo ràng zìjǐ fàngsōng yíxià

　　　　　　多　少　會　有　幫助的！
　　　　　　duōshǎo huì yǒu bāngzhù de

楊　小姐：我試過了，還是　沒用。
Yáng xiǎojiě　wǒ shìguò le　háishì méiyòng

李 先 生：那好吧！妳試試 睡前 從1數到3000，過
Lǐ xiānshēng　nǎ hǎo ba　nǐ shìshì shuìqián cóng shǔdào　　guò

幾天 再來 找 我吧。
jǐtiān　zàilái zhǎo wǒ ba

※過了幾天
guòle　jǐtiān

李 先 生：怎麼樣？上次教 妳的 方法有用 嗎？
Lǐ xiānshēng　zěnmeyàng shàngcì jiāo nǐ de fāngfǎ yǒuyòng ma

楊 小姐：我依然 睡不著，而且還更 有精神了。
Yáng xiǎojiě　wǒ yīrán shuìbùzháo　érqiě hái gèng yǒu jīngshén le

李 先 生：怎麼會呢？妳是怎麼做的？
Lǐ xiānshēng　zěn me huì ne　nǐ shì zěnme zuò de

楊 小姐：我按照你說 的 從1開始 數，但我 數到
Yáng xiǎojiě　wǒ ànzhào nǐ shuō de cóng kāishǐ shǔ　dàn wǒ shǔdào

1754的時候，實在很 想 睡覺。於是我
de shíhòu　shízài hěn xiǎng shuìjiào　yúshì wǒ

就喝了一杯咖啡， 終於才 數到3000。
jiù hēle　yìbēi kāfēi　zhōngyú cái shǔdào

但是這樣一來，我就更 睡不著了。
dànshì zhèyàng yì lái　wǒ jiù gèng shuìbùzháo le

（二）問題
wèntí

_____ 1. 這段 對話可能 發生 在什麼地方？
　　　　 zhèduàn duìhuà kěnéng fāshēng zài shénme dìfāng
　　　（A）銀行

　　(B) 醫院

　　(C) 公園

　　(D) 辦公室

_____ 2. 楊　小姐可能　是？
Yáng xiǎojiě kěnéng shì

　　(A) 服務生

　　(B) 學生

　　(C) 護士

　　(D) 老師

_____ 3.「老　樣子」是　什麼　意思？
　lǎoyàngzi　shì shéme　yì si

　　(A) 年紀大，身體不好

　　(B) 變得比以前差

　　(C) 變得比以前好

　　(D) 跟以前一樣，沒有什麼變化

_____ 4. 下　面　哪一個 不是 李 先　生　覺　得 楊　小　姐
xiàmiàn nǎyíge　búshì Lǐ xiānshēng juéde Yáng xiǎojiě
可以試試 的　方 法？
kěyǐ shìshì de fāngfǎ

　　(A) 喝咖啡

　　(B) 數數字

　　(C) 喝熱牛奶

　　(D) 泡澡

_____ 5. 哪 個　方 法　對　楊　小 姐 有　用？
nǎ ge fāngfǎ duì Yáng xiǎojiě yǒu yòng

　　(A) 吃藥

　　(B) 數數字

　　(C) 喝熱牛奶

　　(D) 都沒有用

_____ 6. 下 面 哪一個句子裡的「多 少」和「多 少 會 有
xiàmiàn nǎ yíge jùzilǐ de duōshǎo hé duōshǎo huì yǒu
幫 助 的！」裡的「多少」意思一樣？
bāngzhù de lǐ de duōshǎo yìsi yíyàng

(A) 你搬來臺灣「多少」年了？

(B) 老闆，這本書「多少」錢？

(C) 不管你餓不餓，「多少」吃一點。

(D) 「多少」年的努力才能換來一次成功？

_____ 7. 爲 什 麼 楊 小姐最後還是 睡不 著？
wèishénme Yáng xiǎojiě zuìhòu háishì shuìbù zháo

(A) 她要幫學生複習功課

(B) 她爲了數數字所以喝了咖啡

(C) 她沒有聽李先生的話數到3000

(D) 她偷喝了熱牛奶

_____ 8. 哪 個 是 對 的？
nǎge shì duì de

(A) 楊小姐白天很有精神，一直不想睡覺

(B) 李先生建議她不要喝熱牛奶，換喝咖啡比較好

(C) 楊小姐爲了讓晚上的精神更好，所以去找李先生

(D) 楊小姐擔心她睡不著的問題會影響到工作

（三）生 詞
shēngcí

	生詞	漢語拼音	解釋
1	最近	zuìjìn	เมื่อเร็ว ๆ นี้
2	老樣子	lǎoyàngzi	เหมือนเดิม
3	隔天	gétiān	วันถัดไป
4	累	lèi	เหนื่อย
5	看樣子	kànyàngzi	ดูเหมือนว่า...

	生詞	漢語拼音	解釋
6	藥	yào	ยา
7	作用	zuòyòng	สรรพคุณ
8	複習	fùxí	ทบทวน (บทเรียน)
9	功課	gōngkè	การบ้าน
10	方法	fāngfǎ	วิธี
11	泡熱水澡	pào rèshuǐzǎo	อาบน้ำร้อน
12	放鬆	fàngsōng	ผ่อนคลาย
13	多少	duōshǎo	มากน้อย
14	幫助	bāngzhù	ช่วยเหลือ
15	依然	yīrán	เหมือนเดิม ยังคง
16	有精神	yǒu jīngshén	มีจิตวิญญาณ
17	按照	ànzhào	ตามที่...
18	實在	shízài	แท้จริงแล้ว
19	於是	yúshì	ดังนั้น จึง
20	這樣一來	zhèyàngyìlái	ในกรณีนี้
21	更	gèng	ยิ่งกว่า ยิ่ง

十八、有趣的故事
yǒuqù de gùshì

（一）對話
duìhuà

有一個人 叫毛 空，他喜歡 講一些 很 誇 張
yǒu yíge rén jiào Máokōng tā xǐhuān jiǎng yìxiē hěn kuāzhāng

而且沒有 根據的話。有一天，艾先 生 旅行 回來，
érqiě méiyǒu gēnjù de huà yǒu yìtiān Ài xiānshēng lǚxíng huílái

毛 空 去探望他，兩個人 就開始 聊天。
Máokōngqù tànwàng tā liǎngge rén jiù kāishǐ liáotiān

艾 先 生：我 這 一 次 去 旅行了 好 幾個 月，這段　時間
Ài xiānshēng wǒ zhè yí cì qù lǚxíngle hǎo jǐge yuè zhèduàn shíjiān

國 內 有 什麼 新聞？你 講 幾件 給我 聽聽，
guónèi yǒu shéme xīnwén nǐ jiǎng jǐjiàn gěi wǒ tīngtīng

好 不 好？
hǎo bù hǎo

毛　　空：告 訴 你 一件 事情，村裡 有 隻 鴨子 下了一千
Máokōng gàosù nǐ yíjiàn shìqíng cūnlǐ yǒu zhī yāzi xiàle yìqiān

顆 蛋。
kē dàn

艾 先 生：怎麼 可能？！
Ài xiānshēng zěnme kěnéng

毛　　空：好 吧，也許不是 一隻 鴨子，而是 兩 隻 鴨子
Máokōng hǎo ba yě xǔ búshì yìzhī yāzi ér shì liǎngzhī yāzi

下 的 蛋。
xià de dàn

艾 先 生：兩 隻 鴨子也不可能 吧。這太離譜了！
Ài xiānshēng liǎngzhī yāzi yě bù kěnéng ba zhè tài lípǔ le

毛　　空：那 應 該 是 三隻 鴨子！
Máokōng nà yīnggāi shì sānzhī yāzi

艾 先 生：三 隻 也不可能。你 怎麼 一直 增 加鴨子的
Ài xiānshēng sānzhī yě bù kěnéng nǐ zěnme yìzhí zēngjiā yāzi de

數 量，而不減 少 蛋的 數量 呢？
shùliàng ér bù jiǎnshǎo dàn de shùliàng ne

毛　　空：我 寧 願 增加鴨子的 數量 也不減 少 蛋
Máokōng wǒ níngyuàn zēngjiā yāzi de shùliàng yě bù jiǎnshǎo dàn

的 數 量。
de shùliàng

艾 先生　仍然 不 相 信，繼續 問 他 最近 有 沒有
Ài xiānshēng　réngrán bù xiāngxìn　jìxù　wèn tā zuìjìn yǒuméiyǒu

發生　新鮮 的 事 情。
fāshēng xīnxiān　de shìqíng

毛　　空：之前 天 上　掉下來一塊　長　三十公尺、
Máokōng　　zhīqián tiānshàng diàoxiàlái yíkuài cháng sānshí gōngchǐ

寬 二十公尺的肉！
kuān èrshí gōngchǐ de ròu

艾 先生　搖了搖頭，沉 默了一下。
Ài xiānshēng yáole yáo tóu　chénmòle　yí xià

毛　　空：好吧，那可能 是塊　長 二十公尺、寬
Máokōng　　hǎo ba　nà kěnéng shì kuài cháng èrshí gōngchǐ　kuān

十 公尺的肉。
shí gōngchǐ de ròu

艾先生：那你 說說 看，你是 在哪裡看到 這塊
Ài xiānshēng　nà nǐ　shuōshuōkàn　nǐ shì　zài nǎlǐ kàndào zhè kuài

肉的？它是 什麼 時候 掉下來的？
ròu de　tā shì shénme shíhòu diàoxiàlái de

還有 什麼人 看到 它呢？
háiyǒu shénme rén kàndào tā　ne

毛　　空：這 不是 我 親眼 看到 的，我 是 在 路上
Máokōng　　zhè bú shì wǒ qīnyǎn kàndào de　wǒ shì zài lùshàng

聽 別人 說 的。
tīng biérén shuō de

艾先生：唉！別人在路上　閒聊的話你怎麼
Ài xiānshēng ai 　biérén zài lùshàng xiánliáo de huà nǐ zěnme

可以相信呢？
kěyǐ xiāngxìn ne

(二)問題
wèntí

_____ 1. 下面哪一件事情是毛空說的？
xiàmiàn nǎyíjiàn shìqíng shì Máokōng shuō de
(A)毛空喜歡聽路上的人說話
(B)村裡的雞下了一千顆蛋
(C)天上掉下了好大一塊肉
(D)艾先生旅行了三年

_____ 2. 毛空是怎麼知道這些事情的？
Máokōng shì zěnme zhīdào zhèxiē shìqíng de
(A)學校老師告訴他的
(B)在路上聽別人講的
(C)每天看報紙知道的
(D)艾先生告訴他的

_____ 3. 艾先生為什麼覺得很離譜？
Ài xiānshēng wèishénme juéde hěn lípǔ
(A)因為下蛋的鴨子應該有五隻，毛空算錯了
(B)因為發生的事情沒有道理，他覺得不可能會發生
(C)因為發生的事情太可怕了，他不知道該說什麼
(D)他也看到了那件事，所以他覺得毛空說的話是對的

_____ 4. 「新鮮的事情」這句話裡「新鮮」的意思和
xīnxiān de shìqíng zhèjùhuàlǐ 　xīnxiān de yìsi hé
下面哪個一樣？
xiàmiàn nǎge yíyàng

(A) 這家店的麵包都是「新鮮」剛做好的，所以生意特別好

(B) 他常常往山上跑，除了看看美麗的風景，也呼吸「新鮮」空氣

(C) 水果放久了就不「新鮮」了

(D) 這玩具很「新鮮」，你一定沒玩過！

_____ 5. 「寧　願…，也不…」放入哪一個句子是對的？
níngyuàn　yěbù　fàngrù nǎyíge jùzi shì duì de

(A) ＿＿用盡了所有方法，＿＿還是無法解決這個問題。

(B) 他＿＿一整天待在家裡，＿＿和同學出去打球。

(C) 他＿＿遲到，＿＿該帶的東西也沒帶。

(D) 他＿＿工作再忙再累，＿＿忘記每天跟孩子說聲晚安。

_____ 6. 從故事中可以知道毛空是個什麼
cóng gùshìzhōng kěyǐ zhīdào Máokōng shì ge shénme
樣的人？
yàng de rén

(A) 喜歡幫助別人，很關心生活中發生的事情

(B) 很細心，只相信自己看到的事情

(C) 沒有自己的想法，容易相信別人

(D) 對朋友很好，尤其是艾先生

_____ 7. 哪個是對的？
nǎge shì duì de

(A) 艾先生不清楚最近國內發生了什麼事情

(B) 毛空說的話是真的

(C) 那一千顆蛋是三隻鴨子生的

(D) 艾先生最後相信了毛空的話

_____ 8. 你覺得這篇對話的重點是什麼？
nǐ juéde zhèpiān duìhuà de zhòngdiǎn shì shénme

(A) 要多出去旅行，這樣才能知道一些新的事情

(B) 要常常約朋友聊天，關心他最近發生的事情

(C) 不要太容易相信不真實的話，自己所看到的才是真的

(D) 好朋友很重要，因為他能告訴你什麼事情是對的

㈢生詞
shēngcí

	生詞	漢語拼音	解釋
1	誇張	kuāzhāng	เกินจริง
2	根據	gēnjù	ตามที่
3	旅行	lǚxíng	เดินทาง ท่องเที่ยว
4	探望	tànwàng	เยี่ยม
5	聊天	liáotiān	พูดคุย
6	段	duàn	ช่วง (เวลา)
7	新聞	xīnwén	ข่าว
8	鴨子	yāzi	เป็ด
9	下蛋	xiàdàn	ออกไข่ วางไข่
10	離譜	lípǔ	ไม่มีเหตุผล ไม่สมเหตุผล
11	增加	zēngjiā	เพิ่ม
12	數量	shùliàng	ปริมาณ
13	減少	jiǎnshǎo	ลด
14	寧願	níngyuàn	ยินยอม
15	仍然	réngrán	ยังคง
16	繼續	jìxù	ต่อไป
17	新鮮	xīnxiān	สดใหม่
18	長	cháng	ยาว
19	寬	kuān	กว้าง
20	親眼	qīnyǎn	ด้วยตาตัวเอง
21	閒聊	xiánliáo	คุยเล่นเรื่อยเปื่อย

十九、約會
yuēhuì

(一)對話
duìhuà

子婷：眞 巧，你也來吃飯啊！難得今天 老師 停課，你
Zǐtíng　zhēnqiǎo　nǐ yě lái chīfàn a　nándé jīntiān lǎoshī tíngkè　nǐ

　　　晚 上 有 什麼計畫嗎？
　　　wǎnshang yǒu shénme jìhuà ma

家華：我 想 去 行 天宮，妳有 興趣嗎？
Jiāhuá　wǒ xiǎng qù Xíngtiāngōng　nǐ yǒu xìngqù ma

子婷：行 天宮？我 之前 去過，我記得那裡很 熱鬧！
Zǐtíng Xíngtiāngōng wǒ zhīqián qùguò wǒ jìdé nàlǐ hěn rènào

你怎麼 會想 去呢？
nǐ zěnme huì xiǎng qù ne

家華：唉，因爲最近做 什麼事 都不 順利，所以我
Jiāhuá ai yīnwèi zuìjìn zuò shénme shì dōu bú shùnlì suǒyǐ wǒ

想 去拜拜。
xiǎng qù bàibai

子婷：發生了 什麼事？
Zǐtíng fāshēngle shénme shì

家華：我前 陣子生了一場 大病。而且最近精 神
Jiāhuá wǒ qián zhènzi shēngle yìchǎng dàbìng érqiě zuìjìn jīngshén

很差，考試 考得很 不理想。
hěn chā kǎoshì kǎode hěn bù lǐxiǎng

子婷：原 來是 這 樣。
Zǐtíng yuánlái shì zhèyàng

家華：對了！子婷，妳是 屬 什麼的？
Jiāhuá duì le Zǐtíng nǐ shì shǔ shénme de

子婷：我屬 馬，怎麼了嗎？
Zǐtíng wǒ shǔ mǎ zěnmele mā

家華：我昨天 買了一本 書。書 上 寫說今年 屬
Jiāhuá wǒ zuótiān mǎile yìběn shū shūshàng xiě shuō jīnnián shǔ

馬的人要 注意身體，不僅金錢運 不好，也
mǎ de rén yào zhùyì shēntǐ bùjǐn jīnqiányùn bù hǎo yě

容易和人發生 爭 吵。
róngyì hé rén fāshēng zhēngchǎo

子婷： 你 相 信 這個 嗎？那 你 屬狗，書 上 怎麼 説？
Zǐtíng　nǐ xiāngxìn zhège ma　nà nǐ shǔgǒu　shūshàng zěnme shuō

家華：書 上 寫 説 今年 要 注意學業。對了！它還
Jiāhuá　shūshàng xiě shuō jīnnián yào zhùyì xuéyè　duì le　tā hái

寫了一句很　重 要 的話，它 説 會 有喜歡 的
xiěle　yíjù hěn zhòngyào de huà　tā shuō huì yǒu xǐhuān de

人 出 現，朋 友 中 屬馬 的和自己最 適合，所
rén chūxiàn　péngyǒuzhōng shǔmǎ de hé zìjǐ zuì shìhé　suǒ

以要 常 常 約他出去。
yǐ yào chángcháng yuē tā chūqù

子婷：眞 的 是 這 樣 嗎？
Zǐtíng　zhēnde shì zhèyàng ma

家華：對啊！那妳 願意和我 出去約會嗎？
Jiāhuá　duì a　nà nǐ yuànyì hé wǒ chūqù yuēhuì ma

子婷：你 想 得美！我 怎麼就 沒 看到 這句話！
Zǐtíng　nǐ xiǎng de měi　wǒ zěnme jiù méi kàndào zhèjù huà

(二)問題
wèntí

_____ 1. 對 話 可 能 發 生 在 哪裡？
duìhuà kěnéng fāshēng zài nǎlǐ
(A) 辦公室
(B) 車站
(C) 餐廳
(D) 廁所

_____ 2. 晚 上 的 時 間，家 華 本 來 要 做 什 麼？
wǎnshang de shíjiān Jiāhuá běnlái yào zuò shénme

(A) 買書

(B) 上課

(C) 跟朋友一起吃飯

(D) 看醫生

_____ 3. 下 面 哪 一 個 不 是 家 華 最 近 發 生 的 事？
xiàmiàn nǎ yíge búshì Jiāhuá zuìjìn fāshēng de shì

(A) 和朋友吵架

(B) 身體不好

(C) 功課表現不好

(D) 精神不好

_____ 4. 第18行 中 的「它」，指 的 是 什 麼？
dì hángzhōng de tā zhǐ de shì shénme

(A) 家華屬馬的朋友

(B) 子婷

(C) 家華

(D) 那本書

_____ 5. 對 話 中 的 書 最 可 能 是 下 面 哪一本？
duìhuàzhōng de shū zuì kěnéng shì xiàmiàn nǎyìběn

(A)《如何做出美味的食物》

(B)《2012年十二生肖的運勢》

(C)《臺灣報紙》

(D)《華語文字典》

_____ 6. 「想 得 美」是 什 麼 意 思？
xiǎng de měi shì shénme yìsi

(A) 覺得很有趣

(B) 不可能

(C) 希望對方再努力的意思

(D) 答應對方

_____ 7. 從 對話 中 可以知道，今年 屬馬 的人
cóng duìhuàzhōng kěyǐ zhīdào　jīnnián shǔmǎ de rén

要 注意 什麼 事情？
yào zhùyì shénme shìqíng

(A) 爸爸媽媽可能會吵架

(B) 考試成績太差，表現不好

(C) 可能會生病

(D) 上面的都對

_____ 8. 哪個是對的？
nǎge shì duì de

(A) 子婷也看了那本書

(B) 家華是屬狗的

(C) 子婷會和家華一起約會

(D) 家華說的那些書上的話都是真的

(三)生詞
shēngcí

	生詞	漢語拼音	解釋
1	巧	qiǎo	บังเอิญ
2	難得	nándé	ยากที่จะ
3	行天宮	Xíngtiāngōng	วัดสิงเทียน
4	順利	shùnlì	ราบรื่น
5	拜拜	bàibai	กราบไหว้ บูชา
6	陣子	zhènzi	ระยะหนึ่ง (บอกช่วงเวลา)
7	生病	shēngbìng	ป่วย
8	而且	érqiě	นอกจากนี้ ยิ่งไปกว่านั้น
9	最近	zuìjìn	เมื่อเร็ว ๆ นี้
10	精神	jīngshén	สติ สภาพจิตใจ

	生詞	漢語拼音	解釋
11	差	chā	ไม่ดี แย่
12	理想	lǐxiǎng	ความคาดหวัง
13	屬	shǔ	ปีเกิดตามนักษัตร
14	注意	zhùyì	ระวัง สังเกต
15	金錢運	jīnqiányùn	ดวงการเงิน
16	爭吵	zhēngchǎo	ทะเลาะ ขัดแย้ง
17	學業	xuéyè	การเรียน
18	重要	zhòngyào	สำคัญ
19	適合	shìhé	เหมาะสม
20	願意	yuànyì	ยินยอม
21	約會	yuēhuì	ออกเดท
22	想得美	xiǎng de měi	ฝันหวาน เพ้อฝัน

二十、學校 宿舍
xuéxiào sùshè

(一)對話
duìhuà

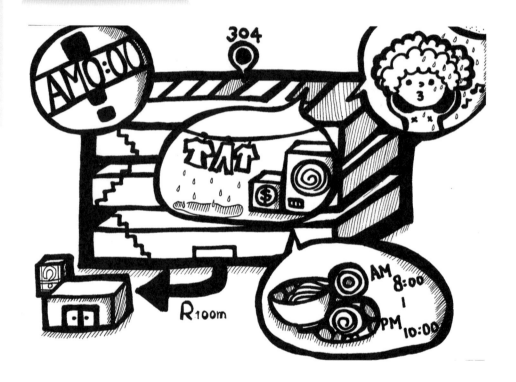

又婷：妳好，我 是 又婷。歡 迎 來到 新華 樓。
Yòutíng nǐ hǎo   wǒ shì Yòutíng huānyíng láidào Xīnhuá lóu

莉文：妳好，我 是 莉文。
Lìwén   nǐ hǎo   wǒ shì Lìwén

又婷：莉文，妳好。妳的 房間 號 碼 是304，樓梯 在 左
Yòutíng Lìwén   nǐ hǎo   nǐ de fángjiān hàomǎ shì   lóutī zài zuǒ

手　邊，三樓第四間　房就是妳的　房間了。
shǒu biān　sānlóu dì　sìjiān fáng jiùshì nǐ de fángjiān le

莉文：請　問　浴室在哪裡呢？是　共　用　的嗎？
Lìwén　qǐngwèn yùshì zài nǎlǐ ne　shì gòngyòng de ma

又婷：三樓直走　到底就是　浴室了，這　棟　大樓的浴室
Yòutíng　sānlóu zhízǒu dàodǐ jiù shì yùshì le　zhèdòng dàlóu de yùshì

都是　共　用　的。
dōushì gòngyòng de

莉文：那洗衣間在　哪裡呢？
Lìwén　nà xǐyījiān zài nǎlǐ ne

又婷：洗衣間就在浴室的　旁　邊，如果需要　換　零
Yòutíng　xǐyījiān jiù zài yùshì de pángbiān　rúguǒ xūyào huàn líng

錢，洗衣間裡也　有　兌幣機。
qián　xǐyījiān lǐ yě yǒu duìbì jī

莉文：眞　方便！那有　烘衣機嗎？冬　天的衣服總　是
Lìwén　zhēn fāngbiàn　nà yǒu　hōngyījī ma dōngtiān de yīfu zǒngshì

特別　難乾，如果有　烘衣機就太好了！
tèbié nán gān　rúguǒ yǒu　hōngyījī jiù tàihǎo le

又婷：裡面　也有　烘衣機，烘　完之後請　盡快把
Yòutíng　lǐmiàn yě yǒu　hōngyījī　hōngwán zhīhòu qǐng jìnkuài bǎ

衣服拿出來，好　方　便　下一個人　使用。
yīfu náchūlái　hǎo fāngbiàn xià yí ge rén shǐyòng

莉文：我　知道了！喔，對了，請問　大樓有　餐廳　嗎？
Lìwén　wǒ zhīdào le　o　duìle　qǐngwèn dàlóu yǒu cāntīng ma

又　婷：餐廳在一樓，營業的時間　從　早　上　八點
Yòutíng　cāntīng zài yìlóu　yíngyè de shíjiān cóng zǎoshang bādiǎn

到 晚 上 十點。所以如果 妳有 吃 消 夜的習
dào wǎnshang shídiǎn　suǒyǐ rúguǒ nǐ yǒu chī xiāoyè de xí

慣，只能　選擇便利商　店了。
guàn　zhǐnéng xuǎnzé biànlì shāngdiàn le

莉文：那 便利 商　店 在 哪裡呢？
Lìwén　nà biànlì shāngdiàn zài nǎlǐ ne

又婷：出 大門 之後 右 轉，走 大概100公尺 就 到 了。
Yòutíng chū dàmén zhīhòu yòuzhuǎn zǒu dàgài　gōngchǐ jiù dào le

莉文：謝謝妳！請問 還有 什麼我需要 注意的嗎？
Lìwén　xièxie nǐ　qǐngwèn háiyǒu shénme wǒ xūyào zhùyì de ma

又婷：喔，大樓的門禁是 晚 上　十二點，最好 在
Yòutíng　ō　dàlóu de ménjìn shì wǎnshang　shíèr diǎn　zuìhǎo zài

這個 時間 之前 回來。
zhège shíjiān zhīqián huílái

莉文：如果 超 過 時間 還 可以進來嗎？
Lìwén　rúguǒ chāoguò shíjiān hái kěyǐ jìnlái ma

又婷：可以是可以，但是會留下記錄。一旦 有十次
Yòutíng　kěyǐ shì kěyǐ　dànshì huì liúxià jìlù　yídàn yǒu shícì

記錄，下次就不能 再 住進來了。
jìlù　xiàcì jiù bùnéng zài zhùjìnlái le

莉文：那我 要 小 心了！
Lìwén　nà wǒ yào xiǎoxīn le

又婷：妳早點 休息吧，以免　明天第一天　上 課
Yòutíng　nǐ zǎodiǎn xiūxí ba　yǐmiǎn míngtiān dìyītiān　shàngkè

遲到。別 忘了明天的迎新晚會，這是個
chídào　bié wàngle míngtiān de yíngxīn wǎnhuì　zhèshì ge

認識新 朋 友的好機會。
rènshì xīn péngyǒu de hǎo jīhuì

莉文：明 天 我一定 會去的，晚安！
Lìwén　míngtiān wǒ yídìng huì qù de　wǎnān

(二)問題
wèntí

109

_____ 1. 請 問 又 婷可能 是 誰？
　　　　　qǐngwèn Yòutíng kěnéng shì shéi

(A) 跟莉文一起住的朋友

(B) 宿舍管理員

(C) 飯店服務生

(D) 房東

_____ 2. 莉文可 能 是？
　　　　　Lìwén kěnéng shì

(A) 要買房子的人

(B) 老師

(C) 在這棟大樓工作的人

(D) 學生

_____ 3. 想 洗衣服的 時候發現 沒 有 零 錢，去哪裡
　　　　　xiǎng xǐ yīfu de shíhòu fāxiàn méiyǒu língqián qù nǎlǐ

最 方 便？
zuì fāngbiàn

(A) 廁所

(B) 餐廳

(C) 洗衣間

(D) 便利商店

_____ 4. 哪一個是 對 的？
　　　　nǎyíge shì duì de

　　(A) 晚上十點半的時候餐廳已經關了

　　(B) 每個房間裡都有浴室

　　(C) 便利商店離大樓有200公尺遠

　　(D) 洗衣間在餐廳的旁邊

_____ 5. 文 中 「門禁是 晚 上 十二點」的意思是？
　　　　wénzhōng ménjìn shì wǎnshang shíèrdiǎn de yìsi shì

　　(A) 晚上十二點才可以出門

　　(B) 晚上十二點之後才能回來

　　(C) 晚上十二點之前要回來

　　(D) 晚上十二點就進不了大樓了

_____ 6. 對 話 可 能 發 生 在 什 麼 時候？
　　　　duìhuà kěnéng fāshēng zài shénme shíhòu

　　(A) 學校開學前一天

　　(B) 學校考試之前

　　(C) 放暑假之前

　　(D) 莉文搬家前一天

_____ 7. 「一旦」可以 放 進 下 面 哪個句子？
　　　　　yídàn kěyǐ fàngjìn xiàmiàn nǎge jùzi

　　(A) 出門記得帶把雨傘，□□下雨。

　　(B) 有些話□□說出口，就很難收回了。

　　(C) 他□□去過很多國家旅行，所以知道許多有趣的事
　　　　情。

　　(D) 這個地方□□空氣好，風景也非常美麗。

_____ 8. 下 面 哪個 不 對？
　　　　xiàmiàn nǎge búduì

　　(A) 莉文會去明天的活動

　　(B) 莉文如果晚上十一點肚子餓，她可以去便利商店買東
　　　　西吃。

(C) 莉文的房間在餐廳的樓上

(D) 「消夜」是指午餐之後，下午的點心。

(三)生 詞
shēngcí

	生詞	漢語拼音	解釋
1	左手邊	zuǒshǒu biān	ด้านซ้ายมือ
2	浴室	yùshì	ห้องอาบน้ำ
3	共用	gòngyòng	ใช้ร่วมกัน
4	洗衣間	xǐyījiān	ห้องซักผ้า
5	零錢	língqián	เศษสตางค์
6	兌幣機	duìbìjī	เครื่องแลกเหรียญ
7	烘衣機	hōngyījī	เครื่องอบผ้า
8	烘	hōng	อบแห้ง
9	盡快	jìnkuài	เร็วที่สุด (เท่าที่จะทำได้)
10	營業	yíngyè	เปิดทำการ
11	消夜	xiāoyè	ของว่าง (ยามค่ำ)
12	習慣	xíguàn	คุ้นเคย ความเคยชิน
13	選擇	xuǎnzé	เลือก
14	便利商店	biànlì shāngdiàn	ร้านสะดวกซื้อ
15	大概	dàgài	ประมาณ
16	公尺	gōngchǐ	เมตร
17	注意	zhùyì	ข้อควรระวัง
18	門禁	ménjìn	เวลาปิด (หอพัก)
19	超過	chāoguò	เกิน
20	記錄	jìlù	บันทึก

	生詞	漢語拼音	解釋
21	以免	yǐmiǎn	หลีกเลี่ยง
22	遲到	chídào	สาย
23	迎新晚會	yíngxīn wǎnhuì	งานเลี้ยงต้อนรับ
24	認識	rènshì	รู้จัก
25	機會	jīhuì	โอกาส

單元三　短文

單元三　短文

二十一、消夜
xiāoyè

消夜是 晚餐 時間 過 後 吃 的 小 東西。所謂 的
xiāoyè shì wǎncān shíjiān guòhòu chī de xiǎodōngxi   suǒwèi de

「小 東西」，可以是 點心，也可以是 小吃。「消夜」
xiǎodōngxi   kěyǐ shì diǎnxīn yě kěyǐ shì xiǎochī   xiāoyè

這個詞最早 可以 在 中 國 的 唐詩 中 看到，本來
zhège cí zuì zǎo kěyǐ zài Zhōngguó de Tángshī zhōng kàndào běnlái

的意思是 用 食物和酒來「消磨夜晚」、打發晚 上 的
de yìsi shì yòng shíwù hé jiǔ lái xiāomó yèwǎn dǎfā wǎnshang de

時間，後來人們 就把 晚餐 時間 過 後吃的 東西叫
shíjiān hòulái rénmen jiù bǎ wǎncān shíjiān guò hòu chī de dōngxi jiào

做「消夜」。從 清代開始，「消夜」這個詞有時 又會
zuò xiāoyè cóng qīngdài kāishǐ xiāoyè zhège cí yǒushí yòuhuì

寫 成「夜消」。另一方 面，因爲「消夜」是夜晚 的時
xiě chéng yèxiāo lìngyìfāngmiàn yīnwèi xiāoyè shì yèwǎn de shí

候 吃的 小 東西，「宵」這個字有「夜晚」的意思，因
hòu chī de xiǎodōngxi xiāo zhège zì yǒu yèwǎn de yìsi yīn

此 現代 又 有「宵夜」及「夜宵」兩 個寫法。
cǐ xiàndài yòu yǒu xiāoyè jí yèxiāo liǎng ge xiěfǎ

　　很多人 有 吃 消夜的習慣。有的人因爲 工 作
hěnduō rén yǒu chī xiāoyè de xíguàn yǒu de rén yīnwèi gōngzuò

忙碌、沒 時間 吃 晚飯，所以只好 等 下班 後 再吃
mánglù méi shíjiān chī wǎnfàn suǒyǐ zhǐhǎo děng xiàbān hòu zài chī

東西。有 的 人 因爲 工 作壓力大，所以下班了 想 要
dōngxi yǒu de rén yīnwèi gōngzuò yālì dà suǒyǐ xiàbān le xiǎngyào

再吃一點 好吃的 東西來放 鬆 心情。還有的 人 因
zài chī yìdiǎn hǎochī de dōngxi lái fàngsōng xīnqíng hái yǒu de rén yīn

爲 深夜 還在 加班、念書，雖然已經 吃 過 晚餐，可是
wèi shēnyè háizài jiābān niànshū suīrán yǐjīng chīguò wǎncān kěshì

肚子又 餓了，所以會吃一點 消夜。不管 吃 消夜的
dùzi yòu è le suǒyǐ huì chī yìdiǎn xiāoyè bùguǎn chī xiāoyè de

　原因是 什麼，長 期吃 消夜對 身體是不健康 的，
yuányīn shì shénme chángqí chī xiāoyè duì shēntǐ shì bú jiànkāng de

所以，營養師建議，最好 不要 有 吃消夜的習慣，
suǒyǐ　yíngyǎngshī jiànyì　zuìhǎo búyào yǒu chī xiāoyè de　xíguàn

如果一定 要 吃 消夜，最好 在 睡 前2個 小 時吃完，
rúguǒ yídìng yào chī xiāoyè　zuìhǎo zài shuì qián　ge xiǎoshí chīwán

才能 減 少 對 身體造成　的負擔。
cáinéng jiǎnshǎo duì shēntǐ zàochéng de fùdān

(二)問題
wèntí

_____ 1.「消夜」總 共 有 幾種　寫法？
　　　　　　xiāoyè zǒnggòng yǒu jǐzhǒng xiěfǎ

　　　(A) 1

　　　(B) 2

　　　(C) 3

　　　(D) 4

_____ 2.「消夜」這個詞最早 出 現 在 中 國 的
　　　　　　xiāoyè　zhège cí zuì zǎo chūxiàn zài Zhōngguó de
　　　　　什 麼 時候？
　　　　　shénme shíhòu

　　　(A) 唐代

　　　(B) 明代

　　　(C) 清代

　　　(D) 現代

_____ 3.「消夜」這個詞爲 什 麼 也可以寫 成「宵夜」？
　　　　　　xiāoyè　zhège cí wèishénme yě kěyǐ xiěchéng xiāoyè

　　　(A) 因爲「宵」有「夜晚」的意思

　　　(B) 因爲「宵」跟「消」兩個字的音一樣

　　　(C) 因爲「宵」跟「消」兩個字寫起來很像

　　　(D) 上面的答案都不對

4. 下面 哪一個 是「消夜」？
xiàmiàn nǎ yí ge shì xiāoyè

(A) 豆花

(B) 臭豆腐

(C) 小籠包

(D) 以上都可以是消夜

5. 關於 現代人 吃 消夜 的 原因，哪一個 在
guānyú xiàndàirén chī xiāoyè de yuányīn nǎ yí ge zài

文 章 中 看 不 到？
wénzhāng zhōng kànbúdào

(A) 想放鬆心情

(B) 沒時間吃晚飯

(C) 晚餐沒有吃飽

(D) 深夜加班、念書

6. 「不 管」 這個 詞 不能 放 在 哪個□□裡面？
bùguǎn zhège cí bùnéng fàngzài nǎge lǐmiàn

(A) □□哪一天，我都有空。

(B) □□不吃飯，我都會去運動。

(C) □□天氣怎麼樣，我都喜歡。

(D) □□遠近，我都要走路去那個地方。

7. 下 面 哪一個 是 營 養 師 對於 吃 消 夜 的
xiàmiàn nǎyíge shì yíngyǎngshī duìyú chī xiāoyè de

建 議？
jiànyì

(A) 最好不要吃消夜

(B) 晚餐後兩小時可以吃消夜

(C) 不吃消夜會對身體造成負擔

(D) 睡前兩小時吃消夜不會對身體造成負擔

8. 下 面 哪 一個 不 對？
xiàmiàn nǎ yí ge búduì

(A) 消夜這個詞可以寫成「宵夜」

⒝ 天天吃消夜對身體是不健康的
⒞ 消夜可以是點心，也可以是小吃
⒟ 消夜本來的意思是晚餐時間過後吃的小東西

㈢ 生 詞
shēngcí

	生詞	漢語拼音	解釋
1	消 / 宵夜	xiāoyè	ของว่าง (ยามค่ำ)
2	所謂	suǒwèi	ตามที่เรียกว่า...
3	小吃	xiǎochī	ของว่าง อาหารทานเล่น
4	唐詩	Tángshī	กลอนสมัยถัง
5	消磨	xiāomó	ฆ่าเวลา
6	夜晚	yèwǎn	ตอนกลางคืน
7	打發	dǎfā	ใช้ (เวลาว่าง)
8	清代	Qīngdài	สมัยราชวงศ์ชิง
9	另一方面	lìngyìfāngmiàn	อีกด้านหนึ่ง
10	忙碌	mánglù	ยุ่ง
11	壓力	yālì	ความกดดัน
12	放鬆	fàngsōng	ปล่อยวาง
13	深夜	shēnyè	กลางดึก
14	加班	jiābān	ทำงานล่วงเวลา
15	長期	chángqí	ระยะยาว
16	營養師	yíngyǎngshī	นักโภชนาการ
17	建議	jiànyì	ข้อเสนอแนะ
18	減少	jiǎnshǎo	ลด
19	造成	zàochéng	ก่อให้เกิด
20	負擔	fùdān	ภาระ

二十二、手指 長 度研究
shǒuzhǐ chángdù yánjiù

(一)文章
wénzhāng

你仔細看 過你的 手 嗎？人的五根 手指，長 度
nǐ zǐxì kànguò nǐ de shǒu ma　rén de wǔ gēn shǒuzhǐ chángdù

都不一樣，你是第二根 手指比第四根 手指 長 嗎？
dōu bù yíyàng　nǐ shì dì èr gēn shǒuzhǐ bǐ dì sì gēn shǒuzhǐ cháng ma

還是第四根 手指比第二根 手指 長 呢？
háishìdì sì gēn shǒuzhǐ bǐ dì èr gēn shǒuzhǐ cháng ne

許多 科學家根據 手指的 長度 做了一些 研究，
xǔduō kēxuéjiā gēnjù shǒuzhǐ de chángdù zuòle yìxiē yánjiù

其中 最 常 研究的是 食指與無名 指 長度的 關
qízhōng zuì cháng yánjiù de shì shízhǐ yǔ wúmíngzhǐ chángdù de guān

係。例如：英 國 的科學家發現，觀 察兒童 食指和無
xì lìrú Yīngguó de kēxuéjiā fāxiàn guānchá értóng shízhǐ hé wú

名 指的 長度，可以看 出 小孩的語文 能力比較
míngzhǐ de chángdù kěyǐ kàn chū xiǎohái de yǔwén nénglì bǐjiào

好，還是 數理 能力 比較 好。食指比無 名 指 長 的
hǎo háishì shùlǐ nénglì bǐjiào hǎo shízhǐ bǐ wúmíngzhǐ cháng de

兒童，不論是 語文 的學習 能力或是 語文 考試的
értóng búlùn shì yǔwén de xuéxí nénglì huòshì yǔwén kǎoshì de

成績，都 會比數理科目好，而無名 指比食指 長 的
chéngjī dōu huì bǐ shùlǐ kēmù hǎo ér wúmíngzhǐ bǐ shízhǐ cháng de

兒童 則 相反。他們 也發現，無名 指比食指 長 的
értóng zé xiāngfǎn tāmen yě fāxiàn wúmíngzhǐ bǐ shízhǐ cháng de

人，學習科技的 能力也會比較 強。另外，韓國 的科
rén xuéxí kējì de nénglì yě huì bǐjiào qiáng lìngwài Hánguó de kē

學家則發現，不論是 男 性 還是女性，如果 無 名 指比
xuéjiā zé fāxiàn búlùn shì nánxìng háishì nǚxìng rúguǒ wúmíngzhǐ bǐ

食指 長，會喜歡 比較具有 暴力性 的娛樂活 動。
shízhǐ cháng huì xǐhuān bǐjiào jùyǒu bàolì xìng de yúlè huódòng

科學家認為，無名 指會比食指 長，是 因為 在
kēxuéjiā rènwéi wúmíngzhǐ huì bǐ shízhǐ cháng shì yīnwèi zài

胎兒時期接觸 到 較 多 的睪固酮（testosterona）及 荷爾
tāiérshíqí jiēchù dào jiào duō de gǎogùtóng jí hèěr

蒙（hormona）的 關係。不過 科學家也 認爲，這些 研
méng　　　　　　de guānxì　　búguò kēxuéjiā yě rènwéi　zhèxiē yán

究結果 只能 當作 參考，不能 完全 用 研究 結果
jiù jiéguǒ zhǐnéng dàngzuò cānkǎo bùnén wánquán yòng yánjiù jiéguǒ

判 斷一個人的 能力。另外，也 有 人 認爲，一個人
pànduàn yí ge rén de nénglì　lìngwài　yě yǒu rén rènwéi　yí ge rén

的 數理或是 語文 能力 好 不好，與學習 環 境 比較
de shùlǐ huòshì yǔwén nénglì hǎo bù hǎo　yǔ xuéxí huánjìng bǐjiào

有 關係。你的 看法是 什麼呢？
yǒu guānxì　nǐ de kànfǎ shì shénme ne

（二）問題
wèntí

＿＿＿＿ 1. 請 看下 面 的圖，「甲」 應該 是？
　　　　　qǐng kàn xiàmiàn de tú　　jiǎ　　yīnggāi shì
　　　　　(A) 大拇指
　　　　　(B) 食指
　　　　　(C) 中指
　　　　　(D) 無名指

_____ 2. 英 國 的科學家發現，無 名 指比食指 長
Yīngguó de kēxuéjiā fāxiàn wúmíngzhǐ bǐ shízhǐ cháng
的 人 應 該？
de rén yīnggāi
(A) 數理能力比語文能力好
(B) 語文能力比數理能力好
(C) 語文能力比學習科技的能力好
(D) 數理能力比學習科技的能力好

_____ 3. 關 於 無 名 指比食指 長 的 研究結果，哪
guānyú wúmíngzhǐ bǐ shízhǐ cháng de yánjiù jiéguǒ nǎ
個 是 錯誤 的？
ge shì cuòwù de
(A) 語文能力比較好
(B) 數理能力比較好
(C) 學習科技的能力比較好
(D) 比較喜歡暴力性的娛樂活動

_____ 4. 「兒童」不 能 放 進去 下 面 那 個句子的□□？
értóng bùnéng fàng jìnqù xiàmiàn nǎge jùzi de
(A) 這個表演不適合□□觀看，所以沒有賣兒童票。
(B) 他才三歲就會背許多文章，可以說是一個天才□□。
(C) 地上很濕，請你看好你的□□，不要讓他到處跑來跑
去。
(D) 「兒童」可以放進去上面三個句子的□□中

_____ 5. 科學 家 認爲 無 名 指比食指 長 的 原 因
kēxuéjiā rènwéi wúmíngzhì bǐ shízhǐ cháng de yuányīn
是 什 麼？
shì shénme
(A) 兒童時期的學習環境
(B) 科學家還沒找到原因
(C) 兒童時期接觸到睪固酮
(D) 胎兒時期接觸到睪固酮及荷爾蒙

_____ 6. 「不論」這個 詞不 能 放 在 哪個□□裡面？
búlùn zhège cí bùnéng fàngzài nǎge lǐmiàn

　　(A) □□天氣怎麼樣，我都喜歡。

　　(B) □□不吃飯，我都會去公園運動。

　　(C) □□哪一天，我都有空跟你約會。

　　(D) □□遠近，我都要坐車去那個地方。

_____ 7. 發現「無 名 指 比食指 長 的 人，學習科技的
fāxiàn wúmíngzhǐ bǐ shízhǐ cháng de rén xuéxí kējì de

　　　能 力也 會 比較 強」的 是 誰？
nénglì yě huì bǐjiào qiáng de shì shéi

　　(A) 英國科學家

　　(B) 韓國科學家

　　(C) 美國科學家

　　(D) 不是科學家發現的

_____ 8. 關 於 這 篇 文 章，下 面 哪一個 不 對？
guānyú zhè piān wénzhāng xiàmiàn nǎ yí ge búduì

　　(A) 有醫師認為，科學家的研究只能當作參考

　　(B) 科學家最常研究的是食指與無名指長度的關係

　　(C) 有人認為，一個人的數理能力好不好跟學習環境比較
　　　有關係

　　(D) 英國的科學家研究了食指與無名指長度與語文、數理
　　　能力的關係

(三) 生 詞
shēngcí

	生詞	漢語拼音	解釋
1	手指	shǒuzhǐ	นิ้วมือ
2	長度	chángdù	ความยาว
3	仔細	zǐxì	ละเอียด รอบคอบ

	生詞	漢語拼音	解釋
4	根據	gēnjù	ตามที่
5	觀察	guānchá	สังเกตการณ์
6	語文	yǔwén	ภาษาและวรรณกรรม
7	數理	shùlǐ	คณิตศาสตร์และวิทยาศาสตร์
8	科目	kēmù	รายวิชา
9	則	zé	ก็จะ
10	相反	xiāngfǎn	ตรงกันข้าม
11	科技	kējì	วิทยาศาสตร์และเทคโนโลยี
12	另外	lìngwài	นอกจากนี้
13	不論	búlùn	ไม่ว่าอย่างไรก็ตาม
14	具有	jùyǒu	มี (เปี่ยมไปด้วย)
15	暴力	bàolì	การใช้กำลัง
16	娛樂	yúlè	บันเทิง
17	胎兒時期	tāiérshíqí	ช่วงตั้งครรภ์
18	接觸	jiēchù	สัมผัส
19	參考	cānkǎo	อ้างอิง
20	判斷	pànduàn	ตัดสิน

二十三、老王賣瓜，自賣自誇
Lǎo Wángmài guā　zì mài zì kuā

（一）文章
wénzhāng

　　「老王賣瓜，自賣自誇」是一句常見的歇後
　　Lǎowáng mài guā　zì mài zì kuā　shì yí jù chángjiàn de xiēhòu

語。意思是形容人喜歡誇耀自己的能力或本領。
yǔ　　yìsi shì xíngróng rén xǐhuān kuāyào　zìjǐ de nénglì huò běnlǐng

　　這句話的背後有個小故事。以前有一個人叫
　　zhèjù huà de bèihòu yǒu ge xiǎo gùshi　yǐqián yǒu yí ge rén jiào

王 坡，因爲他很 嘮叨，做 起事來婆婆媽媽的，既擔
Wángpō　yīnwèi tā hěn láodao　zuò qǐ shì lái pó pó mā ma de　jì dān

心 這個，又 擔心 那個，所以大家都 叫他「王 婆」。
xīn zhège　yòu dānxīn nàge　suǒyǐ dàjiā dōu jiào tā　Wángpó

王 婆的 工作是 種 瓜，這種 瓜是外地來的，
Wángpó de gōngzuò shì zhòngguā　zhèzhǒng guā shì wàidì lái de

樣子不太 好看，但是吃起來非 常 甜。
yàngzi bú tài hǎokàn　dànshì chīqǐlái fēicháng tián

王 婆把 種 好的瓜拿到市 場 上 賣，但是
Wángpó bǎ zhònghǎo de guā nádào shìchǎngshàng mài　dànshì

因爲大家都 沒 看過 這 種奇怪 樣子的瓜，所以
yīnwèi dàjiā dōu méi kànguò zhèzhǒng qíguài yàngzi de guā　suǒyǐ

賣了好 幾天，一顆都 沒 賣出去。 王 婆很 著急，於
màile hǎo jǐ tiān　yī kē dōu méi màichūqù　Wángpó hěn zhāojí　yú

是就開始大 聲 地介紹 自己的瓜有 多麼 好吃，而
shì jiù kāishǐ dàshēng de jièshào　zìjǐ de guā yǒu duóme hǎochī　ér

且把瓜 切開 讓 大家吃看看。剛 開始大家都 不太敢
qiě bǎ guā qiēkāi ràng dàjiā　chīkànkan　gāng kāishǐ dàjiā dōu bú tài gǎn

吃，後來有個大膽 的人吃了一口之後 說：「這個瓜
chī　hòulái yǒu ge dàdǎn de rén chīle yìkǒu zhīhòu shuō　zhège guā

好 甜啊！跟 蜂蜜一樣 甜！」後來這件 事一傳 十，
hǎotián a　gēn fēngmì yíyàng tián　hòulái zhèjiàn shì yì chuán shí

十 傳 百，大家都 知道 王 婆的瓜很 好 吃，王 婆
shí chuán bǎi　dàjiā dōu zhīdào Wángpó de guā hěn hǎochī　Wángpó

的 生 意也 越來越 好了。
de shēngyì yě yuè lái yuè hǎo le

有一天，皇帝經 過 這個地方，看見 王婆 正
yǒu yìtiān huángdì jīngguò zhège dìfāng　kànjiàn Wángpó zhèng

在介紹 自己的 瓜。而且 王婆看見了 皇帝也不害
zài jièshào zìjǐ de guā　érqiě Wángpó kànjiànle huángdì yě bú hài

怕，也跟 皇帝介紹 起自己的 瓜。皇 帝一吃之後非
pà　yě gēn huángdì jièshào qǐ　zìjǐ de guā huángdì yì chī zhīhòu fēi

常 開心，問 王婆：「你的瓜 這麼甜！爲什麼還
cháng kāixīn　wèn Wángpó　nǐ de guā zhèmetián　wèishénme hái

要 努力地 向 大家介紹 呢？」王婆 説：「我這個瓜
yào nǔlì de xiàng dàjiā jièshào ne　Wángpó shuō　wǒ zhèige guā

是 外地來的，大家都 不認識，不介紹 的話 大家就不會
shì wàidì lái de　dàjiādōu búrènshì　bú jièshào de huà dàjiā jiù búhuì

買 了。」皇帝聽了之後 説：「這麼 好吃的瓜，眞
mǎi le　huángdì tīngle zhīhòu shuō　zhème hǎochī de guā　zhēn

是 誇得有 道理啊！」
shì kuā de yǒu dàolǐ a

(二)問題
wèntí

――― 1. 爲 什 麼 剛 開始 沒有 人 要 買 王婆 的
wèishénme gāng kāishǐ méiyǒu rén yào mǎi Wángpó de
瓜？
guā
(A) 王婆介紹瓜的聲音太小了
(B) 王婆的瓜不好吃
(C) 大家都不喜歡王婆
(D) 大家都不認識這種瓜

_____ 2. 關於 王婆 種 的瓜，哪一個 是 錯的？
guānyú Wángpó zhòng de guā nǎ yí ge shì cuò de

(A) 樣子不漂亮

(B) 是從外面地方來的

(C) 剛開始沒有人要買瓜

(D) 瓜不甜，所以要跟其他東西一起吃

_____ 3. 王婆 是 怎麼 讓 大家喜歡 他的 瓜 的？
Wángpó shì zěnme ràng dàjiā xǐhuān tā de guā de

(A) 他跟大家大聲地介紹他的瓜

(B) 他請他的婆婆和媽媽來幫他賣瓜

(C) 他賣得特別便宜

(D) 他請皇帝來吃他的瓜

_____ 4.「一 傳 十，十 傳 百」是 什麼 意思？
yì chuán shí shí chuán bǎi shì shénme yìsi

(A) 客人一個一個來，東西賣得很好

(B) 一塊到十塊，十塊到一百塊，錢越來越多

(C) 一個人告訴一個人，很快最後大家都知道了

(D) 沒有客人，東西賣不出去越來越多

_____ 5.「婆婆 媽媽」是 什麼 意思？
pó pó mā ma shì shénme yìsi

(A) 很聰明，會想很多辦法解決問題

(B) 很會說話，可以讓很多人買自己東西

(C) 做事情的時候想很多，不容易做決定

(D) 做菜很厲害，就像媽媽一樣

_____ 6. 皇帝 最後 說：「真是 誇得 有 道理啊！」
huángdì zuìhòu shuō zhēnshì kuā de yǒu dàolǐ a

是 什麼 意思？
shì shénme yìsi

(A) 瓜真的很好吃，但王婆不會說話，也不會介紹自己的
瓜

(B) 瓜沒有王婆說的那麼好吃，所以王婆說錯話了

(C) 瓜好不好吃沒關係，他只是覺得王婆很會說話

(D) 瓜眞的很好吃，所以王婆說的沒有錯

───── 7. 下面 哪一件 事情 可以 說 它是「老 王 賣
xiàmiàn nǎyíjiàn shìqing kěyǐ shuō tā shì Lǎo wáng mài
瓜，自 賣 自 誇」？
guā zì mài zì kuā

(A) 坐火車的時候，車掌（Conductor）跟大家說幾件重要
的事情，請大家注意安全

(B) 餐廳老闆說他店裡的每樣菜都很好吃

(C) 買完麵包之後，老闆跟你說希望你下次能再來他的店
買麵包

(D) 上課的時候老師跟同學介紹了一本好書

───── 8. 哪 個 是 對 的？
nǎge shì duì de

(A) 王婆的瓜沒有他說的那麼好吃，所以後來大家都不買
他的瓜了

(B) 王婆的瓜看起來就很好吃，只是因爲大家都不認識，
所以剛開始沒人買

(C) 皇帝也覺得王婆的瓜很好吃

(D) 王婆是個聰明的人，想到什麼事馬上就去做，不會想
太多

㈢生 詞
shēngcí

	生詞	漢語拼音	解釋
1	老王賣瓜，自賣自誇	Lǎo wáng mài guā, zì mài zì kuā	(สำนวน) ใช้กล่าวถึงคนที่ชอบคุยโม้โอ้อวดความสามารถของตน
2	歇後語	xiēhòuyǔ	คำพังเพย สำนวน
3	形容	xíngróng	อุปมา เปรียบเปรย

	生詞	漢語拼音	解釋
4	誇耀	kuāyào	โอ้อวด
5	能力	nénglì	ความสามารถ
6	本領	běnlǐng	ทักษะ ความสามารถ
7	背後	bèihòu	เบื้องหลัง
8	嘮叨	láodāo	ขี้โม้
9	婆婆媽媽	pó pó mā ma	ไม่เด็ดขาด
10	擔心	dānxīn	กังวล ห่วง
11	瓜	guā	แตง
12	外地	wàidì	นอกพื้นที่
13	而且	érqiě	นอกจากนี้ ยิ่งไปกว่านั้น
14	切	qiē	ตัด หั่น
15	敢	gǎn	กล้า
16	大膽	dàdǎn	กล้า
17	蜂蜜	fēngmì	น้ำผึ้ง
18	一傳十，十傳百	yì chuán shí, shí chuán bǎi	(ข่าว) แพร่สะพัดไปอย่างรวดเร็ว
19	生意	shēngyì	ธุรกิจ
20	皇帝	huángdì	จักรพรรดิ์
21	……的話	de huà	ถ้า...
22	誇	kuā	ชื่นชม
23	有道理	yǒu dàolǐ	มีเหตุผล

二十四、誰是對的？
shéi shì duì de

很久以前，中 國 有一位 很 有名 的 老師，他的
hěnjiǔ yǐqián Zhōngguó yǒu yíwèi hěn yǒumíng de lǎoshī　tā de

名字 叫做「孔子」。孔子 讀了 很 多 書，所以 他的 知識
míngzi jiàozuò Kǒngzǐ　Kǒngzǐ dúle hěnduō shū　suǒyǐ tā de zhīshì

非常 地 豐富，大家 都 很 尊 敬 他。有一天，他在路
fēicháng de fēngfù　dàjiā dōu hěn zūnjìng tā　yǒuyìtiān　tā zài lù

上　遇到了　兩個　正在　吵架的　小孩，他心裡覺得奇
shàng yùdàole liǎngge zhèngzài chǎojià de xiǎohái　tā xīnlǐ juéde qí

怪，於是就走過去問　他們　在吵　什麼。
guài　yúshì jiù zǒuguòqù wèn tāmen zài chǎo shénme

其中　一個　小孩　說：「我覺得太陽　剛　出來的
qízhōng yí ge xiǎohái shuō　　wǒ juéde tàiyáng gāng chūlái de

時候離我們比較近，中　午的　時候　才離我們　比較
shíhòu　lí wǒmen bǐjiào jìn　zhōngwǔ de shíhòu cái lí wǒmen　bǐjiào

遠。」另一個小孩　覺得不對，他　說：「我覺得是　相
yuǎn　　lìng yí ge xiǎohái juéde búduì　tā shuō　　wǒ juéde shì xiāng

反的，太陽　剛　出來的時候比較　遠，　中　午的　時候
fǎn de　　tàiyáng gāng chūlái de shíhòu bǐjiào yuǎn　zhōngwǔ　de shíhòu

比較近。」第一個　小孩聽了，馬上　　回答：「不對啊！
bǐjiào jìn　　dì yī ge xiǎohái tīngle　mǎshàng huídá　　búduì a

太陽　剛　出來的時候大得　像　車蓋，中　午的　時候
tàiyáng gāng chūlái de shíhòu dàde xiàng chēgài zhōngwǔ de shíhòu

就只有　盤子那麼大，這不　正　是近的　東西比較大，
jiù zhǐyǒu pánzi nàme　dà　zhè bú zhèngshì jìn de dōngxi bǐjiào dà

遠　的　東西比較　小　的道理嗎？」另一個　小孩接著
yuǎn de dōngxi　bǐjiào xiǎo de dàolǐ　ma　　lìng yí ge xiǎohái jiēzhe

說：「可是早　上　的　時候　天氣比較　涼，中　午的
shuō　　kěshì zǎoshang de shíhòu tiānqì bǐjiào liáng　zhōngwǔ de

時候　天氣熱，這不是　遠　的太陽比較　涼，近的太陽
shíhòu　tiānqì rè　zhè búshì yuǎn de tàiyáng bǐjiào liáng　jìn de tàiyáng

比較　熱的　道理嗎？」
bǐjiào rè de dàolǐ　ma

這　兩個 小孩 沒有　辦法分出　勝負，於是他們
zhè liǎngge xiǎohái méiyǒu bànfǎ fēnchū shèngfù　　yúshì tāmen

請　聰明　的 孔子來　評 評理。這樣　簡 單 的 問題卻
qǐng cōngmíng de Kǒngzǐ lái píngpínglǐ　zhèyàng jiǎndān de wèntí　què

把那時候的　孔 子給難 倒了，因為 以前 的科學　知識
bǎ nà shíhòu de Kǒngzǐ gěi nándǎo le　yīnwèi yǐqián de kēxué zhīshì

還不像　今天 這麼　豐富，所以 孔子很　難就　兩個
hái búxiàng jīntiān zhème　fēngfù　suǒyǐ Kǒngzǐ hěn nán jiù liǎngge

小孩各自的　想法，來判 定　誰是 誰非。孔子臉色
xiǎohái gèzì de xiǎngfǎ　lái pàndìng shéi shì shéi fēi　Kǒngzǐ liǎnsè

一沉，啞口無言，兩個孩子看到 之後就 笑了起來，
yì chén　yǎ kǒu wú yán　liǎngge háizi kàndào zhīhòu jiù xiàole qǐlái

對著　孔 子說：「大家 都　說你懂　很多 知識，沒有
duìzhe Kǒngzǐ shuō　　dàjiā dōu shuō nǐ dǒng hěnduō zhīshì　méiyǒu

你不知道的事情，原 來你也有 不懂　的地方啊！」
nǐ bù zhīdào de shìqing yuánlái nǐ yě yǒu bùdǒng de dìfāng a

（二）問題
wèntí

_____ 1.　兩個 小孩 為什麼 在　吵架？
liǎngge xiǎohái wèishénme zài chǎojià
(A) 他們不知道太陽什麼時候才會出現
(B) 他們不知道太陽什麼時候比較近，什麼時候比較遠
(C) 他們不知道太陽什麼時候會變得比較大
(D) 他們不知道太陽什麼時候比較涼，什麼時候比較熱

———— 2. 有個小孩說：「太陽剛出來的時候大
yǒu ge xiǎohái shuō   tàiyáng gāng chūlái de shíhòu dà
得像車蓋，中午的時候就只有盤子那
de xiàng chēgài   zhōngwǔ de shíhòu jiù zhǐyǒu pánzi nà
麼大。」這是從太陽的什麼地方來說
me dà   zhèshì cóng tàiyáng de shénme dìfāng lái shuō
的？
de
(A) 輕重
(B) 高低
(C) 大小
(D) 顏色

135

———— 3. 有一個小孩說：「這不是近的東西比較
yǒu yíge xiǎohái shuō   zhè búshì jìn de dōngxi bǐjiào
大，遠的東西比較小的道理嗎？」因為他
dà yuǎn de dōngxi bǐjiào xiǎo de dàolǐ ma   yīnwèi tā
覺得？
juéde
(A) 這個道理有問題
(B) 這是近的東西比較大，遠的東西比較小的道理
(C) 他完全不知道
(D) 這不是近的東西比較大，遠的東西比較小的道理

———— 4. 孔子聽了兩個小孩的問題之後「臉色一
Kǒngzǐ tīngle liǎngge xiǎohái de wèntí zhīhòu liǎnsè yì
沉」，因為他？
chén   yīnwèi tā
(A) 路上太多人了，孔子覺得很不好意思
(B) 覺得這個問題太難了
(C) 覺得小孩不應該問他這麼簡單的問題
(D) 心裡覺得很好笑，但又不能笑

_____ 5. 第22行 的「啞 口 無 言」是 什 麼 意思？
dì háng de yǎ kǒu wú yán shì shénme yìsi

(A) 孔子覺得這個問題太簡單了，他想讓小孩自己想

(B) 兩個小孩一直在說話，所以孔子沒有辦法說話

(C) 孔子很認真地在想這個問題

(D) 孔子不知道怎麼回答，說不出話來

_____ 6. 「難 倒」可以 放 進 哪一個 句子？
nándǎo kěyǐ fàngjìn nǎyíge jù zi

(A) 這兩個漢字這麼像，真是把我□□了。

(B) 真□□，你今天居然這麼早就起床了。

(C) 今天本來就不用上課，□□沒人告訴你嗎？

(D) 人都會犯錯，發生這種事是□□的。

_____ 7. 「兩 個 孩子 看 到 之 後 笑 了 起 來」，「起 來」和
liǎngge háizi kàndào zhīhòu xiàole qǐ lái qǐlái hé

下 面 哪個 意思 一 樣？
xiàmiàn nǎge yìsi yíyàng

(A) 快點起來，你要遲到了。

(B) 這件衣服你穿起來真漂亮

(C) 只因為一點小事情，他們居然在教室裡打了起來

(D) 他站了起來，把房間的門打開了

_____ 8. 哪個 是 對 的？
nǎge shì duì de

(A) 這件事情發生在教室裡

(B) 孔子解決了這個問題

(C) 這兩個小孩是孔子的學生

(D) 這兩個小孩的想法是相反的

(三)生詞
shēngcí

	生詞	漢語拼音	解釋
1	有名	yǒumíng	มีชื่อเสียง เป็นที่รู้จัก
2	知識	zhīshì	ความรู้
3	豐富	fēngfù	อุดมสมบูรณ์ รอบรู้
4	尊敬	zūnjìng	เคารพ
5	遇到	yùdào	พบ ประสบกับ
6	吵架	chǎojià	ทะเลาะ มีปากเสียง
7	其中	qízhōng	ท่ามกลาง หนึ่งใน
8	相反	xiāngfǎn	ตรงกันข้าม กลับกัน
9	車蓋	chēgài	ฝากระโปรงรถ
10	只有	zhǐyǒu	เพียงแค่
11	道理	dàolǐ	เหตุผล
12	接著	jiēzhe	หลังจากนั้น
13	分	fēn	แบ่ง
14	勝負	shèngfù	แพ้ชนะ
15	評評理	píngpínglǐ	ตัดสิน
16	想法	xiǎngfǎ	ความคิด แนวคิด
17	難倒	nándǎo	สะดุด
18	科學	kēxué	วิทยาศาสตร์
19	就	jiù	ก็..
20	各自	gèzì	แต่ละ
21	是 / 非	shì / fēi	ถูก/ผิด
22	臉色一沉	liǎnsè yì chén	หน้าถอดสี
23	啞口無言	yǎ kǒu wú yán	พูดไม่ออก

二十五、父親節的由來
fùqīnjié de yóulái

父親節 是 感謝父親 的 節日。每個 國家父親節 的 日期
fùqīnjié shì gǎnxiè fùqīn de jiérì　měige guójiā fùqīnjié de rìqí

都 不同，大多數 國家的 父親節 是 在 六月的 第三 個
dōu bùtóng　dàduōshù guójiā de fùqīnjié shì zài liùyuè de dì sān gē

禮拜日。
lǐbàirì

臺灣 的父親節則是八 月八日，因爲「爸爸」跟「八
Táiwān de fùqīnjié zé shì bāyuè bā rì yīnwèi bàba gēn bā

八」的拼音很 像，所以父親節又 叫做「爸爸節」或
bā de pīnyīn hěn xiàng suǒyǐ fùqīnjié yòu jiàozuò bàba jié huò

是「八八節」。你的國家的父親節是 什麼 時候 呢？你
shì bā bā jié nǐ de guójiā de fùqīnjié shì shénme shíhòu ne nǐ

知道 爲 什 麼會 有父親節嗎？
zhīdào wèishénme huì yǒu fùqīnjié ma

1909年，在美國 華 盛 頓 州（Estado de Washington）
nián zài Měiguó Huáshèngdùn zhōu

斯波肯市（Spokane），有一位 杜德夫人（Señora Dodd），
Sīpōkěn shì yǒu yíwèi Dùdé fūrén

她在 參加完 教會舉辦 的母親節活 動 以後，有了一
tā zài cānjiā wán jiàohuì jǔbàn de mǔqīnjié huódòng yǐhòu yǒule yí

個 念頭：爲 什 麼 沒有紀念父親的節日呢？
ge niàntou wèishénme méiyǒu jìniàn fùqīn de jiérì ne

杜德夫人十三 歲的時 候，她的母親 過世了，杜德
Dùdé fūrén shísānsuì de shíhòu tā de mǔqīn guòshì le Dùdé

夫人和她的五個弟弟是 由父親 威 廉·斯馬特（William
fūrén hé tā de wǔge dìdi shì yóu fùqīn Wēilián Sīmǎtè

Smart）一個人撫養 長 大 的。威廉·斯馬特在妻子
yí ge rén fǔyǎng zhǎngdà de Wēilián Sīmǎtè zài qīzi

過世以後，並 沒有再娶。他白天 辛苦地工 作，晚
guòshì yǐhòu bìng méiyǒu zài qǔ tā báitiān xīnkǔ de gōngzuò wǎn

上 回 到家不但 要 做家事，還要 照顧家 中 每
shang huí dào jiā búdàn yào zuò jiāshì háiyào zhàogù jiāzhōng měi

一個 孩子。好不 容易，六個孩子 終 於 長 大 成
yí ge háizi　　hǎo bù róngyì　　liùge háizi zhōngyú zhǎng dà chéng

人，他卻積勞 成 疾，生 病 過世了。
rén　　tā què jī láo chéng jí　　shēngbìng guòshì le

　　杜德 夫人 覺得自己的父親一個人父 兼 母職，非常
　　Dùdé fūrén　juéde zìjǐ　de fùqīn yígerén fù jiān mǔ zhí　fēicháng

辛苦。遺憾 的 是，她來不及好 好 孝 順 父親，父親就
xīnkǔ　yíhàn de shì　tā láibù jí hǎohǎo xiàoshùn fùqīn　fùqīn jiù

過世了。在 參加完 教會的母親節 活 動 後，她特別
guòshì le　zài cānjiā wán jiàohuì de mǔqīn jié huódòng hòu　tā tèbié

地 想 念父親，她希望 一年也能 有一天 來紀念 全
de xiǎngniàn fùqīn　tā xīwàng yìnián yě néng yǒu yìtiān lái jìniàn quán

天下 偉大的父親。於是她向 州 政府提議，設立
tiānxià wěidà de fùqīn　yúshì tā xiàng zhōuzhèngfǔ　tíyì　shèlì

「父親節」。因爲她的努力，她的意見 很 快地得到
fùqīnjié　yīnwèi tā de nǔlì　tā de yìjiàn hěn kuài de dédào

州 政府的支持。1910年6月19日，斯波肯市 舉行了
zhōu zhèngfǔ de zhīchí　nián yuè　rì　Sīpōkěnshì jǔxíngle

全 世界第一個父親節 慶 祝 活 動。這就是父親節 最早
quánshìjiè dì yī ge fùqīnjié qìngzhù huódòng zhè jiùshì fùqīnjié zuìzǎo

的 由來。
de yóulái

(二)問題
wèntí

_____ 1. 從 第一 段 我們 可以 知道 什麼 事 情？
cóng dì yī duàn wǒmen kěyǐ zhīdào shénme shìqing

(A) 父親節的意思

(B) 父親節的由來

(C) 為什麼會有父親節

(D) 每個國家父親節的日期

_____ 2. 為 什麼 臺灣 的 父親節 是 八 月 八 號？
wèishénme Táiwān de fùqīnjié shì bā yuè bā hào

(A) 沒有特別的原因

(B) 臺灣的總統決定的

(C) 想跟其他國家的父親節不一樣

(D)「八八」跟「爸爸」唸起來差不多

_____ 3.「她 在 參 加 完 教 會舉辦 的 母 親節 活 動
tā zài cānjiā wán jiàohuì jǔbàn de mǔqīnjié huódòng

以後，有了一個『念 頭』」，「念 頭」也可以 換
yǐhòu yǒule yíge niàntou niàntou yě kěyǐ huàn

成 下面 哪 一個詞？
chéng xiàmiàn nǎ yí ge cí

(A) 辦法

(B) 想法

(C) 意思

(D) 方法

_____ 4. 小 明 說：「好 不 容 易，我 把 功 課 寫 完
Xiǎomíng shuō hǎo bù róngyì wǒ bǎ gōngkè xiě wán

了！」小 明 覺得寫 功 課 這件 事 情 怎麼
le Xiǎomíng juéde xiě gōngkè zhè jiàn shìqing zěnme

樣？
yàng

(A) 很容易

⒝ 不困難

⒞ 不辛苦

⒟ 不簡單

_____ 5. 第 三 段 沒 有 告 訴 我 們 什 麼 ？
dì sān duàn méiyǒu gàosù wǒmen shénme

⒜ 杜德夫人有五個弟弟

⒝ 杜德夫人的母親13歲過世

⒞ 威廉‧斯馬特先生只有一個太太

⒟ 威廉‧斯馬特先生一個人照顧孩子

_____ 6. 哪 一 個 不 是 威 廉‧斯 馬 特 做 的 事 情 ？
nǎ yí ge búshì Wēilián Sīmǎtè zuò de shìqing

⒜ 做家事

⒝ 辛苦地工作

⒞ 照顧六個孩子

⒟ 提議設立「父親節」

_____ 7. 「舉 行」這 個 詞 不 可 以 放 進 去 下 面 哪 個□□
jǔxíng zhège cí bù kěyǐ fàng jìnqù xiàmiàn nǎge

裡面？
lǐmiàn

⒜ 運動會在操場□□。

⒝ 學校的活動中心正在□□比賽。

⒞ 她要結婚了，她準備在五月□□婚禮。

⒟ 這個活動我們□□過好多次，交給我們一定沒問題。

_____ 8. 哪 個 正 確 ？
nǎge zhèngquè

⒜ 杜德夫人有六個孩子

⒝ 杜德夫人提議設立「母親節」

⒞ 州政府不支持杜德夫人的提議

⒟ 第一個父親節慶祝活動在1910年舉行

(三)生詞
shēngcí

	生詞	漢語拼音	解釋
1	父親節	fùqīnjié	วันพ่อ
2	由來	yóulái	สาเหตุ ที่มา
3	則	zé	ก็จะ...
4	夫人	fūrén	คุณนาย คุณผู้หญิง
5	教會	jiàohuì	โบสถ์ (ศาสนาคริสต์)
6	舉辦	jǔbàn	จัด
7	念頭	niàntou	แนวคิด
8	紀念	jìniàn	ระลึก
9	去世	qùshì	ตาย
10	由	yóu	จาก เนื่องด้วย เหตุด้วย
11	撫養	fǔyǎng	เลี้ยงดู
12	妻子	qīzi	ภรรยา
13	娶	qǔ	สู่ขอ (ภรรยา)
14	長大成人	zhǎng dà chéngrén	เติบโต (เป็นผู้ใหญ่)
15	積勞成疾	jī láo chéng jí	เหน็ดเหนื่อยจนล้มป่วย
16	父兼母職	fù jiān mǔ zhí	คุณพ่อเลี้ยงเดี่ยว
17	遺憾	yíhàn	เสียดาย
18	來不及	láibùjí	ไม่ทัน สายเกินไป
19	孝順	xiàoshùn	กตัญญู
20	偉大	wěidà	ยิ่งใหญ่
21	於是	yúshì	ดังนั้น จึง
22	州政府	zhōuzhèngfǔ	รัฐบาลท้องถิ่น (รัฐบาลระดับมลรัฐ)

	生詞	漢語拼音	解釋
23	提議	tíyì	เสนอ
24	支持	zhīchí	สนับสนุน

本文參考資料：

http://www.christianstudy.com/data/feast/father01.html（父親節的來源）

http://zh.wikipedia.org/wiki/%E7%88%B6%E8%A6%AA%E7%AF%80
（維基百科—父親節介紹）

http://www.fhl.net/main/fatherday/father01.htm（父親節的由來。作者：徐千祐）

二十六、難寫的「萬」字
nán xiě de wàn zì

㈠文章
wénzhāng

　　某 個　鄉 村裡有一位 姓「萬」的老 先 生。他非
mǒu ge　xiāngcūnlǐ yǒu yíwèi xìng Wàn　de lǎo xiānsheng　tā fēi

常　有　錢，但是他卻是 文盲，家裡世世代代 都 沒
cháng yǒu qián　dànshì tā quèshì wénmáng　jiālǐ shì shì dài dài dōu méi

有 讀過　書，所以也 不會寫字。有一天，他覺得這 樣
yǒu dúguò shū　suǒyǐ yě búhuì xiě zì　yǒu yìtiān　tā juéde zhèyàng

下去不是辦法，因為他連 最 簡單的字「之、也」都不
xiàqù búshì bànfǎ　yīnwèi tā lián zuì jiǎndān de zì　zhī　yě　dōu bú

認識。這樣 做起事來非 常 不 方 便，鄰居也 常
rènshì　zhèyàng zuò qǐ　shì lái fēicháng bù fāngbiàn　lín jū　yě cháng

常 笑 他們，所以他決定 要 讓兒子念書 寫字。
cháng xiào tāmen　suǒyǐ tā juédìng yào ràng érzi niànshū　xiězì

　　有一年，老 先 生 請了一個外地老師來教他的
yǒu yìnián　lǎo xiānsheng qǐngle yíge　wàidì lǎoshī lái jiāo tā de

兒子寫字。第一天，老師 用 毛筆在 紙 上 寫了一個
érzi xiězì　dì yītiān　lǎoshī yòng máobǐ zài zhǐshàng xiěle　yí ge

「一」字，教 兒子這是「一」。兒子覺得很 有意思，所
yī　zì　jiāo érzi zhèshì　yī　érzi juéde hěn yǒu yìsi　suǒ

以牢牢記住了。第二天，老師 在 紙 上 寫了一個「二」
yǐ láoláo jìzhù le　dì èrtiān　lǎoshī zài zhǐshàng xiěle　yí ge　èr

字，教兒子 說 這是「二」，兒子這次面 無 表 情，但
zì　jiāo érzi shuō zhèshì　èr　érzi zhècì miàn wú biǎoqíng dàn

也記住了。到了第三天，老師 教了一個「三」字。兒子
yě　jìzhù le　dào le dìsāntiān　lǎoshī jiāole yí ge　sān　zì　érzi

突然覺得很 高興，書包也沒帶 上，就趕快 跑回
túrán juéde hěn gāoxìng　shūbāo yě méi dàishàng jiù gǎnkuài pǎo huí

家裡。兒子跟 老 先 生 說：「爸爸，寫字實在很 簡
jiālǐ　érzi gēn lǎo xiānsheng shuō　bà ba　xiězì shízài hěn jiǎn

單，你不用 再 浪費 錢 請 那位 老師了，還是把老師
dān　nǐ búyòng zài làngfèi qián qǐng nà wèi lǎoshī le　háishì bǎ lǎoshī

辭退了吧！」老 先 生 看到兒子這麼 聰 明，就高
cítuì　le ba　lǎo xiānsheng kàndào érzi zhème cōngmíng　jiù gāo

興 地 照 著 他的話 做了。
xìng de zhàozhe tā de huà zuò le

　　過了幾天，老 先 生 想 要 請他的 朋 友 到家
　　guòle jǐ tiān lǎo xiānsheng xiǎng yào qǐng tā de péngyǒu dào jiā

裡吃飯，於是 叫他的兒子寫一 張 卡片。過了半 天，
lǐ chīfàn yúshì jiào tā de érzi xiě yìzhāng kǎpiàn guòle bàntiān

兒子還 沒 完 成，他便 過去 看看 情 況。一進門，就
érzi hái méi wánchéng tā biàn guòqù kànkàn qíngkuàng yí jìnmén jiù

看 到 兒子拿著一把 沾了墨汁的 梳子在 紙 上 畫著，
kàndào érzi názhe yì bǎ zhānle mòzhī de shūzi zài zhǐshàng huàzhe

煩惱 地 說：「為什麼我們 要 姓 萬呢？這把 梳子
fánnǎo de shuō wèishénme wǒmen yào xìng wàn ne zhè bǎ shūzi

一次可以寫二十 多 畫，我 從 早 寫到 現在，手 都
yí cì kěyǐ xiě èrshí duō huà wǒ cóng zǎo xiědào xiànzài shǒu dōu

痠了還 沒 寫到 三 千 畫 呢！」
suānle hái méi xiědào sānqiān huà ne

(二)問題
wèntí

――――― 1. 第二天 老 師 教「二」 這 個字的 時候，兒子的心
dì èrtiān lǎoshī jiào èr zhèige zì de shíhòu érzi de xīn

　　情 怎麼 樣？
qíng zěnme yàng

(A) 很緊張

(B) 覺得很有意思

(C) 太難了，記不住

(D) 覺得沒有意思

_____ 2. 為 什 麼 兒子一直 寫不完「萬」字？
wèishénme érzi yìzhí xiěbùwán wàn zì

　(A) 老師教錯了，所以寫不好

　(B) 老師教「萬」字的時候，兒子沒去上課

　(C) 他不想幫爸爸寫卡片

　(D) 兒子把「萬」字寫錯了

_____ 3. 為 什 麼 老 先 生 不繼續 讓 老 師 教 兒 子
wèishénme lǎo xiānsheng bú jìxù ràng lǎoshī jiào érzi

寫字？
xiě zì

　(A) 兒子太笨，所以老師不想教了

　(B) 老先生沒有錢可以讓老師教兒子了

　(C) 他覺得兒子很聰明，所以不用學習了

　(D) 老師教得不好，所以老先生要換新的老師

_____ 4. 如 果 要 寫「五」字，你 覺得 兒 子 會 寫 成　什
rúguǒ yào xiě wǔ zì nǐ juéde érzi huì xiěchéng shé

麼　樣子？
me yàngzi

　(A) 五

　(B)

　(C) 5

　(D)
X

_____ 5. 「老 先 生 『請』了一個 外地老師」的「請」和
lǎo xiānsheng qǐngle yíge wàidì lǎoshī de qǐng hé

下 面 哪個 是 一 樣　的？
xiàmiàn nǎge shì yíyàng de

　(A) 這間醫院最近新請了三位醫生

　(B) 這麼久沒見了，這頓飯我請你吧！

　(C) 這是我自己做的餅乾，請你吃

　(D) 可以請你幫我一個忙嗎？

_____ 6. 這樣下去「不是辦法」，是什麼意思？
zhèyàng xiàqù　búshì bànfǎ　　shì shénme yìsi
(A) 想出來的方法沒有用
(B) 想不出方法
(C) 不好、不行的意思
(D) 找不到人幫忙

_____ 7. 這個故事告訴我們什麼？
zhèige gùshì gàosù wǒmen shénme
(A) 念書的重要，一定要讓自己的孩子念書，才不會被人笑
(B) 學習不能只學一半，必須認真、好好地學習才能學得好
(C) 好的老師很重要，只要老師教得好，回家不用念書也可以
(D) 錢的重要，有錢才能有好的老師，這樣才能學得好

_____ 8. 哪個是對的？
nǎge shì duì de
(A) 因為老先生沒有錢，所以不能讓他的孩子念書
(B) 老師從「一」教到「十」字，兒子都學很好
(C) 因為兒子太笨了一直學不好，所以老先生就不讓老師繼續教兒子寫字了
(D) 兒子不會寫「萬」字，不是老師教得不好，是因為兒子沒有好好地學習下去

(三)生詞
shēngcí

	生詞	漢語拼音	解釋
1	鄉村	xiāngcūn	หมู่บ้าน (ในชนบท)
2	文盲	wénmáng	ไม่รู้หนังสือ
3	世世代代	shì shì dài dài	หลายชั่วอายุคน

	生詞	漢語拼音	解釋
4	不是辦法	búshì bànfǎ	ไม่ใช่แนวทาง ไม่ใช่วิธีการ
5	連	lián	รวมถึง
6	鄰居	línjū	เพื่อนบ้าน
7	外地	wàidì	นอกพื้นที่
8	毛筆	máobǐ	พู่กันจีน
9	牢牢（地）	láoláo (de)	ฝังลึก
10	記住	jìzhù	จดจำ
11	面無表情	miàn wú biǎoqíng	ไร้อารมณ์ความรู้สึก
12	突然	túrán	ทันใดนั้น
13	浪費	làngfèi	สิ้นเปลือง
14	請	qǐng	จ้าง เชิญ (คน)
15	辭退	cítuì	ไล่ออก
16	照	zhào	ตามที่...
17	完成	wánchéng	สำเร็จ ลุล่วง
18	情況	qíngkuàng	สถานการณ์
19	沾	zhān	ชุ่ม จุ่ม แช่
20	墨汁	mòzhī	หมึกจีน
21	梳子	shūzi	หวี
22	煩惱	fánnǎo	ปวดหัว กังวล
23	畫（筆畫）	huà (bǐhuà)	ขีด (ตัวอักษร)
24	痠	suān	ปวดเมื่อย

參考出處：http://www.minghui-school.org/school/article/2009/10/5/79377.html

（網站名：明慧學校）

二十七、杞人憂 天
qǐ rén yōu tiān

(一)文 章
wénzhāng

　　從 前，有 個 住 在 杞 國 的 人，他 常　常　擔 心 一
cóngqián　yǒu ge zhù zài Qǐguó de rén　　tā chángcháng dānxīn yì

些 奇 怪 的 事 情。例 如，他 曾 經 擔 心 天 空 會 塌 下
xiē qíguài de shìqing　lìrú　　tā céngjīng dānxīn tiānkōng huì tāxià

來。他 覺 得，如 果 天 空 塌 下 來 了，在 天 空 下 面 的
lái　tā juéde　rú guǒ tiānkōng tāxiàlái le　zài tiānkōng xiàmiàn de

人 還可以逃到 哪裡去呢？人如果 這 樣 就被天 空 壓
rén hái kěyǐ táodào nǎlǐ qù ne　rén rúguǒ zhèyàng jiù bèi tiānkōng yā

死了，不是 很可憐 嗎？他因爲太煩惱 天 空 會塌下
sǐ le　búshì hěn kělián ma　tā yīnwèi tài fánnǎo tiānkōng huì tāxià

來這件 事情，所以每天 都 睡不著 覺，飯也吃不
lái zhèjiàn shìqing　suǒyǐ měitiān dōu shuìbùzháo jiào　fàn yě chībú

下。他的 朋 友 看到他臉色 憔悴、精 神 不 好，就問
xià　tā de péngyǒu kàndào tā liǎnsè qiáocuì　jīngshén bù hǎo　jiùwèn

他發 生了什麼 事情。知道　原因以後，他的 朋 友
tā fāshēngle shénme shìqing　zhīdào yuányīn yǐhòu　tā de péngyǒu

安慰他：「天 空其實 就是一堆 空氣，空氣無 所不
ānwèi tā　tiānkōng qíshí jiùshì yìduī kōngqì　kōngqì wú suǒ bú

在，我們 現在就是在 空氣裡呼吸、走 動。你怎麼 會
zài　wǒmen xiànzài jiùshì zài　kōngqìlǐ hūxī　zǒudòng nǐzěnme huì

擔心 空氣掉下來呢？」
dānxīn kōngqì diàoxiàlái ne

杞國人 聽了以後，不但 沒有 放心，反而又 想
Qǐguórén tīngle yǐhòu　búdàn méiyǒu fàngxīn　fǎnér yòu xiǎng

到，如果 天 空 只是一堆 空氣，那麼 怎麼可以支 撐
dào　rúguǒ tiānkōng zhǐshì yì duī kōngqì　nàme zěnme kěyǐ zhīchēng

住 星星、月 亮、太陽的 重 量呢？星星、月 亮、
zhù xīngxing　yuèliàng　tàiyáng de zhòngliàng ne xīngxing　yuèliàng

太陽 會不會 掉下來？如果 走在路上 被 掉下來的
tàiyáng huì bú huì　diàoxiàlái　rúguǒ zǒu zài lùshàng bèi diàoxiàlái de

星星、月 亮、太陽 打到了，該 怎麼辦 呢？他的 朋
xīngxing　yuèliàng　tàiyáng dǎdào le　gāi zěnmebàn ne　tā de péng

友 聽 了，又 告訴他：「星 星、月 亮、太 陽 只是 空
yǒu tīng le　yòu gàosù tā　　xīngxing yuèliàng tàiyáng zhǐshì kōng

氣 中 的 光 線，光 線 掉下來也不會 怎麼 樣
qì zhōng de guāngxiàn guāngxiàn diàoxiàlái yě búhuì zěnmeyàng

啊！」聽了 朋 友 的 話以後，杞國人 覺得比較 放心
a　　tīngle péngyǒu de huà yǐhòu　Qǐguórén juéde bǐjiào fàngxīn

了。不過 之後 他又 想 到了 很多奇怪 的 問題，又因
le　búguò zhīhòu tā yòu　xiǎngdàole hěnduō qíguài de wèntí　yòu yīn

爲 這樣 常 常 擔心 得吃不下飯、睡不 著 覺。後
wèi zhèyàng chángcháng dānxīn de chībúxià fàn shuìbùzháo jiào hòu

來的人就 根據 這個故事，濃 縮 成「杞人 憂 天」這
lái de rén jiù gēnjù zhège gùshi　nóngsuō chéng　Qǐ rén yōu tiān　zhè

個 成 語，來比喻爲了不必要的問題 擔心的 狀 況。
ge chéngyǔ　lái bǐyù wéile bú bìyào de wèntí dānxīn de zhuàngkuàng

153

(二)問題 wèntí

_____ 1. 杞 國 人 沒 有 擔 心 過 什麼 事 情？
Qǐguórén méiyǒu dānxīn guò shénme shìqing
(A) 吃不下飯
(B) 天空塌下來
(C) 被天空壓死
(D) 被月亮打到

_____ 2. 「天 空 塌 下 來」這 句 話 中 的「塌」，換
tiānkōng tāxiàlái zhè jù huà zhōng de　tā　huàn
成 哪個字以後，句子的意思 差不 多？
chéng nǎge zì yǐhòu　jùzi de yìsi chābuduō

(A) 掉

(B) 打

(C) 丟

(D) 跌

_____ 3. 「下來」不可以 放 進去哪個 句子的□□裡面？
　　xiàlái　bù kěyǐ fàng jìnqù nǎge jùzi de　lǐmiàn

　　(A) 請你把車停□□，我想要下車。

　　(B) 雨欣很難過，她的眼淚流了□□。

　　(C) 下雨了，你留□□吃個飯再回家吧！

　　(D) 我知道這個藥很苦，但是還是請妳吃□□。

_____ 4. 「空 氣 無 所 不 在」的 意思是？
　　kōngqì wú suǒ bú zài　de yìsi shì

　　(A) 沒有空氣

　　(B) 到處都有空氣

　　(C) 有些地方有空氣，有些地方沒有空氣

　　(D) 上面的答案都不對

_____ 5. 第二 段 在 說 什 麼？
　　dì èr duàn zài shuō shénme

　　(A) 杞國人被太陽打到了

　　(B) 杞國人不擔心天空塌下來了

　　(C) 杞國人的朋友也怕被月亮打到

　　(D) 杞國人擔心天上的星星掉下來

_____ 6. 第三 段 告訴我 們 什 麼？
　　dì sān duàn gàosù wǒmen shénme

　　(A) 天空就是一堆空氣

　　(B) 杞國人睡得著、吃得下飯了

　　(C) 被掉下來的月亮打到該怎麼辦

　　(D) 杞國人還是常常擔心其他事情

———— 7. 關於杞國人在文章　每一段　的心情，
guānyú Qǐguórén zài wénzhāng měi yí duàn de xīnqíng

下面　哪一個　正確？
xiàmiàn nǎ yí ge zhèngquè

(A) 第一段：擔心；第二段：擔心；第三段：放心。

(B) 第一段：擔心；第二段：放心；第三段：擔心。

(C) 第一段：擔心；第二段：擔心；第三段：擔心。

(D) 第一段：擔心；第二段：放心；第三段：放心。

———— 8. 關於這　篇　文章，下面　哪個不對？
guānyú zhè piān wénzhāng xiàmiàn nǎge búduì

(A) 杞國人最後被天空壓死了

(B) 杞國人常常擔心一些奇怪的事情

(C) 這篇文章說的是「杞人憂天」成語的由來

(D) 杞國人的朋友覺得星星、月亮、太陽只是空氣中的光
線

(三)生詞
shēngcí

	生詞	漢語拼音	解釋
1	杞國	Qǐguó	รัฐฉี่
2	曾經	céngjīng	เคย
3	天空	tiānkōng	ท้องฟ้า
4	塌	tā	ถล่ม
5	逃	táo	หลบหนี
6	壓	yā	กด ควบคุม ทับ
7	可憐	kělián	น่าสงสาร
8	煩惱	fánnǎo	ปวดหัว กังวล
9	臉色	liǎnsè	สีหน้า

	生詞	漢語拼音	解釋
10	憔悴	qiáocuì	(สีหน้า) เนือย
11	安慰	ānwèi	ปลอบ
12	堆	duī	กอง (ลักษณนาม)
13	無所不在	wú suǒ bú zài	ทุกแห่งหน
14	呼吸	hūxī	หายใจ
15	反而	fǎnér	ในทางกลับกัน
16	支撐	zhīchēng	รับมือ
17	重量	zhòngliàng	น้ำหนัก
18	光線	guāngxiàn	แสงไฟ
19	之後	zhīhòu	ต่อมา หลังจากนั้น
20	根據	gēnjù	ตามที่...
21	濃縮	nóngsuō	สกัด
22	成語	chéngyǔ	สำนวน สุภาษิต
23	比喻	bǐyù	เปรียบเปรย อุปมา
24	必要	bìyào	จำเป็น ขาดไม่ได้
25	狀況	zhuàngkuàng	สถานการณ์

二十八、微笑
wéixiào

(一)文章
wénzhāng

你喜歡　微笑　嗎？
nǐ xǐhuān wéixiào ma

你知道「微笑」這個　動作會影響　你的心情
nǐ zhīdào　wéixiào　zhège dòngzuò huì yǐngxiǎng　nǐ de xīnqíng

嗎？有兩位　美國學者　曾經　做過一個研究，他們
ma　yǒu liǎngwèi Měiguó xuézhě céngjīng zuò guò　yí ge yánjiù　tāmen

把參加研究的人分 成 兩組，
bǎ cānjiā yánjiù de rén fēnchéng liǎngzǔ

要求 兩組的人都咬著 鉛筆
yāoqiú liǎngzǔ de rén dōu yǎozhe qiānbǐ

觀 賞 卡通 影片。
guānshǎng kǎtōng yǐngpiàn

他們 希望A組的人一邊 微笑
tāmen xīwàng zǔ de rén yìbiān wéixiào

一邊 看卡通，所以 請A組的
yìbiān kàn kǎtōng suǒyǐ qǐng zǔ de

人 用 牙齒咬 住 鉛筆。他們
rén yòng yáchǐ yǎozhù qiānbǐ tāmen

希望B組的人不要 笑 著 看卡
xīwàng zǔ de rén búyào xiàozhe kàn kǎ

通，所以他們 請B組的人 用 嘴
tōng suǒ yǐ tāmen qǐng zǔ de rén yòng zuǐ

唇含 著 鉛筆，這 樣B組的人就
chún hánzhe qiānbǐ zhèyàng zǔ de rén jiù

沒有 辦法微笑。等 兩組的人看 完卡通以後，他
méiyǒu bànfǎ wéixiào děng liǎngzǔ de rén kànwán kǎtōng yǐhòu tā

們 問A、B兩組看 完卡通 的感覺，結果A組的人 都
men wèn liǎngzǔ kàn wán kǎtōng de gǎnjué jiéguǒ zǔ derén dōu

認爲卡通 影片 很 好 笑，B組的人就 不那麼 覺得。
rènwéi kǎtōng yǐngpiàn hěn hǎo xiào zǔ de rén jiù bú nàme juéde

還有 研究 顯示，微笑 能 讓你的大腦 釋放 出
háiyǒu yánjiù xiǎnshì wéixiào néng ràng nǐ de dànǎo shìfàng chū

讓你「感覺 良好」的化學 物質——「腦內啡」
ràng nǐ　gǎnjué liánghǎo　de huàxué wùzhí　　nǎonèifēi

（endorfina），這 種 物質 不但 能 讓你有快樂的
zhè zhǒng wùzhí búdàn néng ràng nǐ yǒu kuàilè　de

感覺，而且還能稍微減輕身體上的疼痛。常
gǎnjué érqiě hái néng shāowéi jiǎnqīng shēntǐ shàng de téngtòng cháng

常 笑的人看起來也比較年輕，也會有比較多
cháng xiào de rén kàn qǐ lái yě bǐ jiào niánqīng　yě huì yǒu bǐjiào duō

的 朋友，因為跟他 相處很開心，所以大家都喜
de péngyǒu　yīnwèi gēn tā xiāngchǔ hěn kāixīn　　suǒyǐ dàjiā　dōu xǐ

歡 跟他交 朋友。
huān gēn tā jiāo péngyǒu

　　英 國 的心理學家還 做 過一個實驗，他們 讓 參
　　Yīngguó de xīnlǐxuéjiā　hái　zuòguò yíge shíyàn　　tāmen ràng cān

加實驗的男 生、女生 看四種 照片，第一 種
jiā shíyàn de nánshēng　nǔshēng kàn sìzhǒng zhàopiàn　dì　yī zhǒng

是「看 著你但是不 笑」，第二 種 是「雖然 笑 了，
shì　kànzhe nǐ dànshì bú xiào　　dì èr zhǒng shì　suīrán xiào le

但是 沒 看你」，第三 種 是「不笑 也不看 著
dànshì méi kàn nǐ　　dì sān zhǒng shì　bú xiào yě bú kànzhe

你」，最後 一 種 照 片 是「邊 微笑 邊 看著你」。
nǐ　　zuìhòu yìzhǒng zhàopiàn shì　biān wéixiào biān kànzhe nǐ

心理學家發現，大部分 參加 實驗 的人 都 覺得，第四
xīnlǐxuéjiā fāxiàn　dà bùfèn cānjiā shíyàn de rén dōu juéde　dì sì

種 照片 中 的人 對他們 來 說 最有 魅力。人都
zhǒng zhàopiànzhōng de rén duì tāmen lái shuō zuìyǒu mèilì　rén dōu

會 被 面 帶 笑 容 的 人 吸引，所以多 微笑 還可以讓
huì bèi miàn dài xiàoróng de rén xīyǐn　 suǒyǐ duō wéixiào hái kěyǐ ràng

你 更 有 魅力、更 有 吸引力 呢！
nǐ gèngyǒu mèilì　 gèngyǒu　 xīyǐnlì　ne

　 既然 微笑 的 好處 這麼 多，看 到 這裡的你，不
jìrán wéixiào de hǎochù zhème duō　 kàndào zhèlǐ de nǐ　 bù

如 現在 就 笑 一個吧！☺
rú xiànzài jiù xiào yíge　ba

(二)問題
wèntí

_____ 1. 關 於 第一 段，下 面 哪 一 個 不 對？
guānyú dì yī duàn xiàmiàn nǎ yíge　búduì

　　(A) 告訴我們美國學者做的研究

　　(B) 學者把參加研究的人分成兩組

　　(C) 一組的人看卡通要微笑，一組的人不用

　　(D) 不笑的那一組覺得卡通很好笑

_____ 2. 第一個研究 中，B組的人看 完卡通 影片
dì yī ge yánjiùzhōng　zǔ de rén　kànwán kǎtōng yǐngpiàn

以後 的 感覺 怎麼 樣？
yǐhòu de gǎnjué zěnmeyàng

　　(A) 卡通影片很好笑

　　(B) 卡通影片不那麼好笑

　　(C) B組的人沒有看卡通影片

　　(D) B組的感覺跟A組的感覺一樣

_____ 3. 哪一個不是文 章 中　 說 到 的 常
nǎ yíge　búshì wénzhāngzhōng　shuōdào de cháng

　　常 微笑 的 好處？
cháng wéixiào de hǎochù

(A) 考試成績進步

(B) 會有快樂的感覺

(C) 看起來比較年輕

(D) 減輕身體上的疼痛

_____ 4. 第三段告訴我們什麼？
dì sān duàn gàosù wǒmen shénme

(A) 微笑會影響心情

(B) 英國心理學家的實驗內容

(C) 微笑的時候大腦會釋放腦內啡

(D) 看著你但是不笑的人，很有吸引力

161

_____ 5. 英國的心理學家覺得哪種人比較有魅
Yīngguó de xīnlǐxuéjiā juéde nǎzhǒng rén bǐjiào yǒu mèi

力？
lì

(A)
笑了但是沒看你

(B)
不笑也不看著你

(C)
邊微笑邊看著你

(D)
看著你但是不笑

_____ 6. 下面哪個句子有問題？
xiàmiàn nǎge jùzi yǒu wèntí

(A) 我不但不吃蘋果，還要吃香蕉。

(B) 這篇文章不但寫了美國的實驗，還寫了英國的實驗。

(C) 我打破杯子，媽媽不但沒生氣，還問我有沒有受傷。

(D) 常常微笑的人不但看起來比較年輕，還會有比較多的朋友。

_____ 7. 文 章 最 後 一 段 希 望 讀者 做 什麼？
wénzhāng zuìhòu yíduàn xīwàng dúzhě zuò shénme

(A) 現在就微笑

(B) 看懂文章以後再微笑

(C) 看完文章以後不要微笑

(D) 把文章看完以後才可以微笑

_____ 8. 關 於 這 篇 文 章，下 面 哪個 不 對？
guānyú zhèpiān wénzhāng xiàmiàn nǎge búduì

(A) 微笑可以增加吸引力

(B) 看卡通影片可以幫助你微笑

(C) 這篇文章說了很多微笑的好處

(D) 這篇文章告訴我們兩個關於微笑的實驗

㈢生詞
shēngcí

	生詞	漢語拼音	解釋
1	微笑	wéixiào	รอยยิ้ม
2	動作	dòngzuò	การกระทำ พฤติกรรม
3	學者	xuézhě	นักวิชาการ
4	曾經	céngjīng	เคย
5	咬	yǎo	กัด ขบ
6	觀賞	guānshǎng	ดู ชม
7	卡通	kǎtōng	การ์ตูน

	生詞	漢語拼音	解釋
8	影片	yǐngpiàn	ภาพยนตร์
9	嘴唇	zuǐchún	ริมฝีปาก
10	含	hán	อม
11	顯示	xiǎnshì	แสดง
12	大腦	dànǎo	สมอง
13	釋放	shìfàng	ปล่อย
14	良好	liánghǎo	ดี
15	化學	huàxué	เคมี
16	物質	wùzhí	วัตถุ สสาร
17	腦內啡	nǎonèifēi	เอนโดรฟิน
18	稍微	shāowéi	เล็กน้อย
19	減輕	jiǎnqīng	เบาลง
20	疼痛	téngtòng	ความเจ็บปวด
21	相處	xiāngchǔ	ด้วยกัน (กับอีกคนหนึ่ง)
22	實驗	shíyàn	การทดลอง
23	魅力	mèilì	เสน่ห์
24	吸引力	xīyǐnlì	แรงดึงดูด
25	不如	bùrú	ไม่เทียบเท่า

參考資料

1. http://www.books.com.tw/exep/prod/booksfile.php?item=0010490714
（博客來書籍館—《秒殺緊張》書籍內容簡介）
2. 聯合新聞網 2008/09/09（情場得意關鍵：一盯二笑三告白）

二十九、聰 明 的 使者
cōngmíng de shǐzhě

(一)文 章
wénzhāng

　　從 前，有 一個 國家 有一個 很 特別 的 習俗。這個
　　cóngqián　yǒu yíge　guójiā yǒu yíge　hěn　tèbié de xísú　　zhège

國家 規定 所有 的 人 在 國 王 的 宴席 上 吃飯 時，
guójiā guīdìng suǒyǒu de rén zài guówáng de yànxíshàng　chīfàn shí

都 不能 翻 動 盤子裡的菜，只能 吃最 上 面 的部
dōu bùnéng fāndòng　pánzilǐ de cài　zhǐnéng chī zuì shàngmian de bù

分。有一天，有一個外國的使者來到這個國家，國
fèn yǒu yìtiān yǒu yíge wàiguó de shǐzhě láidào zhège guójiā guó

王因爲要歡迎他，所以準備了好吃的宴席要
wáng yīnwèi yào huānyíng tā suǒyǐ zhǔnbèile hǎochī de yànxí yào

好好招待他。
hǎohǎo zhāodài tā

　　但是在吃飯的時候，卻發生了一件事情。原來
dànshì zài chīfàn de shíhòu què fāshēngle yíjiàn shìqing yuánlái

這個使者因爲以前沒來過這個王國，不知道
zhège shǐzhě yīnwèi yǐqián méi láiguò zhège wángguó bù zhīdào

這個習俗，所以他在吃飯的時候，把吃完一面的魚
zhège xí sú suǒyǐ tā zài chīfàn de shíhòu bǎ chīwán yímiàn de yú

翻了過去。旁邊的人看到以後非常生氣，對國
fānle guòqu pángbiān de rén kàndào yǐhòu fēicháng shēngqì duì guó

王說：「國王，他這樣做很不禮貌！以前從來
wáng shuō guówáng tā zàiyàng zuò hěn bù lǐmào yǐqián cónglái

沒有人敢這樣做，您必須處死他！」國王看著
méiyǒu rén gǎn zhèyàng zuò nín bìxū chǔsǐ tā guówáng kànzhe

使者說：「今天我一定要處死你，否則其他人就會
shǐzhě shuō jīntiān wǒ yídìng yào chǔ sǐ nǐ fǒuzé qítā rén jiùhuì

嘲笑我。但是看在你們和我們的國家有很好的
cháoxiào wǒ dànshì kànzài nǐmen hé wǒmen de guójiā yǒu hěnhǎo de

關係，所以在你死之前，你可以向我請求一件事，
guānxì suǒyǐ zài nǐ sǐ zhīqián nǐ kěyǐ xiàng wǒ qǐngqiú yíjiàn shì

我一定會幫你做到。」
wǒ yí dìng huì bāng nǐ zuòdào

使者 想了 想，説：「好，那麼我 有一個小 小 的
shǐzhě xiǎngle xiǎng shuō　　hǎo　nàme wǒ yǒu yígexiǎoxiǎo de

請求。」國 王 説：「沒 問題！除了讓你活命 的
qǐngqiú　guówáng shuō　méi wèntí　chúle ràng nǐ huómìng de

請求，我 都可以答應你。」使者 説：「我希望 在
qǐngqiú　wǒ dōu kěyǐ dāyìng nǐ　shǐzhě shuō　wǒ xīwàng zài

我死之前，您 能把所有看到 我翻 動 那條魚的人
wǒ sǐ zhīqián　nín néng bǎ suǒyǒu kàndào wǒ fāndòng nàtiáoyú de rén

的眼睛 全 都挖掉。」國王聽了之後嚇一跳，連忙
de yǎnjīng quán dōu wādiào　guówáng tīngle zhīhòu xiàyítiào　liánmáng

説 自己什麼也沒 看 見。旁 邊 的人聽了也 忙 著
shuō zìjǐ shénme yě méi kànjian pángbiān de rén tīngle yě mángzhe

説自己什麼 都 沒 看 到，所以不該挖掉自己的眼
shuō zìjǐ shénme dōu méi kàndào　suǒyǐ bù gāi wādiào zìjǐ de yǎn

睛。使者 聽了之後 微笑，和 全 部的人 説：「既然
jīng　shǐzhě tīngle zhīhòu wéixiào　hé quánbù de rén shuō　jìrán

大家什麼 都 沒 看見，那我 們就繼續吃飯吧！」最後
dàjiā shénme dōu méi kànjian　nà wǒmen jiù jìxù chīfàn ba　zuìhòu

他也 平安 地離開了。
tā yě píngān de líkāi le

(二)問題
wèntí

_____ 1. 請 問 使者 爲什麼要 到 這個國家？
qǐngwèn shǐzhě wèishénme yào dào zhège guójiā
(A)因爲他想跟國王吃飯

(B) 他只是經過

(C) 他帶了禮物要送給國王

(D) 文章沒有說

_____ 2. 和 使 者 一起 吃 飯 的 其他人 爲 什 麼 要 生
hé shǐzhě yìqǐ chīfàn de qítā rén wèishénme yào shēng

氣？
qì？

(A) 因爲他們覺得使者是壞人

(B) 因爲使者沒有把魚吃完

(C) 因爲東西不好吃

(D) 使者翻動了那條魚

_____ 3. 使者 聽了大家 說 的話 之後，爲 什 麼 笑？
shǐzhě tīngle dàjiā shuō de huà zhīhòu wèishénme xiào

(A) 因爲他覺得那些人說錯話了

(B) 因爲他的問題解決了，可以安全回家了

(C) 因爲那條魚很好吃，所以他很高興

(D) 因爲他很害怕，不知道應該怎麼辦

_____ 4. 爲 什 麼 大家 後 來 說 的 和以前 說 的話 不
wèishéme dàjiā hòulái shuō de hé yǐqián shuō de huà bù

一樣？
yíyàng

(A) 他們忘記自己以前說什麼，不小心說錯了

(B) 在國王面前說話很緊張，所以說錯了

(C) 使者沒有翻動那條魚，他們看錯了

(D) 他們害怕使者說的話

_____ 5. 「既然」可以 放 進 下 面 哪個句子？
jìrán kěyǐ fàngjìn xiàmiàn nǎge jùzi

(A) □□你，我不會再喜歡別人了。

(B) □□你不相信我，我也要做給你看。

(C) □□我們是朋友，這點小事你就不用說謝謝了。

(D) □□你再怎麼討厭我，我還是想和你做朋友。

_____ 6.「國 王 聽了之後 嚇一跳，連 忙 說 自己
guówáng tīngle zhīhòu xiàyítiào liánmáng shuō zìjǐ

什麼也沒看見」，「連 忙」是 什麼意思？
shénme yě méi kànjian liánmáng shì shénme yìsi

(A) 著急、快點的意思

(B) 每天都很忙，沒有時間休息

(C) 很緊張，說話說得很慢

(D) 繼續，沒辦法停下來的意思

_____ 7.「吃 完 一 面 的魚」的「面」和哪 個意思一 樣？
chīwán yímiàn de yú de miàn hé nǎge yìsi yíyàng

(A) 你的衣服穿錯了，應該穿這一面才對

(B) 我們要約在哪裡見「面」？

(C) 再走一下，郵局就在前「面」了

(D) 外「面」正在下雨，今天不能打球了

_____ 8.「否 則」可以 放 進 下 面 哪個句子？
fǒuzé kěyǐ fàngjìn xiàmiàn nǎge jùzi

(A) □□有你的幫忙，不然我真的不知道應該怎麼辦。

(B) 你今天不要太晚回家，□□媽媽又要高興了。

(C) 你快一點，□□我們又要遲到了。

(D) 我□□考試，也不想寫功課。

(三)生 詞
shēngcí

	生詞	漢語拼音	解釋
1	王國	wángguó	อาณาจักร
2	習俗	xísú	ขนบธรรมเนียม ประเพณี
3	規定	guīdìng	กฎ ข้อบังคับ
4	國王	guówáng	กษัตริย์
5	宴席	yànxí	งานเฉลิมฉลอง งานเลี้ยง

	生詞	漢語拼音	解釋
6	翻（動）	fān (dòng)	พลิก
7	部分	bùfèn	ส่วน
8	外國	wàiguó	ต่างประเทศ
9	使者	shǐzhě	ทูต
10	招待	zhāodài	ดูแล ต้อนรับ
11	面	miàn	หน้า ด้าน
12	禮貌	lǐmào	สุภาพ มารยาท
13	處死	chǔsǐ	ประหารชีวิต
14	嘲笑	cháoxiào	เยาะเย้ย
15	請求	qǐngqiú	ร้องขอ
16	除了	chúle	นอกจาก ยกเว้น
17	活命	huómìng	รักษาชีวิต
18	答應	dāyìng	ตอบรับ รับปาก
19	挖	wā	ขุด
20	嚇一跳	xiàyítiào	ตกใจ
21	連忙	liánmáng	ทันที
22	微笑	wéixiào	รอยยิ้ม
23	既然	jìrán	ในเมื่อ
24	繼續	jìxù	ต่อไป
25	平安	píngān	ปลอดภัย

＊故事參考來源：http://softwarecenter.idv.tw/intelligence.htm

（網站名：小故事大啓示）

三十、送禮
sònglǐ

　　俗話　說　得好：「禮多人不怪」，送禮是　向　親
súhuà shuō de hǎo 　　　lǐ duō rén bú guài 　　sònglǐ shì xiàng qīn

朋　好友　傳達　關心　的表現。但是，不同　文化
péng hǎo yǒu chuándá guānxīn de biǎoxiàn dànshì　bùtóng wénhuà

中　有不同　的送禮禁忌。在臺灣，你不能　不知道
zhōng yǒu bùtóng de sònglǐ jìnjì　zài Táiwān　nǐ bùnéng bùzhīdào

下面 的 送禮禁忌：在 中 國 文化裡，有不 送 時
xiàmiàn de sònglǐ jìnjì　zài Zhōngguó wénhuàlǐ　yǒu bú sòng shí

鐘、雨傘、扇子、刀子的習慣。因爲「送 鐘」跟「送
zhōng　yǔsǎn　shànzi　dāozi de xíguàn　yīnwèi sòngzhōng gēn sòng

終」諧音，如果 真的一定要 送 時 鐘，必須要加
zhōng xiéyīn　rúguǒ zhēnde yídìng yào sòng shízhōng bì xū yào jiā

送 一本 書，諧音「有始 有 終」；不能 送 雨傘 或
sòng yì běn shū　xiéyīn　yǒu shǐ yǒu zhōng　bùnéng sòng yǔsǎn huò

是 扇子，也是因爲「傘」字、「扇」字與「散」的字音
shì shànzi　yěshìyīnwèi　sǎn　zì　shàn zì yǔ　sàn de zìyīn

很 像，好 像 送了雨傘 或 扇子給 朋 友 後，兩個
hěn xiàng　hǎoxiàng　sòngle yǔsǎn huò shànzi gěi péngyǒu hòu　liǎngge

人的友誼就「散」了，不再是 朋 友，所以大家都不喜
rén de yǒuyì jiù　sàn　le　búzài shì péngyǒu　suǒyǐ dàjiā dōu bù xǐ

歡 收到 這樣 的禮物。如果 你送 剪刀 或是 菜刀
huān shōudào zhèyàng de lǐwù　rúguǒ　nǐ sòng jiǎndāo huòshì càidāo

給親 朋 好 友，朋 友 會 覺得你是 想 要跟他「一刀
gěi qīn péng hǎo yǒu　péngyǒu huì juéde nǐ shì xiǎngyào gēn tā　yìdāo

兩 斷」，不再 聯絡。
liǎng duàn　bú zài liánluò

　　　另外，如果 親 朋 好 友 生 病 或是開刀 住
　　lìngwài　rúguǒ qīn péng hǎo yǒu shēngbìng huòshì kāidāo zhù

院了，我們 去探病 的時候 通 常 也會帶些禮物
yuàn le　wǒmen qù tànbìng de shíhòu tōngcháng yěhuì dài xiē lǐwù

給他們。可是你最好別帶 香 蕉給 朋 友，因爲 香
gěi tāmen　kěshì nǐ zuìhǎo bié dài xiāngjiāo gěi péngyǒu　yīnwèi xiāng

171

蕉 在 臺語的音 跟 臺語「招」這個字一樣，送 人 香
jiāo zài Táiyǔ de yīn gēn Táiyǔ zhāo zhège zì yíyàng sòng rén xiāng

蕉，有「希望 別人 生 更多 病」的意思。送 花 是
jiāo yǒu xīwàng biérén shēng gèngduō bìng de yìsi sònghuā shì

個不錯 的 主意，不過 你要 先 打聽 清楚，你的 朋 友
ge búcuò de zhǔyì búguò nǐ yào xiān dǎtīng qīngchǔ nǐ de péngyǒu

會不會對 花粉 過敏，而且 不能 送 菊花，因爲 菊花
huì bú huì duì huāfěn guòmǐn érqiě bùnéng sòng júhuā yīnwèi júhuā

是 葬禮常 用 的 花，生 日、探病 都 不能 送，收
shì zànglǐ chángyòng de huā shēngrì tànbìng dōu bùnéng sòng shōu

到 的 人 會 覺得 你是 希望 他 趕 快 死掉，而 不是 早日
dào de rén huì juéde nǐ shì xīwàng tā gǎnkuài sǐdiào ér búshì zǎo rì

康 復。
kāng fù

　　所以，住 在 臺灣，必須 清楚 臺灣 的 送禮禁忌，
suǒyǐ zhùzài Táiwān bìxū qīngchǔ Táiwān de sònglǐ jìnjì

送 臺灣人禮物 的 時候，你 就不會「失禮」了。
sòng Táiwānrén lǐwù de shíhòu nǐ jiù búhuì shīlǐ le

(二)問題
wèntí

──── 1.「不能 不知道」的意思 跟 下面 哪一個意思一
bùnéng bùzhīdào de yìsi gēn xiàmiàn nǎ yíge yìsi yí

樣？
yàng

(A)一定要知道

(B) 可能不知道

(C) 可以不知道

(D) 不一定知道

_____ 2. 「禁忌」是 什 麼 意思？
jìn jì shì shénme yìsi

(A) 不能送禮物

(B) 不能做的事情

(C) 在臺灣不能買的禮物

(D) 生病的時候不能做的事情

_____ 3. 如果 一定 要 送 時鐘 給 朋友，必須 怎
rúguǒ yídìng yào sòng shízhōng gěi péngyǒu bìxū zěn

麼 做 比較 好？
me zuò bǐjiào hǎo

(A) 加送雨傘

(B) 買很貴的時鐘

(C) 請朋友不要掛在牆上

(D) 把一本書跟時鐘一起送給朋友

_____ 4. 在 臺灣 為什麼 不能 送 雨傘 或是 扇子
zài Táiwān wèishénme bùnéng sòng yǔsǎn huòshì shànzi

給 朋友？
gěi péngyǒu

(A) 送雨傘有希望朋友趕快死掉的意思

(B) 臺灣的夏天非常熱，送扇子沒有太大的幫助

(C) 「傘」跟「扇」與「散」的字音很像，有不好的意思

(D) 臺灣常常下雨，大家都有雨傘，所以不希望收到傘當
禮物

_____ 5. 第二 段 告訴我們 什麼？
dì èr duàn gàosù wǒmen shénme

(A) 不能帶進去醫院的東西

(B) 探病的時候不能送的東西

(C) 送禮是向親朋好友表示情誼的表現

(D) 了解臺灣的送禮禁忌，才不會「失禮」

―――― 6. 要 送 生 病 的 人 花，除了要 注意不能
yào sòng shēngbìng de rén huā chúle yào zhùyì bùnéng
送 菊花 以外，還要 注意 什 麼？
sòng júhuā yǐwài háiyào zhùyì shénme

(A) 不能送香蕉

(B) 不能送玫瑰花

(C) 不能只送一種花

(D) 朋友對花會不會過敏

―――― 7. 第三 段 裡的「失禮」是 什 麼意思？
dì sān duàn lǐ de shīlǐ shì shénme yìsi

(A) 對朋友生氣

(B) 把禮物弄丟了

(C) 送給朋友的禮物不夠多

(D) 把朋友不願意收到的禮物送給朋友

―――― 8. 哪 個 是 錯 的？
nǎge shì cuò de

(A) 可以送朋友菊花當生日禮物

(B) 不同文化中有不同的送禮禁忌

(C) 送剪刀的意思是不想再跟朋友聯絡了

(D) 送香蕉有希望朋友「生更多病」的意思。

(三)生 詞
shēngcí

	生詞	漢語拼音	解釋
1	禮多人不怪	lǐ duō rén bú guài	(สำนวน) มีมารยาทและกาลเทศะไว้ก่อน ย่อมไม่มีผู้กล่าวว่า
2	傳達	chuándá	ส่งต่อ (สาร ข้อความ)

	生詞	漢語拼音	解釋
3	禁忌	jìnjì	ห้าม
4	扇子	shànzi	พัด
5	送終	sòngzhōng	ดูใจ (ใช้กับคนใกล้เสียชีวิต)
6	諧音	xiéyīn	พ้องเสียง
7	有始有終	yǒu shǐ yǒu zhōng	มีหัวมีหาง
8	友誼	yǒuyì	มิตรภาพ
9	剪刀	jiǎndāo	กรรไกร
10	菜刀	càidāo	มีดหั่นผัก
11	一刀兩斷	yì dāo liǎng duàn	(สำนวน) ตัดขาด
12	聯絡	liánluò	ติดต่อ
13	另外	lìngwài	นอกจากนี้
14	開刀	kāidāo	ผ่าตัด
15	住院	zhùyuàn	เข้าโรงพยาบาล
16	探病	tànbìng	เยี่ยมไข้
17	通常	tōngcháng	โดยปกติ ทั่วไป
18	臺語	Táiyǔ	ภาษาไต้หวัน (ภาษาฮกเกี้ยน)
19	招	zhāo	นำมาซึ่ง
20	打聽	dǎtīng	ถาม (ข่าว)
21	清楚	qīngchǔ	ชัดเจน
22	花粉	huāfěn	เกสรดอกไม้
23	過敏	guòmǐn	แพ้
24	菊花	júhuā	ดอกเก็กฮวย
25	葬禮	zànglǐ	งานศพ

	生詞	漢語拼音	解釋
26	早日康復	zǎo rì kāng fù	ขอให้มีสุขภาพแข็งแรงโดยเร็ว
27	失禮	shīlǐ	เสียมารยาท

三十一、吃「醋」
chī　cù

(一)文 章 wénzhāng

「醋」是 中 國 食物裡常 見的 調 味料，許多
cù　shì Zhōngguó　shíwùlǐ chángjiàn de tiáowèiliào　xǔduō

好吃的 食物 中 也 少不了它的存在。「醋」酸 酸
hǎochī de shíwùzhōng yě shǎobùliǎo tā de cúnzài　cù　suān suān

甜 甜的味道，也 常 常 被用來形容 心裡的 感
tián tián de wèidào　yě chángcháng bèi yònglái xíngróng xīnlǐ de gǎn

覺。「吃醋」這個詞就是在 說 人在嫉妒的時 候，心裡
jué　　chīcù　zhège cí jiùshì zài shuō rén zài jídù de shíhòu　xīnlǐ

會覺得酸 酸 的，常　常　用在男女 朋 友、情人
huì juéde suān suān de　chángcháng yòngzài nán nǚ péngyǒu　qíngrén

的 關 係中。
de guānxìzhōng

　　以前 有一個「吃醋」的故事。有一個 皇 帝叫 唐
　　yǐqián yǒu yíge　chīcù　de gùshì　yǒu yíge huángdì jiào Táng

太宗，他有一個 朋 友 叫 房　玄 齡。房　玄 齡 很
tài zōng　tā yǒu yíge péngyǒu jiào Fáng Xuánlíng Fáng Xuánlíng hěn

聰 明，常　常　給唐太宗許多 好意見，幫 助他
cōngmíng chángcháng gěi Táng tàizōng xǔduō hǎo yìjiàn　bāngzhù tā

處理許多　政 治 上 的事情。唐太宗　很感謝 房
chùlǐ　xǔduō zhèngzhìshàng de shìqing Táng tàizōng hěn gǎnxiè Fáng

玄 齡的幫 忙，於是 想　送他幾位美女，但是 房
Xuánlíng de bāngmáng yúshì xiǎng sòng tā jǐwèi měinǚ　dànshì Fáng

玄 齡是個尊 重 老婆的人，他怕老婆會因此不高
Xuánlíng shì ge zūnzhòng lǎopo de rén　tā pà lǎopo huì yīncǐ bù gāo

興，於是拒絕了很多次。唐太宗　知道 房　玄 齡有
xìng　yúshì jùjuéle hěnduō cì　Táng tàizōng zhīdào Fáng Xuánlíng yǒu

個很 兇 的老婆，所以他不敢 收 自己的禮物。
ge hěn xiōng de lǎopo　suǒyǐ tā bùgǎn shōu zìjǐ de lǐwù

　　有一天，唐 太宗 叫人 送了一杯酒給房　玄 齡
　　yǒu yìtiān　Táng tàizōng jiào rén sòngle yìbēi jiǔ gěi Fáng Xuánlíng

的老婆，跟她 説：「如果妳不 收 下這些美女，就把
de lǎopo　gēn tā shuō　rúguǒ nǐ bù shōuxià zhèxiē měinǚ　jiù bǎ

這杯毒酒喝了吧！」沒想到，房玄齡的老婆一點
zhèbēi dújiǔ hēle ba　　méixiǎngdào Fáng Xuánlíng de lǎopo yìdiǎn

也不害怕，反而把酒拿了過來，一口喝光。結果她居
yě bú hàipà　fǎnér bǎ jiǔ nále guòlái　yìkǒu hēguāng jiéguǒ tā jū

然沒死，原來杯子裡裝的並不是毒酒，而是醋。
rán méi sǐ　yuánlái bēizilǐ zhuāng de bìng búshì dújiǔ　ér shì cù

　唐太宗開了個玩笑，想看看房玄齡的老婆
Táng tàizōng kāile ge wánxiào　xiǎng kànkan Fáng Xuánlíng de lǎopo

是個什麼樣的人，他事後告訴房玄齡：「你
shì ge shénme yàng de rén　tā shìhòu gàosù Fáng Xuánlíng　　nǐ

老婆真的是個剛烈的人，我也非常敬重她，你
lǎopo zhēnde shì ge gāngliè de rén　wǒ yě fēicháng jìngzhòng tā　　nǐ

以後就好好聽她的話吧！」從此，「吃醋」的故事就
yǐhòu jiù hǎohǎo tīng tā de huà ba　　cóngcǐ　　chīcù　de gùshì jiù

開始流傳下來，這個詞也一直使用到現在。
kāishǐ liúchuán xiàlái　zhège cí yě yìzhí shǐyòng dào xiànzài

179

(二)問題
wèntí

_____ 1. 房玄齡為什麼不收下禮物？
　　　　Fáng Xuánlíng wèishénme bù shōuxià lǐwù
　　(A) 他怕他的老婆不高興
　　(B) 他不喜歡這個禮物
　　(C) 他喜歡美女，但他覺得那些美女不夠漂亮
　　(D) 他覺得自己沒有幫上唐太宗什麼忙

───── 2. 唐 太 宗 爲 什 麼 要 送 酒 給 房　玄 齡
Táng tàizōng wèishénme yào sòng jiǔ gěi Fáng Xuánlíng
的 老 婆？
de lǎopo
(A) 他想知道她是個什麼樣的人
(B) 他很喜歡房玄齡的老婆
(C) 房玄齡的老婆喜歡喝酒
(D) 他不喜歡房玄齡的老婆

───── 3. 唐 太 宗 送 酒 給 房　玄 齡 的 老 婆，她
Táng tàizōng sòng jiǔ gěi Fáng Xuánlíng de lǎopo　tā
怎 麼 做？
zěnme zuò
(A) 她把酒留給房玄齡喝
(B) 她很喜歡，所以全部喝光了
(C) 她不喜歡酒，所以請人拿回去了
(D) 他很難過，但是她還是喝光了

───── 4. 唐 太 宗 後 來 覺 得 房　玄 齡 的 老 婆 是 個
Táng tàizōng hòulái juéde Fáng Xuánlíng de lǎopo shìge
什 麼 樣 的 人？
shénme yàng de rén
(A) 是個很喜歡生氣的人，所以下次不敢跟她說話了
(B) 是個很棒的人，所以叫房玄齡聽她的話
(C) 是個很討厭的人，所以更不喜歡她了
(D) 很喜歡漂亮禮物的人，所以下次要送她更好的禮物

───── 5. 「開 玩 笑」是 什 麼 意思？
kāi wánxiào shì shénme yìsi
(A) 認眞準備禮物，希望收禮物的人會喜歡
(B) 因爲有趣而做的一些事情或說的一些話
(C) 怕兩個人說話的時候太無聊而說一些有趣的話
(D) 「玩笑」是禮物的意思，意思是收下禮物的人把禮物
　　打開

_____ 6. 下面 哪個句子是 錯 的？
xiàmiàn nǎge jùzi shì cuò de

(A) 多吃水果對身體很有幫助。

(B) 這裡好熱，你可以幫我把窗戶打開嗎？

(C) 這個問題太難了，對不起我不能幫你的助。

(D) 有你的幫忙我才能做完這件事，真是太感謝你了。

_____ 7.「許多 好 吃的 食物 中 也 少 不了 它的 存
　　xǔduō hǎochī de shíwùzhōng yě shǎobùliǎo tā de cún

在」，「少 不了」的意思 是？
zài　　shǎobùliǎo de yìsi shì

(A) 常常加太多，所以要少一點

(B) 一定不會少

(C) 少了也沒關係

(D) 太少了，沒有也不會發現

_____ 8. 哪個 是 錯 的？
nǎge shì cuò de

(A)「吃醋」這個詞用的時間很久了，現在也還看得到

(B) 唐太宗因為要謝謝房玄齡的幫忙，所以送他禮物

(C)「吃醋」常用在媽媽和孩子的關係中

(D) 房玄齡的老婆已經知道那杯酒是醋，所以才把它喝了

(三) 生詞
shēngcí

	生詞	漢語拼音	解釋
1	醋	cù	น้ำส้มสายชู
2	調味料	tiáowèiliào	เครื่องปรุงรส
3	存在	cúnzài	มีอยู่ คงอยู่
4	形容	xíngróng	พรรณนา
5	感覺	gǎnjué	รู้สึก

	生詞	漢語拼音	解釋
6	吃醋	chīcù	หึงหวง
7	嫉妒	jídù	อิจฉา
8	情人	qíngrén	คนรัก
9	關係	guānxì	ความสัมพันธ์
10	皇帝	huángdì	จักรพรรดิ์
11	意見	yìjiàn	ความคิดเห็น แนวคิด
12	處理	chùlǐ	จัดการ รับมือ
13	政治	zhèngzhì	การเมือง
14	尊重	zūnzhòng	เคารพ ให้เกียรติ
15	因此	yīncǐ	เพราะฉะนั้น ดังนั้น
16	拒絕	jùjué	ปฏิเสธ
17	兇	xiōng	ดุ
18	敢	gǎn	กล้า
19	毒	dú	พิษ ยาพิษ
20	反而	fǎnér	ในทางกลับกัน
21	結果	jiéguǒ	ผลลัพธ์
22	居然	jūrán	โดยคาดไม่ถึง
23	開玩笑	kāiwánxiào	ล้อเล่น พูดเล่น
24	事後	shìhòu	หลังจากนั้น
25	剛烈	gāngliè	เข้มแข็ง และซื่อตรง
26	敬重	jìngzhòng	เคารพ บูชา
27	流傳	liúchuán	สืบทอด แพร่กระจาย

三十二、數字「四」
shùzì sì

㈠文 章
wénzhāng

　　你 有 特別喜歡　或是 不喜歡 的 數字嗎？什麼 數字
　　nǐ yǒu tèbié xǐhuān　huòshì bù xǐhuān de shùzì ma　shénme shùzì

對 你來 說　有特別的意思呢？每個　文 化 對於 每個數字
duì nǐ lái shuō yǒu tèbié de yìsi ne　měige wénhuà duìyú měige shùzì

的 感覺　都不太一樣，既然 你現在　正 在學習華語，
de gǎnjué dōu bú tài yíyàng　jìrán nǐ xiànzài zhèngzài xuéxí huáyǔ

那麼 我們 就一起來 看看 數字「四」在 華人 文化
nàme wǒmen jiù yìqǐ lái kànkàn shùzì sì zài huárén wénhuà

中 代表 的意義吧！
zhōng dàibiǎo de yìyì ba

有些 華人不太喜歡「四」這個 數字，因爲 在 華語
yǒuxiē huárén bú tài xǐhuān sì zhège shùzì yīnwèi zài huáyǔ

和大部分的 方言 中，「四」這個字的發音和「死」這
hé dà bùfèn de fāngyán zhōng sì zhège zì de fāyīn hé sǐ zhè

個字的發音，只有 在 聲 調 上 有些 不同，讓 人
ge zì de fāyīn zhǐyǒu zài shēngdiào shàng yǒuxiē bùtóng ràng rén

容易聯 想 到「死」。所以，有些 華人 覺得「四」這
róngyì liánxiǎng dào sǐ suǒ yǐ yǒuxiē huárén juéde sì zhè

個數字是 不吉利的。
ge shùzì shì bù jílì de

「『四』是不吉利」的 情 況 最 容易在醫院 觀
sì shì bù jílì de qíngkuàng zuì róngyì zài yīyuàn guān

察到，在 臺灣，醫院 的樓 層、看診 的序號和住
chádào zài Táiwān yīyuàn de lóucéng kànzhěn de xùhào hé zhù

院 的病房 號碼，都會盡量 避免 裡面 有「四」這
yuàn de bìngfáng hàomǎ dōuhuì jìnliàng bìmiǎn lǐmiàn yǒu sì zhè

個數字。除了醫院 以外，臺灣 的車牌也 沒有「四」這
ge shùzì chúle yīyuàn yǐwài Táiwān de chēpái yě méiyǒu sì zhè

個數字，因爲「四」跟臺語的「四」發音非常 像，
ge shùzì yīnwèi sì gēn Táiyǔ de sì fāyīn fēicháng xiàng

所以臺灣 的民 眾 如果拿到「四」的車牌號碼 時，
suǒyǐ Táiwān de mínzhòng rúguǒ nádào sì de chēpái hàomǎ shí

常　常　寧　願自己多　花錢　重新　選擇新的　號
chángcháng níngyuàn zìjǐ duō huāqián chóngxīn xuǎnzé xīn de hào

碼，也不要拿　號碼裡面　有「四」的　車牌。因此，從
mǎ　yě búyào ná hàomǎ lǐmiàn yǒu　sì　de chēpái　yīncǐ cóng

2008年　開始，臺灣　的　政府決定，發給　民　眾　的車
nián kāishǐ Táiwān de zhèngfǔ juédìng fāgěi mínzhòng de chē

牌　號　碼裡，不會再有「四」這個　數字。另外，如果你
pái hàomǎlǐ búhuì zài yǒu sì zhège shùzì lìngwài rúguǒ nǐ

和三位　朋　友，一起去臺灣　的一些　餐廳或是　飯店
hé sānwèi péngyǒu yīqǐ qù Táiwān de yìxiē cāntīng huòshì fàndiàn

吃飯，服務生　帶　位子的時候，不會告訴　餐廳裡其他
chīfàn fúwùshēng dài wèizi de shíhòu búhuì gàosù cāntīnglǐ qítā

的　工作人員　有「四」位客人來了，而是　會　說「三
de gōngzuò rényuán yǒu sì wèi kèrén lái le ér shì huì shuō sān

加一位」呢！
jiā yíwèi ne

　　知道了華人對「四」的看法，下次你在華人　社會
zhīdàole huárén duì sì de kànfǎ xià cì nǐ zài huárén shèhuì

中　找不到「四」這個　數字的時候，就不會大驚
zhōng zhǎobúdào sì zhège shùzì de shíhòu jiù búhuì dà jīng

小　怪了！
xiǎo guài le

(二)問題
wèntí

_____ 1. 下面 討論 第一 段 內 容 的句子，哪 個 正
xiàmiàn tǎolùn dì yī duàn nèiróng de jùzi nǎge zhèng

確？
què

(A) 數字很有意思

(B) 每個數字在不同文化中有不同的意義

(C) 問正在讀這篇文章的人喜不喜歡「四」這個數字

(D) 數字在華人文化中特別有意思

_____ 2. 第二 段 告 訴我 們 什 麼？
dì èr duàn gàosù wǒmen shénme

(A) 方言中的「四」有哪些意思

(B) 「四」這個字也有「死」的意思

(C) 為什麼有些華人不喜歡數字「四」

(D) 所有跟「死」的發音很像的字，都會讓人聯想到
「死」

_____ 3. 在 臺灣 醫院 裡不會 看 到 什 麼？
zài Táiwān yīyuànlǐ búhuì kàndào shénme

(A) 醫院的樓層有3樓、4樓也有5樓

(B) 漢洋住在520號病房

(C) 我的看診序號是13號

(D) 林醫師在7樓幫大家看病

_____ 4. 2008年 以前，臺灣 政府發給民 眾 車牌
nián yǐqián Táiwān zhèngfǔ fāgěi mínzhòng chēpái

號 碼 的 情 形 是 什 麼？
hàomǎ de qíngxíng shì shénme

(A) 發給民眾的車牌號碼裡面一定會有「四」這個數字

(B) 如果民眾拿到的車牌號碼有「四」這個數字，會自己
花錢換一個新的號碼

(C) 臺灣政府決定不會再發有「四」的車牌號碼給民眾

(D) 民眾會花錢買一個有「四」這個數字的車牌號碼

—— 5. 下 面 哪 個 人 工 作 的 地 方 比 較 不 會 覺 得
　　 xiàmiàn nǎge rén gōngzuò de dìfāng bǐjiào búhuì juéde
　　「四」是 不 吉利的？
　　　　sì　shì bù　jílì de

(A) 醫生

(B) 老師

(C) 服務生

(D) 廚師

—— 6. 如 果 有4個人 一起 到 飯店 吃飯，服 務 生
　　 rúguǒ yǒu ge rén yìqǐ dào fàndiàn chīfàn fúwùshēng
　　 會 做 什 麼 事 情？
　　 huì zuò shénme shìqing

(A) 安靜地把4位客人帶到他們的桌子

(B) 告訴其他工作人員，有5位客人來了

(C) 告訴其他工作人員，有3+1位客人來了

(D) 請3位客人坐一桌，1位客人自己坐一桌

—— 7. 下 面 有「既然」這 個 詞 的 句子，哪個 不 對？
　　 xiàmiàn yǒu　jìrán zhège cí de jùzi　nǎge búduì

(A) 既然你那麼喜歡她，那就趕快去追她啊！

(B) 既然她覺得你不是她的朋友，你就不要那麼關心她
　　 了。

(C) 既然明天會下雨，我想明天還是不要去爬山好了。

(D) 既然天氣不好，所以公園裡一個人也沒有。

—— 8. 下 面 討 論 這 篇 文 章 的句子，哪個 正
　　 xiàmiàn tǎolùn zhèpiān wénzhāng de jùzi　nǎge zhèng
　　 確？
　　 què

(A) 文章介紹了數字「四」在不同文化中的意思

(B) 文章沒有告訴我們為什麼有些華人不喜歡「四」這個

數字
(C)「『四』是不吉利」這件事情只能在醫院觀察到
(D) 文章告訴我們數字「四」在臺灣醫院、車牌號碼、餐廳出現的情形

(三) 生 詞
shēngcí

	生詞	漢語拼音	解釋
1	數字	shùzì	ตัวเลข
2	對於	duìyú	ต่อ
3	既然	jìrán	ในเมื่อ
4	意義	yìyì	ความหมาย
5	方言	fāngyán	ภาษาถิ่น
6	發音	fāyīn	ออกเสียง
7	聯想	liánxiǎng	คิดเชื่อมโยง
8	吉利	jílì	สิริมงคล
9	觀察	guānchá	สำรวจ ตรวจสอบ
10	樓層	lóucéng	ชั้น
11	看診	kànzhěn	หาหมอ
12	序號	xùhào	ตามลำดับ
13	住院	zhùyuàn	เข้าโรงพยาบาล
14	病房	bìngfáng	ห้องพักผู้ป่วย
15	盡量	jǐnliàng	เต็มความสามารถ
16	避免	bìmiǎn	หลีกเลี่ยง
17	車牌	chēpái	ทะเบียนรถ
18	臺語	Táiyǔ	ภาษาไต้หวัน (ภาษาฮกเกี้ยน)

	生詞	漢語拼音	解釋
19	民眾	mínzhòng	ประชาชน
20	寧願	níngyuàn	ยินยอม
21	重新	chóngxīn	เริ่มใหม่ อีกครั้ง
22	因此	yīncǐ	ดังนั้น เพราะฉะนั้น
23	政府	zhèngfǔ	รัฐบาล
24	另外	lìngwài	นอกจากนี้
25	人員	rényuán	พนักงาน เจ้าหน้าที่
26	而	ér	และ
27	社會	shèhuì	สังคม
28	大驚小怪	dà jīng xiǎo guài	(สำนวน) กระต่ายตื่นตูม

三十三、熟能生巧
shóu néng shēng qiǎo

(一)文章
wénzhāng

古 時候，有 一個人的 名字叫 陳 堯咨。他很 會
gǔ shíhòu　yǒu yíge rén de míngzi jiào Chén Yáozī　tā hěn huì

射箭，每次 射箭的 時候 都 能　正　中　目標，大家
shèjiàn　měi cì shèjiàn de shíhòu dōu néng zhèngzhòng mùbiāo　dàjiā

都 覺得他非 常　厲害，所以 也 有 人 叫他「神射手」。
dōu juéde tā fēicháng lìhai　suǒyǐ yě yǒu rén jiào tā shénshèshǒu

陳 堯咨因爲 這 樣，自己也覺得非 常 驕傲，他覺得
Chén Yáozī yīnwèi zhèyàng　　zìjǐ　yě juéde fēicháng jiāoào　　tā juéde

自己是世界上　射箭最屬害的人，不管 是誰 都 贏
zìjǐ　shì shìjièshàng shèjiàn zuì lìhai de rén　bùguǎn shìshéi dōu yíng

不了他。
bùliǎo tā

　　有一天，他在 練習射箭，每一箭都　正　中　紅
yǒu yìtiān　tā zài liànxí shèjiàn　měi yíjiàn dōu zhèngzhòng hóng

心，觀　眾　看了都非常　開心。這個時候，旁 邊
xīn　guānzhòng kànle dōu fēicháng kāixīn　zhège shíhòu　pángbiān

有 個賣油的老 先 生　卻 沒有 表情，只是搖了搖
yǒu ge mài yóu de lǎo xiānsheng què méiyǒu biǎoqíng　zhǐshì yáole yáo

頭看著他，什麼話都沒有 說。陳 堯咨覺得非
tóu kànzhe tā　shénme huà dōu méiyǒu shuō　Chén Yáozī juéde fēi

常 奇怪，於是就 問他：「你會 射箭嗎？你看我 射
cháng qíguài　yúshì jiù wèn tā　　nǐ huì shèjiàn ma　nǐ kàn wǒ shè

得怎麼樣？」老 先 生 回答：「不怎麼 樣，這 沒
de zěnmeyàng　lǎo xiānsheng huídá　　bù zěnmeyàng zhè méi

什麼！只是 熟練而已。」
shénme　zhǐshì shóuliàn éryǐ

　　陳 堯咨聽了，覺得老 先 生　看不起自己，於是很
Chén Yáozī tīngle　juéde lǎo xiānsheng kànbùqǐ zìjǐ　yúshì hěn

生氣地說：「那你有 什 麼屬害的本事嗎？讓 我看
shēngqì de shuō　nà nǐ yǒu shénme lìhai de běnshì ma ràng wǒ kàn

看吧。」老 先 生 一句話也沒說，拿出了一個杯子和
kan ba　　lǎo xiānsheng yíjù huà yě méishuō　náchūle　yíge bēizi hé

一個 錢幣（古時候的 錢幣形 狀　雖然也是 圓 的，
yíge qiánbì　gǔ shíhòu de qiánbì xíngzhuàng suīrán yěshì yuán de

但 中 間 卻 有個方形的 小孔）。老 先 生 把
dàn zhōngjiān què yǒu ge fāngxíng de xiǎokǒng　lǎo xiānsheng bǎ

錢幣 放在杯子上，接著把一杓 的 油 慢 慢 地從
qiánbì fàngzài bēizishàng jiēzhe bǎ yīsháo de yóu mànmàn de cóng

方形 的 小孔 倒進杯子裡。只見 油 從 小孔 中
fāngxíng de xiǎokǒng dàojìn bēizilǐ zhǐ jiàn yóu cóng xiǎokǒngzhōng

流下去，錢幣一點兒油也沒有 沾到。這 時 候老 先
liúxiàqu qiánbì yìdiǎnr yóu yě méiyǒu zhāndào zhè shíhòu lǎo xiān

生 才回答：「我 這也沒什麼，只是 熟練 而已啊!」
sheng cái huídá wǒ zhè yě méishénme zhǐshì shóuliàn éryǐ a

這就是 成語「熟 能 生 巧」的故事，意思是
zhè jiùshì chéngyǔ shóu néng shēng qiǎo de gùshi yìsi shì

做 事情只要 熟練了，就 能 知道其中 巧妙 的
zuò shìqing zhǐyào shóuliàn le jiù néng zhīdào qízhōng qiǎomiào de

方法。我們 在學習新 東西的 時候，會因爲不 熟 練
fāngfǎ wǒmen zài xuéxí xīn dōngxi de shíhòu huì yīnwèi bù shóuliàn

而 常 常 失敗，但是只要我們 繼續努力地練習，
ér chángcháng shībà dànshì zhǐyào wǒmen jìxù nǔlì de liànxí

最後也會有 成 功 的一天！
zuìhòu yě huì yǒu chénggōng de yìtiān

_____ 1. 老　先　生　看了　陳　堯　咨射箭以後，搖了
lǎo xiānsheng kànle Chén Yáozī shèjiàn yǐhòu yáole
搖　頭　不　說　話　是因為？
yáotóu bù shuōhuà shì yīnwèi
(A) 他不知道陳堯咨是怎麼做到的
(B) 他很緊張，因為來看表演的人太多、太熱鬧了
(C) 他覺得陳堯咨很棒，因為他很會射箭
(D) 他認為這不是一件特別高興的事情，不是只有陳堯咨
　　可以做到

_____ 2. 賣　油　的　老　先　生　為什麼不　說　話，卻把
màiyóu de lǎo xiānsheng wèishénme bù shuōhuà què bǎ
油　倒進　杯子裡？
yóu dàojìn bēizi lǐ
(A) 他想把油賣給陳堯咨
(B) 他想讓陳堯咨知道射箭和倒油一樣，只要常常練習就
　　可以做得很好
(C) 因為旁邊的人很多，他要賣油給客人
(D) 他一直在練習怎麼把油倒好，他也想和陳堯咨一樣棒

_____ 3. 這個故事主要　告訴我們　什麼？
zhège gùshì zhǔyào gàosù wǒmen shénme
(A) 很多事情只要努力練習就可以知道其中的技巧
(B) 朋友的重要，遇到困難的時候才有人幫助你
(C) 有些事情努力了也沒有用，所以做不好也不用難過
(D) 有些人不必練習就可以把事情做好，我們都想成為那
　　一種人

——— 4. 老 先 生 拿 出 的 錢幣 是 什麼 樣子？
lǎo xiānsheng náchū de qiánbì shì shénme yàngzi

(A)  (B) (C) (D)

——— 5. 「錢 幣 一 點 兒 油 也 沒 有 沾 到」和 下 面 哪
qiánbì yìdiǎnr yóu yě méiyǒu zhāndào hé xiàmiàn nǎ

一 句 意 思 一 樣？
yíjù yìsi yíyàng

(A) 一點兒的油沾到了錢幣

(B) 錢幣只沾到了一點兒油

(C) 一點兒的錢幣沾到了油

(D) 錢幣完全沒有沾到油

——— 6. 下 面 哪 一 件 事「不 能」算 是 熟 能 生
xiàmiàn nǎ yíjiàn shì bùnéng suàn shì shóu néng shēng

巧？
qiǎo

(A) 家華能把聽過一次的電話號碼清楚地背下來

(B) 建明天天寫漢字，字寫得越來越漂亮

(C) 美文下課之後都和朋友跳舞，她的舞跳得很好

(D) 念平以前要花一個小時煮完一道菜，現在不用三十分
鐘就能煮好了

——— 7. 老 先 生 說 了「不 怎 麼 樣，這 沒 什
lǎo xiānsheng shuōle bù zěnme yàng zhè méishén

麼！」是 什 麼 意 思？
me shì shéme yìsi

(A) 老先生很生氣，因為他覺得陳堯咨這樣做很危險

(B) 他不像其他人一樣覺得陳堯咨很棒

(C) 他覺得陳堯咨很會射箭，他希望陳堯咨能教他

(D) 他想賣東西給陳堯咨所以才這麼說

_____ 8.哪個是對的？
    nǎge shì duì de
    ⒜陳堯咨聽了老先生說的話之後非常地開心
    ⒝陳堯咨不用練習就很會射箭
    ⒞老先生想倒油給陳堯咨看，但是他做不好
    ⒟很多人都覺得陳堯咨很棒，但老先生不這樣認為

㈢生詞
shēngcí

	生詞	漢語拼音	解釋
1	古	gǔ	โบราณ
2	射箭	shèjiàn	ธนู
3	正中	zhèngzhòng	ตรงกลาง
4	目標	mùbiāo	เป้าหมาย
5	厲害	lìhai	เก่ง เยี่ยมยอด
6	神射手	shénshèshǒu	พลแม่นปืน (ธนู)
7	驕傲	jiāoào	ภูมิใจ
8	贏	yíng	ชนะ
9	正中紅心	zhèngzhòng hóngxīn	เข้าเป้า (อย่างแม่นยำ)
10	觀眾	guānzhòng	ผู้ชม
11	表情	biǎoqíng	สีหน้า
12	搖（頭）	yáo	ส่าย (ศีรษะ)
13	熟練	shóuliàn	ชำนาญ
14	而已	éryǐ	....แค่เท่านั้น
15	看不起	kànbùqǐ	ดูถูก
16	本事	běnshi	ทักษะ ความสามารถ

	生詞	漢語拼音	解釋
17	錢幣	qiánbì	เหรียญ
18	形狀	xíngzhuàng	รูปร่าง
19	方形	fāngxíng	สี่เหลี่ยมจัตุรัส
20	孔	kǒng	รู
21	杓	sháo	ทัพพี
22	流	liú	ไหล ลื่น
23	沾	zhān	จุ่ม แช่
24	成語	chéngyǔ	สำนวน สุภาษิต
25	其中	qízhōng	หนึ่งใน
26	失敗	shībài	ล้มเหลว
27	繼續	jìxù	ต่อไป
28	成功	chénggōng	สำเร็จ

三十四、我們 來「講 八卦」！
wǒmen lái　jiǎng bāguà

(一)文 章
wénzhāng

　　根據一項　英國 研究，女生 一天 通 常　花5個
gēnjù yíxiàng Yīngguó yánjiù　nǚshēng yìtiān tōngcháng huā　ge

小時 講 八卦，占了每天 清醒 時間的三 分之一。
xiǎoshí jiǎng bāguà zhànle měitiān qīngxǐng shíjiān de　sānfēnzhīyī

和男生　相比，女生 也比較 不能 保守 祕密，常
hé nánshēng xiāngbǐ　nǚshēng yě bǐjiào bùnéng bǎoshǒu mìmì cháng

常 把 朋友不想 說 的 事情 和 別人 分享。
cháng bǎ péngyǒu bùxiǎng shuō de shìqing hé biérén fēnxiǎng

有 很多 人 認爲 講「八卦」是一件 沒有 意義的事
yǒu hěnduō rén rènwéi jiǎng bāguà shì yíjiàn méiyǒu yìyì de shì

情，不但 浪費 時間，而且把 朋 友 的祕密和別人說，
qing búdàn làngfèi shíjiān érqiě bǎ péngyǒu de mìmì hé biérén shuō

有 時候也會 影 響 到彼此的 關係。但 根據美國 的
yǒu shíhòu yě huì yǐngxiǎngdào bǐcǐ de guānxì dàn gēnjù Měiguó de

研究，講 八卦其實有益 健康！
yánjiù jiǎng bāguà qíshí yǒuyì jiànkāng

美國 的一間 大學 做了一項 研究，他們 讓 參加
Měiguó de yìjiān dàxué zuòle yíxiàng yánjiù tāmen ràng cānjiā

研究的人 都 裝 上了心律監視器（monitor de ritmo
yánjiù de rén dōu zhuāngshàngle xīnlǜ jiānshì qì

cardíaco） 玩 遊戲。在 遊戲中 他們 發現了一件 事情，
wán yóuxì zài yóuxìzhōng tāmen fāxiànle yíjiàn shìqing

如果 有 人發現 其他人 作弊，那麼他的 心跳 就會 變
rúguǒ yǒu rén fāxiàn qítā rén zuòbì nàme tā de xīntiào jiù huì biàn

快。但是如果他把這件 事 告訴了其他參加研究的
kuài dànshì rúguǒ tā bǎ zhèjiàn shì gàosùle qítā cānjiā yánjiù de

人，那他的 心跳 就會 慢 慢 恢復 正 常。
rén nà tā de xīntiào jiù huì mànmàn huīfù zhèngcháng

根據 研究，心跳 變 快是 因爲 參加研究的人 有
gēnjù yánjiù xīntiào biàn kuài shì yīnwèi cānjiā yánjiù de rén yǒu

負面 情緒。如果 把事 情 告 訴了其他人，那麼 負 面
fùmiàn qíngxù rúguǒ bǎ shìqing gàosùle qítā rén nàme fùmiàn

情緒就可以得到　紓解，恢復　正　常。許多　研究也　顯
qíngxù jiù kěyǐ dédào shūjiě　huīfù zhèngcháng xǔduō yánjiù yě xiǎn

示，「講　八卦」可以幫　助人們　交　朋　友　的時候
shì　jiǎng bāguà　kěyǐ bāngzhù rénmen jiāo péngyǒu de shíhòu

更　順利，因爲彼此都　有　一　樣　的話題。
gèng shùnlì　yīnwèi bǐcǐ dōu yǒu yíyàng　de huàtí

　　「講　八卦」不再是一件　不好的　事情，講　八卦
jiǎng bāguà　bú zài shì yíjiàn bù hǎo de shìqing　jiǎng bāguà

有益　身體健　康，也　能　幫　助　社交　生　活，讓你和
yǒuyì shēntǐ jiànkāng　yě néng bāngzhù shèjiāo shēnghuó ràng nǐ hé

　朋　友　的關係變　得更　好！但是，記得「講　八卦」
péngyǒu de guānxì biàn de gèng hǎo dànshì　jìde　jiǎng bāguà

也需要有　限度，如果　浪費太　多　時間聊天，而忘
yě xūyào yǒu xiàndù　rúguǒ làngfèi tài duō shíjiān liáotiān　ér wàng

了自己該　做　的事情，那樣　可就不好囉！
le　zìjǐ gāi zuò de shìqing　nàyàng kě jiù bù hǎo lou

(二)問題
wèntí

――――1. 爲什麼「講　八卦」對健　康　有　幫　助？
wèishénme jiǎng bāguà duì jiànkāng yǒu bāngzhù
　　(A)講八卦之後可以睡得比較好
　　(B)知道了別人的很多事情可以讓心情變好
　　(C)可以讓不好的心情變得舒服一點
　　(D)無聊的時候有事情可以做

_____ 2. 爲 什 麼 參 加 研 究 的 某 些 人 會 有 負 面
wèishénme cānjiā yánjiù de mǒuxiē rén huì yǒu fùmiàn

情 緒？
qíngxù

(A) 研究的時間太長，他們累了

(B) 他們知道了別人作弊

(C) 他們第一次參加研究，所以很緊張

(D) 他們不會玩遊戲

_____ 3. 第三 段 主 要 在 說 什 麼？
dìsānduàn zhǔyào zài shuō shénme

(A) 心跳爲什麼會變快的原因

(B) 英國做的研究

(C) 很多人覺得講八卦是一件不好的事情

(D) 美國大學做的研究

_____ 4. 下 面 哪一件 事 情 算 是「八卦」？
xiàmiàn nǎyíjiàn shìqing suàn shì bāguà

(A) 下禮拜三有一個考試，你的朋友打電話來約你一起念
書

(B) 下個禮拜朋友生日，他約大家一起唱歌

(C) 朋友跟你說明天可能會下雨

(D) 聽說你喜歡的偶像（idol）和他的女朋友吵架了

_____ 5. 下 面 哪一個不是 文 章 裡出 現 的「講 八
xiàmiàn nǎyíge búshì wénzhānglǐ chūxiàn de jiǎng bā

卦」的 好 處？
guà de hǎochù

(A) 比較不容易生病

(B) 對健康有幫助

(C) 可以交到更多的朋友

(D) 和朋友關係變更好

_____ 6. 這篇文章 主要在 說 什麼？
zhèpiān wénzhāng zhǔyào zài shuō shénme

(A) 女生比男生更喜歡講八卦

(B) 講八卦是一件不好的事，沒有好的地方

(C) 講八卦不再是一件不好的事情，它其實對身體健康有
　　幫助

(D) 心跳變快對身體不好

_____ 7. 下 面 哪個 和 花 時 間 的「花」意思一 樣？
xiàmiàn nǎge hé huā shíjiān de huā yìsi yíyàng

(A) 你最喜歡哪種「花」？

(B) 我「花」了兩天才做完工作

(C) 因為兩天沒睡，所以現在我的眼睛很「花」

(D) 這隻小「花」貓是你的嗎？

_____ 8. 哪 個 是 對 的？
nǎge shì duì de

(A) 講八卦對交朋友沒有幫助

(B) 講八卦雖然對健康有幫助，但是也不能太久

(C) 心跳變慢是因為有不好的情緒

(D) 男生講八卦的時間比女生久

(三)生 詞
shēngcí

	生詞	漢語拼音	解釋
1	根據	gēnjù	ตามที่
2	項	xiàng	รายการ ข้อ
3	研究	yánjiù	ศึกษา วิจัย
4	通常	tōngcháng	โดยปกติ โดยทั่วไป
5	花	huā	ใช้จ่าย

	生詞	漢語拼音	解釋
6	八卦	bāguà	เรื่องซุบซิบ
7	占	zhàn	ครอบครอง
8	清醒	qīngxǐng	ตื่นตัว
9	三分之一	sānfēnzhīyī	หนึ่งในสาม
10	保守祕密	bǎoshǒu mìmì	รักษาความลับ
11	分享	fēnxiǎng	แบ่งปัน
12	意義	yìyì	ความหมาย
13	浪費	làngfèi	สิ้นเปลือง
14	影響	yǐngxiǎng	ส่งผลกระทบ
15	彼此	bǐcǐ	กันและกัน
16	關係	guānxì	ความสัมพันธ์
17	有益	yǒuyì	มีประโยชน์
18	遊戲	yóuxì	เกม
19	作弊	zuòbì	โกง
20	心跳	xīntiào	หัวใจเต้น
21	恢復	huīfù	ฟื้นฟู ฟื้นคืน
22	正常	zhèngcháng	ปกติ ทั่วไป
23	負面情緒	fùmiàn qíngxù	อารมณ์ด้านลบ
24	紓解	shūjiě	ผ่อนคลาย
25	顯示	xiǎnshì	เปิดเผย
26	順利	shùnlì	ราบรื่น
27	話題	huàtí	หัวข้อ ประเด็น
28	社交	shèjiāo	การเข้าสังคม
29	限度	xiàndù	จำกัด

★本篇參考新聞：「講八卦不等於道是非！適度八卦有益身心健康」。

出處：ETtoday新聞雲http://www.ettoday.net/news/20120120/20502.htm

三十五、「樂透」樂不樂？
lètòu　　lè bú lè

㈠文 章
wénzhāng

「中 樂透」是 每個人的 夢 想，大家都希望自
zhòng lètòu　　shì měige rén de mèngxiǎng　dàjiā dōu xīwàng zì

己可以贏得頭獎，變 成 大家都 羨 慕 的人。但是，
jǐ　kěyǐ yíngdé tóujiǎng biànchéng dàjiā dōu xiànmù de rén　dànshì

那些 中 了樂透的人，以後 真的過著 快樂的日子
nàxiē zhòngle lètòu de rén　yǐhòu zhēnde guòzhe kuàilè de rìzi

嗎？答案可能 是你 想 不到 的。
ma　dáàn kěnéng shì nǐ xiǎngbúdào de

美國 維吉尼亞大學（Universidad de Virginia）的史帝
Měiguó　Wéijíníyǎ dàxué　　　　　　　　　　de Shǐdì

夫·丹尼許（Steve Danish）發現 許多 得主 中 獎 之
fū　Dānníxǔ　　　　　　fāxiàn xǔduō dézhǔ zhòngjiǎng zhī

後，人生 並 沒有 變得 更 好。有些人 因爲 錢 的
hòu　rénshēng bìng méyǒu biànde gènghǎo　yǒuxiē rén yīnwèi qián de

問題而離婚；有些人 被他們 的 親戚綁 架，只 因爲 親
wèntí ér　líhūn　yǒuxiē rén bèi tāmen de　qīnqī bǎngjià　zhǐ yīnwèi qīn

戚 想 得到他們的 錢。惠塔克（Jack Whittaker） 在2002
qī xiǎng dédào tāmen de qián　Huìtǎkè　　　　　　　　zài

年 中了 威力球（Powerball）的 頭 獎，獎 金 三億一
nián zhòngle wēilìqiú　　　　　　de tóujiǎng　jiǎngjīn sānyì　yì

千 五百萬 美 元（臺幣104億元），這是 那個 時候 最
qiān wǔbǎiwàn měiyuán　táibì　yìyuán　zhèshì nàge shíhòu zuì

高 的 獎金。惠塔克做了很 多 好 事，他 蓋了 教 堂、
gāo de jiǎngjīn　Huìtǎkè zuòle hěnduō hàoshì　tā gàile　jiàotáng

成立了基金會，幫 助了許多 人；雖然他做了這麼 多
chénglìle　jījīnhuì　bāngzhùle xǔduō rén　suīrán tā zuòle zhème duō

的 好事，但是他的 人 生 卻發生 了許多 不好 的 事
de hǎoshì　dànshì tā de rénshēng què fāshēngle xǔduō bùhǎo de shì

情，他失去了許多 朋 友，有 數百件 的 官司，連他
qing　tā shīqùle xǔduō péngyǒu　yǒu shùbǎijiàn de guānsī　lián tā

的 孫女也死於非 命。
de sūnnǚ yě sǐ yú fēi mìng

惠塔克說：「我　中了樂透　之後，真的覺得人非
Huìtǎkè shuō　　wǒ zhòngle lètòu zhīhòu　zhēnde juéde rén fēi

常　地貪心，你只要一有　錢，大家就會開始打你的
cháng de tānxīn　　nǐ zhǐyào yì yǒuqián　dàjiā jiù huì kāishǐ dǎ nǐ de

壞　主意，如果知道事情會變　成　這樣，那我應
huài　zhǔyì　rúguǒ zhīdào shìqing huì biànchéng zhèyàng　nà wǒ yīng

該把彩券　撕掉！」
gāi bǎ cǎiquàn sīdiào

原來，不是全部的樂透得主都過著開心的日
yuánlái　búshì quánbù de lètòu dézhǔ dōu guòzhe kāixīn de rì

子，他們也有許多煩惱。也許我們現在簡單的
zi　tāmen yěyǒu xǔduō fánnǎo　yěxǔ wǒmen xiànzài jiǎndān de

生活，已經是一種　最大的幸福了！
shēnghuó　yǐjīng shì yìzhǒng zuì dà de xìngfú le

(二)問題
wèntí

_____ 1. 下面哪個不是惠塔克發生　的事情？
xiàmiàn nǎge búshì Huìtǎkè fāshēng de shìqing
(A) 他的孫女死了
(B) 他生病了
(C) 有很多麻煩的事要解決
(D) 他的朋友變少了

_____ 2. 那些　中了樂透的人，之後都變得怎麼
nàxiē zhòngle lètòu de rén　zhīhòu dōu biànde zěnme
樣？
yàng

(A) 所有人都發生了不好的事情

(B) 所有人都生活得很開心

(C) 有些人過得很好，有些人過得不好

(D) 短文裡沒有寫

_____ 3. 中了樂透以後，現在的惠塔克是怎麼想
zhòngle lètòu yǐhòu xiànzài de Huìtǎkè shì zěnme xiǎng
的？
de

(A) 他現在有更多的朋友，他覺得很快樂

(B) 他覺得很開心，可以買到自己想買的東西

(C) 他希望可以再中獎，這樣就可以幫助更多的人

(D) 他覺得自己不應該得到這麼多錢的

_____ 4. 「打壞主意」是什麼意思？
dǎ huàizhǔyì shì shénme yìsi

(A) 不小心把別人的東西弄壞了

(B) 想出來的方法很不好，不能解決問題

(C) 對人或對事情有不好的想法

(D) 很容易生氣，愛打人

_____ 5. 「打……壞主意」的「打」和下面哪一個「打」
dǎ huàizhǔyì de dǎ hé xiàmiàn nǎ yíge dǎ
的意思一樣？
de yìsi yíyàng

(A) 你的房間這麼亂，一定很久沒打掃了吧！

(B) 我打算八月去韓國找朋友玩，九月再回日本讀書。

(C) 你可以幫我把這個箱子打開嗎？

(D) 聽說你打球打得很好，可不可以教我？

_____ 6. 下面哪個可以說是「數百」？
xiàmiàn nǎge kěyǐ shuō shì shùbǎi

(A) 8

(B) 75

(C) 1200

(D) 260

_____ 7.「你只要 一 有 錢，大家就會 開始 打你的 壞
　　　　　nǐ zhǐyào yì yǒuqián　dàjiā jiùhuì kāishǐ dǎ nǐ de huài

主 意」裡的「一」和 下 面　哪個意思一樣？
zhǔyì　　 lǐ de　 yī　 hé xiàmiàn nǎge yìsi yíyàng

　(A) 一聽到這首歌，我就想起了許多事情。

　(B) 天氣一涼，許多人就感冒了。

　(C) 你今天去哪裡玩了，怎麼一身髒呢？

　(D) 這麼久沒見了，你還是和以前一樣漂亮。

_____ 8. 哪 個 是 錯 的 ？
　　　　　nǎge shì cuò de

　(A) 中樂透雖然可以得到很多錢，但是也會有很多要擔心
　　　的事情

　(B) 有很多錢不是一件壞事，所以很多人都想中樂透

　(C) 雖然惠塔克做了許多好事，但是他卻不快樂

　(D) 如果可以回到過去，惠塔克還是希望他能得到這些錢

(三)生 詞
shēngcí

	生詞	漢語拼音	解釋
1	中 / 中樂透	zhòng / zhòng lètòu	ถูกรางวัล
2	夢想	mèngxiǎng	ความใฝ่ฝัน
3	贏得	yíngdé	ชนะ ได้รับ
4	頭獎	tóujiǎng	รางวัลที่หนึ่ง
5	羨慕	xiànmù	อิจฉา
6	過日子	guò rìzi	ใช้ชีวิต
7	答案	dáàn	คำตอบ

	生詞	漢語拼音	解釋
8	得主	dézhǔ	ผู้ชนะ
9	中獎	zhòngjiǎng	ถูกรางวัล
10	人生	rénshēng	ชีวิต
11	離婚	líhūn	หย่าร้าง
12	親戚	qīnqī	ญาติ
13	綁架	bǎngjià	ลักพาตัว
14	獎金	jiǎngjīn	เงินรางวัล
15	蓋	gài	สร้าง
16	美元	měiyuán	ดอลลาร์สหรัฐ (USD)
17	臺幣	táibì	ดอลลาร์ไต้หวัน (TWD)
18	教堂	jiàotáng	โบสถ์
19	成立	chénglì	ก่อตั้ง
20	基金會	jījīnhuì	มูลนิธิ
21	數百	shùbǎi	นับร้อย
22	官司	guānsī	คดีความ
23	死於非命	sǐ yú fēi mìng	ตายผิดธรรมชาติ
24	貪心	tānxīn	ตะกละ
25	打壞主意	dǎ huàizhǔyì	คิดไม่ดี
26	彩券	cǎiquàn	ลอตเตอรี
27	撕	sī	ฉีก
28	煩惱	fánnǎo	ปวดหัว กังวล
29	幸福	xìngfú	ความสุข

三十六、愚人節
Yúrénjié

（一）文章
wénzhāng

　　每年 的四月一號 是「愚人節」，也被 稱 做「萬
měinián de sìyuè yī hào shì　Yúrénjié　　　yě bèi chēngzuò　Wàn

愚節」，這 是一個起源 於法國 的節日。每個人一到
yújié　　zhè shì yíge qǐyuán yú　Fǎguó de　jiérì　　měige rén yídào

這天，都 可以隨意地開別人 玩 笑、捉 弄　別人。有
zhètiān　dōu　kěyǐ　suíyì de kāi biérén wánxiào zhuōnòng biérén　yǒu

些 報紙或是 電視新聞也會 報導一些假的新聞，
xiē bàozhǐ huòshì diànshì xīnwén yě huì bàodǎo yìxiē jiǎ de xīnwén

讓 大家都 能 體驗 這個有趣的節日。
ràng dàjiā dōu néng tǐyàn zhège yǒuqù de jiérì

從以前 到 現在，有幾次有名 的「愚人節事
cóng yǐqián dào xiànzài yǒu jǐ cì yǒumíng de Yúrénjié shì

件」。1957年 美國 的BBC電 視臺 報導了這 則新聞—
jiàn nián Měiguó de diànshìtái bàodǎole zhèzé xīnwén

「義大利麵條 樹大豐 收」，因為 那個 時候義大利
Yìdàlì miàntiáo shù dà fēngshōu yīnwèi nàge shíhòu Yìdàlì

菜在 英國還不 常見，所以很 多人 看了這則新聞
cài zài Yīngguó hái bù chángjiàn suǒyǐ hěnduō rén kànle zhèzé xīnwén

之後就打電話到 電視臺詢問，有的人還問 怎麼
zhīhòu jiù dǎ diànhuà dào diànshìtái xúnwèn yǒu de rén hái wèn zěnme

樣才可以 種 植義大利 麵條樹！這是 電視臺最早
yàng cái kěyǐ zhòngzhí Yìdàlì miàntiáo shù zhè shì diànshìtái zuì zǎo

在 愚人節開大家玩 笑 的例子。
zài Yúrénjié kāi dàjiā wánxiào de lìzǐ

1940年 的3月31日，富蘭克林研究 員 告訴大家 明
nián de yuè rì Fùlánkèlín yánjiùyuán gàosù dàjiā míng

天 就是世界末日，這個 事情被一家 廣播 電臺報導
tiān jiùshì shìjiè mòrì zhège shìqíng bèi yìjiā guǎngbò diàntái bàodǎo

出去。大家聽了之 後非常 地害怕，很 多人也打
chūqù dàjiā tīngle zhīhòu fēicháng de hàipà hěnduō rén yě dǎ

電話來詢問，一直 到富蘭克林的研究員 出來解釋
diànhuà lái xúnwèn yìzhí dào Fùlánkèlín de yánjiùyuán chūlái jiěshì

這 則 新 聞 是 假 的，大 家 才 漸 漸 放 心。其 實 這 則 新
zhèzé xīnwén shì jiǎ de dàjiā cái jiànjiàn fàngxīn qíshí zhèzé xīn

聞 是 威 廉 姆 斯 · 卡 斯 特 里 爲 了 隔 天 的 講 座《世 界 末
wén shì Wēiliánmǔsī Kǎsītèlǐ wèile gétiān de jiǎngzuò shìjiè mò

日 將 會 怎 樣？》的 宣 傳 而 發 布 的，沒 想 到 害
rì jiāng huì zěnyàng de xuānchuán ér fābù de méi xiǎngdào hài

民 眾 那 麼 害 怕。因 爲 這 個 事 情，卡 斯 特 里 也 丟 了
mínzhòng nàme hàipà yīnwèi zhège shìqing Kǎsītèlǐ yě diūle

他 的 飯 碗，失 去 了 他 的 工 作。雖 然 我 們 在 愚 人 節 這
tā de fànwǎn shīqùle tā de gōngzuò suīrán wǒmen zài Yúrénjié zhè

天 可 以 開 好 朋 友 的 玩 笑，但 是 玩 笑 也 必 須 要
tiān kěyǐ kāi hǎo péngyǒu de wánxiào dànshì wánxiào yě bìxū yào

控 制，如 果 玩 笑 開 得 太 大，發 生 了 嚴 重 的 事
kòngzhì rúguǒ wánxiào kāi de tài dà fāshēngle yánzhòng de shì

情，那 可 就 不 好 了。
qing nà kě jiù bùhǎo le

211

(二)問題
wèntí

———— 1. 愚 人 節 事 件 是 指 什 麼 事 件？
Yúrénjié shìjiàn shì zhǐ shénme shìjiàn

　　(A) 每年愚人節的新聞

　　(B) 在愚人節之前的慶祝活動

　　(C) 很多人都知道，在愚人節發生的有趣事情

　　(D) 一些在愚人節發生的有趣事情，可是很多人都不知道

——— 2. 「義大利 麵 條 樹 大 豐 收」的 新 聞，是 在
Yìdàlì miàntiáo shù dà fēngshōu de xīnwén shì zài

說？
shuō

(A) 一棵義大利麵條的樹

(B) 世界上最長的義大利麵條

(C) 教大家怎麼做義大利麵

(D) 世界上最好吃的義大利麵

——— 3. 大家 聽了「義大利 麵 條 樹 大 豐 收」的 新 聞
dàjiā tīngle Yìdàlì miàntiáo shù dà fēngshōu de xīnwén

以後，覺得？
yǐhòu juéde

(A) 大家都不相信這件事情

(B) 有些人相信

(C) 大家都更喜歡吃義大利麵了

(D) 大家以後都不敢吃義大利麵了

——— 4. 爲 什 麼 會 有「世界 末日」這 則 新 聞？
wèishénme huì yǒu shìjiè mòrì zhèzé xīnwén

(A) 在電視臺工作的人不小心講的笑話

(B) 爲了要讓更多的人來參加某個活動

(C) 大家平常太忙，聽了新聞可以讓大家有好心情

(D) 讓大家知道世界末日的時間，這樣大家就不會有危險
了

——— 5. 很 多 人 聽了「世界 末日」的 新 聞 之後，都
hěnduō rén tīngle shìjiè mòrì de xīnwén zhīhòu dōu

覺 得？
juéde

(A) 非常開心

(B) 非常生氣

(C) 不相信這件事情

(D) 非常害怕

——— 6.《世界末日將會怎樣?》是什麼時候的
shìjiè mòrì jiāng huì zěnyàng　shì shénme shíhòu de
活動?
huódòng
(A) 1957年3月30日
(B) 1940年4月1日
(C) 1957年4月1日
(D) 1940年3月31日

——— 7.「丟飯碗」是什麼意思?
diū fànwǎn shì shénme yìsi
(A) 東西掉了
(B) 肚子餓
(C) 沒有帶錢包
(D) 工作沒了

——— 8. 哪個是對的?
nǎge shì duì de
(A) 沒有電視新聞會在愚人節這天報導假的新聞
(B)「世界末日」的愚人節事件發生在1957年
(C) 愚人節本來是中國的節日
(D) 卡斯特里因為「世界末日」的假新聞失去了他的工作

(三) 生詞
shēngcí

	生詞	漢語拼音	解釋
1	愚人節	Yúrénjié	วันเอพริลฟูลเดย์
2	稱	chēng	เรียก
3	起源	qǐyuán	ต้นกำเนิด
4	節日	jiérì	เทศกาล วันหยุด
5	隨意	suíyì	ตามใจปรารถนา

	生詞	漢語拼音	解釋
6	開玩笑	kāiwánxiào	ล้อเล่น
7	捉弄	zhuōnòng	แกล้งเล่น
8	報導	bàodǎo	รายงาน
9	體驗	tǐyàn	สัมผัส (ประสบการณ์)
10	有名	yǒumíng	มีชื่อเสียง เป็นที่รู้จัก
11	電視臺	diànshìtái	สถานีโทรทัศน์
12	義大利麵條	yìdàlì miàntiáo	สปาเกตตี
13	豐收	fēngshōu	ผลผลิตอุดมสมบูรณ์
14	則	zé	เรื่อง (ลักษณนาม)
15	詢問	xúnwèn	สอบถาม
16	種植	zhòngzhí	เพาะ ปลูก
17	例子	lìzi	ตัวอย่าง
18	研究員	yánjiùyuán	นักวิจัย
19	世界末日	shìjiè mòrì	วันสิ้นโลก
20	廣播電臺	guǎngbò diàntái	สถานีวิทยุ
21	解釋	jiěshì	อธิบาย
22	漸漸	jiànjiàn	ค่อย ๆ ทีละนิด
23	放心	fàngxīn	วางใจ
24	其實	qíshí	ที่จริงแล้ว
25	講座	jiǎngzuò	การบรรยาย
26	宣傳	xuānchuán	โฆษณาชวนเชื่อ
27	發布	fābù	ประกาศ ออกแถลง
28	丟飯碗	diū fànwǎn	ตกงาน
29	控制	kòngzhì	ควบคุม ออกคำสั่ง
30	嚴重	yánzhòng	รุนแรง

三十七、「低頭族」小心！
dītóuzú　　xiǎoxīn

(一)文章
wénzhāng

你用 智慧型 手機（smartphone）嗎？你一天 花
nǐ yòng zhìhuìxíng　shǒujī　　　　　　　ma　　nǐ yìtiān huā

多少 時間 盯著 手機呢？最近 有一個 新的 名詞—
duōshǎo shíjiān dīngzhe shǒujī ne　　zuìjìn yǒu yíge　xīn de míngcí

「低頭族」（adictos al smartphone），指的是 那些 隨時低
dītóuzú　　　　　　　　　　　　　　zhǐ de shì nàxiē　suíshí dī

著 頭 使用3C產品的人。因爲 社會 越來越 進步，出
zhe tóu shǐyòng chǎnpǐn de rén yīnwèi shèhuì yuèláiyuè jìnbù chū

現了 很多 新的3C產品，所以 成 爲「低頭族」的人
xiànle hěnduō xīn de chǎnpǐn suǒyǐ chéngwéi dītóuzú de rén

也 越來越 多了。
yě yuèláiyuè duō le

使用 智慧型 手機的好 處有 很多，你可以隨時
shǐyòng zhìhuìxíng shǒujī de hǎochù yǒu hěnduō nǐ kěyǐ suíshí

隨地和 朋 友 聊天、寫 電子郵件、玩 遊戲，也可以隨
suídì hé péngyǒu liáotiān xiě diànzǐ yóujiàn wán yóuxì yě kěyǐ suí

時 隨地聽音樂、看 影片。這麼 多 的 功能，只要
shí suídì tīng yīnyuè kàn yǐngpiàn zhème duō de gōngnéng zhǐyào

一根 手 指頭就可以辦到！因爲智慧型 手機這麼
yìgēn shǒuzhǐ tou jiù kěyǐ bàndào yīnwèi zhìhuìxíng shǒujī zhème

方便，所以很多人不管 什麼 時候，像 是 走路、
fāngbiàn suǒyǐ hěnduō rén bùguǎn shénme shíhòu xiàngshì zǒulù

吃飯 或 搭車，常 常 手機不離身，永遠 專心 地
chīfàn huò dāchē chángcháng shǒujī bù lí shēn yǒngyuǎn zhuānxīn de

看著 手機。
kànzhe shǒujī

智慧型 手機有 這麼 多 的 好處，也有 很多
zhìhuìxíng shǒujī yǒu zhème duō de hǎochù yě yǒu hěnduō

讓 人困擾 的地方。很多人連和朋 友吃飯的時
ràng rén kùnrǎo de dìfāng hěnduō rén lián hé péngyǒu chīfàn de shí

候都 專心在手機上，大家就算 眞 的見面，也
hòu dōu zhuānxīn zài shǒujī shàng dàjiā jiùsuàn zhēn de jiànmiàn yě

很少 抬頭聊天。這樣 讓 人與人的 關係日漸 疏
hěnshǎo táitóu liáotiān　zhèyàng ràng rén yǔ rén de guānxì rì jiàn shū

遠，溝通 不再是 面 對面的，而是 手機裡一個個的
yuǎn gōutōng búzài shì miànduìmiàn de　ér shì　shǒujīlǐ yígege de

文字訊息。此外，低頭 太久也可能 對 健康 不好，脖
wénzì xùnxí　cǐwài　dītóu tài jiǔ yě kěnéng duì jiànkāng bùhǎo　bó

子和 手指很 容易受 傷。這些 人 走在 路上 也容
zi hé shǒuzhǐ hěn róngyì shòushāng zhèxiē rén zǒuzài lùshàng yě róng

易因為不夠 專心，過馬路的 時候 容易發 生 危險。
yì yīnwèi búgòu zhuānxīn　guòmǎlù de shíhòu róngyì fāshēng wéixiǎn

你也是「低頭族」嗎？使用 智慧型 手機雖然 很
nǐ yěshì　dītóuzú　ma shǐyòng zhìhuìxíng shǒujī suīrán hěn

方便，但我們也要 小心它帶來的 問題。有 時候也
fāngbiàn　dàn wǒmen yě yào xiǎoxīn tā dàilái de wèntí　yǒu shíhòu yě

抬頭 看看 身 邊可愛的朋 友，看看 這個美麗的世界
táitóu kànkan shēnbiān kěài de péngyǒu　kànkan zhèige měilì de shìjiè

吧！
ba

(二)問題
wèntí

_____ 1. 哪一個是文 章 所 說 的低頭族？
nǎyíge shì wénzhāng suǒ shuō de dītóuzú

　　(A)不管什麼時候，常常低著頭玩手機的人

　　(B)容易覺得累，常常低著頭想睡覺的人

　　(C)容易緊張、常常低著頭，講話很小聲的人

　　(D)非常認真，常常低著頭讀書的人

—— 2. 哪個不是 文 章 裡提到 智慧型 手機可以做
nǎge búshì wénzhānglǐ tídào zhìhuìxíng shǒujī kěyǐ zuò
的 事？
de shì

(A) 和朋友聊天

(B) 聽音樂

(C) 做運動

(D) 看電影

—— 3. 哪一個不是 常 常 用 智慧型 手機的 不
nǎyíge búshì chángcháng yòng zhìhuìxíng shǒujī de bù
好 的 地 方？
hǎo de dìfāng

(A) 容易有健康的問題

(B) 沒有時間運動，容易變胖

(C) 和朋友的感情變得不好

(D) 太認真看手機，走路的時候容易發生危險

—— 4. 第 三 段 在 說 什麼？
dìsānduàn zài shuō shénme

(A) 怎麼樣才能買到一支好的手機

(B) 用這種手機的好的地方

(C) 什麼是「低頭族」

(D) 常常使用這種手機會發生的不好的問題

—— 5. 如果 要 給 這 篇 文 章 一個題目，哪個比較
rúguǒ yào gěi zhèpiān wénzhāng yíge tímù nǎge bǐjiào
好？
hǎo

(A) 買手機的時候要知道的幾件事情

(B) 低頭族小心！低頭族不能不知道的問題

(C) 大家一起加入「低頭族」吧！

(D) 向低頭族說「不」！

_____ 6. 爲 什 麼 智 慧 型　手 機 讓　人 與 人 之 間 的
wèishénme zhìhuìxíng shǒujī ràng rén yǔ rén zhījiān de

關 係 變 不 好？
guānxì biàn bùhǎo

(A) 因爲年紀大的人不太會用智慧型手機，所以不容易和
年輕人交朋友

(B) 因爲太少和朋友聊天，容易吵架

(C) 大家太認眞在手機上，所以很少花時間關心身邊的朋
友

(D) 因爲很多人不想和沒有智慧型手機的人當朋友

_____ 7.「就 算」可 以 放 進 哪 個 句 子？
jiùsuàn kěyǐ fàngjìn nǎge jùzi

(A) 只要我們努力，□□再難的問題，也一定能解決。

(B) □□今天沒下雨，要不然就不能出去跑步了。

(C) 麵包很好吃，□□我更喜歡吃巧克力。

(D) 你剛剛說要喝咖啡，現在說要喝可樂，□□要喝什麼
啊？

_____ 8. 哪 個 是 對 的？
nǎge shì duì de

(A) 只要是有手機的人，我們都可以叫他「低頭族」

(B) 常常用智慧型手機的人可以交到更多的朋友

(C) 使用智慧型手機的人越來越少了，因爲太貴了大家買
不起

(D) 因爲用智慧型手機可以做的事越來越多了，所以大家
花更多的時間在手機上了

㈢生詞
shēngcí

	生詞	漢語拼音	解釋
1	智慧型手機	zhìhuìxíng shǒujī	สมาร์ทโฟน
2	盯	dīng	จ้องมอง
3	名詞	míngcí	คำนาม
4	指	zhǐ	หมายถึง
5	隨時隨地	suíshí suídì	ทุกที่ ทุกเวลา
6	使用	shǐyòng	ใช้ ใช้งาน
7	3C產品	chǎnpǐn	สินค้าไอที
8	成為	chéngwéi	กลายเป็น
9	好處	hǎochù	ข้อดี
10	電子郵件	diànzǐ yóujiàn	อีเมล
11	影片	yǐngpiàn	ภาพยนตร์ วีดีโอ
12	功能	gōngnéng	การใช้งาน
13	辦（到）	bàn (dào)	ทำ จัดการ
14	不管	bùguǎn	ไม่ว่าจะ
15	不離身	bù lí shēn	ไม่ห่างตัว
16	永遠	yǒngyuǎn	ตลอดไป เสมอ
17	專心	zhuānxīn	ตั้งใจ จดจ่อ
18	困擾	kùnrǎo	ลำบากใจ สับสน
19	就算	jiùsuàn	แม้ว่า
20	抬	tái	ยกขึ้น เงยขึ้น
21	關係	guānxì	ความสัมพันธ์

	生詞	漢語拼音	解釋
22	疏遠	shūyuǎn	ไกล
23	溝通	gōutōng	สื่อสาร เจรจา
24	面對面	miànduìmiàn	ต่อหน้า
25	文字訊息	wénzì xùnxí	ข้อความ
26	此外	cǐwài	นอกจากนี้
27	脖子	bózi	คอ
28	手指	shǒuzhǐ	นิ้วมือ
29	受傷	shòushāng	บาดเจ็บ
30	過馬路	guò mǎlù	ข้ามถนน

三十八、咖啡時間
kāfēi shíjiān

(一)文 章
wénzhāng

咖啡 是 許多 人喜歡 的 飲料，很 多 人一天 不來
kāfēi shì xǔduō rén xǐhuān de yǐnliào　hěnduō rén yìtiān bù lái

上 幾杯咖啡，總 覺得 時間 過得特別 慢，精 神比較
shàng jǐbēi kāfēi　zǒng juéde shíjiān guòde tèbié màn　jīngshén bǐjiào

不好。上 班族來一杯咖啡可以提神，工 作 的 時候
bù hǎo shàngbānzú lái yìbēi kāfēi kěyǐ tíshén gōngzuò de shíhòu

效率會特別好；學生來一杯咖啡，可以讓自己更
xiàolǜ huì tèbié hǎo　xuéshēng lái　yìbēi kāfēi　　kěyǐ ràng　zìjǐ gèng

專心在功課上。你知道嗎？「咖啡」有許多有
zhuānxīn zài gōngkè shàng　nǐ zhīdào ma　　　kāfēi　yǒu xǔduō yǒu

趣的研究，其中從咖啡「提神」的這個作用，還
qù de yánjiù　qízhōng cóng kāfēi　tíshén de　zhège zuòyòng　hái

可以看出你是不是個懶惰的人喔！
kěyǐ kànchū nǐ shìbúshì ge lǎnduò de rén　o

　　　根據一項加拿大（Canadá）的研究，咖啡「提神」
gēnjù yíxiàng Jiānádà　　　　　děi yánjiù　kāfēi tíshén

的這個作用，只對懶惰的人有用。在研究中，研
de zhège zuòyòng zhǐ duì lǎnduò de rén yǒuyòng zài yánjiùzhōng yán

究人員把咖啡因（cafeína）注射在老鼠的身上，
jiù rényuán bǎ　kāfēiyīn　　　zhùshè zài lǎoshǔ de shēnshang

結果他們發現原來比較「勤勞」的老鼠變得比較不
jiéguǒ tāmen fāxiàn yuánlái bǐjiào　qínláo　de lǎoshǔ biànde bǐjiào bù

活潑，原來比較「懶惰」的老鼠卻變得比較活潑。
huópō　yuánlái bǐjiào　lǎnduò　de lǎoshǔ què biànde bǐjiào huópō

從這裡我們可以知道，如果咖啡對你有提神的幫
cóng zhèlǐ　wǒmen kěyǐ zhīdào　rúguǒ kāfēi duì nǐ yǒu tíshén de bāng

助，那麼你可能就是那隻懶惰的老鼠！
zhù　nàme nǐ kěnéng jiùshì nà zhī lǎnduò de lǎoshǔ

　　　除此之外，咖啡還有許多的好處。如果你覺得自
chúcǐ zhīwài　kāfēi háiyǒu xǔduō de hǎochù　rúguǒ nǐ juéde zì

己快感冒了，趕快來杯咖啡吧！根據研究，喝杯熱
jǐ kuài gǎnmào le　gǎnkuài lái bēi kāfēi ba　gēnjù yánjiù　hē bēi rè

熱的咖啡對 初期感冒 有很好的 幫助。喝咖啡也可
rè de kāfēi duì chūqí gǎnmào yǒu hěnhǎo de bāngzhù　hē kāfēi yě kě

以讓心情 快樂，甚至讓 運動員 有更好的
yǐ ràng xīnqíng kuàilè　shènzhì ràng yùndòngyuán yǒu gènghǎo de

成績。此外，咖啡還可以幫助 壽命 增加。你喜
chéngjī　cǐwài　kāfēi hái kěyǐ bāngzhù shòumìng zēngjiā　nǐ xǐ

歡 喝咖啡嗎？只要不要 過量，適量 的咖啡不但 對
huān hē kāfēi ma　zhǐyào búyào guòliàng　shìliàng de kāfēi búdàn duì

身體沒有 壞處，反而還能 帶來許多 好處喔！
shēntǐ méiyǒu huàichù　fǎnér hái néng dàilái xǔduō hǎochù　o

(二)問題
wèntí

_____ 1. 這篇 文章 主要 的意思是 什麼？
zhèpiān wénzhāng zhǔyào de yìsi shì shénme
(A) 喝咖啡對剛開始感冒的人是有幫助的
(B) 世界上很多人都喜歡喝咖啡
(C) 多喝咖啡只有好處，不會對身體不好
(D) 喝咖啡有許多好處，還可以知道你是不是個懶惰的人

_____ 2. 哪個 是 對的？
nǎge shì duì de
(A) 這是日本的研究
(B) 他們讓動物喝咖啡，看看牠們喝了之後會變得怎麼樣
(C) 研究使用的動物是老鼠
(D) 他們發現，原本比較懶惰而且喜歡休息的老鼠變得更
安靜、更不喜歡動了

_____ 3. 下面 哪一個不是 喝咖啡的 好 處？
xiàmiàn nǎyíge búshì hē kāfēi de hǎochù

　(A) 做事可以更專心

　(B) 對剛開始的感冒有幫助

　(C) 變得更聰明

　(D) 可以活得更久

_____ 4. 「明 天 就 要 考 試 了，他□□一 點 也 不 著 急，
míngtiān jiùyào kǎoshì le　tā　　yìdiǎn yě bù zhāojí

　　□□還 舒 服 地 坐 在 沙 發 上　聽 起 音 樂 來。」
hái shūfú de zuòzài shāfāshàng tīng qǐ yīnyuè lái

　　□□中　可 以 放 入 什 麼？
zhōng kěyǐ fàngrù shénme

　(A) 雖然 / 但是

　(B) 不但 / 反而

　(C) 不但 / 還是

　(D) 因爲 / 所以

_____ 5. 第6行 的「看 出」，不 能　換　成　下 面 哪一
dì háng de kànchū　bùnéng huànchéng xiàmiàn nǎyí

個？
ge

　(A) 看看

　(B) 發現

　(C) 知道

　(D) 清楚

_____ 6. 下 面 哪一個和「好 處↔壞 處」的 意思 不 一 樣？
xiàmiàn nǎyíge hé hǎochù huàichù de yìsi bù yíyàng

　(A) 飽↔餓

　(B) 吵↔安靜

　(C) 困難↔簡單

　(D) 了解↔知道

_____ 7.「很多人一天不來上　幾杯咖啡　總　覺得時
hěnduō rén yìtiān bù láishàng jǐbēi kāfēi zǒng juéde shí
間　過得特別　慢」中　的「特別」和下面　哪個
jiān guòde tèbié màn zhōng de　tèbié　hé xiàmiàn nǎge
意思一樣？
yìsi yíyàng

(A) 這雙鞋子真「特別」，你在哪裡買的？

(B) 今天有什麼「特別」的新聞嗎？

(C) 你今天「特別」漂亮，是不是發生什麼好事？

(D) 我想到了一個「特別」的計畫，下次說給你聽。

_____ 8. 哪個是　對　的？
nǎge shì duì de

(A) 喝咖啡對身體有很好，所以多喝一點也沒關係

(B) 不是每個人喝咖啡都可以「提神」

(C) 很多人覺得咖啡很苦，所以不喜歡喝咖啡

(D) 咖啡只有「提神」的好處，可以讓學生學習得更好

(三) 生詞
shēngcí

	生詞	漢語拼音	解釋
1	上	shàng	ขึ้น (ในบทเรียนนี้ หมายถึง "การกระทำที่ต่อเนื่อง")
2	過	guò	ข้าม ผ่าน
3	精神	jīngshén	จิตใจ
4	上班族	shàngbānzú	กลุ่มคนทำงาน
5	提神	tíshén	ทำให้สดชื่น
6	效率	xiàolǜ	ประสิทธิภาพ
7	專心	zhuānxīn	ตั้งใจ จดจ่อ
8	研究	yánjiù	ศึกษา วิจัย

	生詞	漢語拼音	解釋
9	作用	zuòyòng	ผล
10	懶惰	lǎnduò	ขี้เกียจ
11	根據	gēnjù	ตามที่
12	研究人員	yánjiù rényuán	นักวิจัย
13	注射	zhùshè	ฉีด
14	老鼠	lǎoshǔ	หนู
15	身上	shēnshang	บนร่างกาย
16	比較	bǐjiào	ค่อนข้าง
17	勤勞	qínláo	ทำงานหนัก
18	活潑	huópō	ร่าเริง
19	除此之外（此外）	chúcǐ zhīwài	นอกจากนี้
20	好處	hǎochù	ข้อดี
21	初期	chūqí	ในระยะแรก
22	甚至	shènzhì	แม้กระทั่ง
23	運動員	yùndòngyuán	นักกีฬา
24	成績	chéngjī	คะแนน
25	壽命	shòumìng	ชีวิต
26	增加	zēngjiā	เพิ่ม
27	過量	guòliàng	เกินขนาด
28	適量	shìliàng	(ขนาด) เหมาะสม
29	壞處	huàichù	ข้อเสีย
30	反而	fǎnér	ในทางกลับกัน

三十九、失眠
shīmián

㈠文 章
wénzhāng

失眠 的意思是 夜晚 無法得到 適當 的休息，導致
shīmián de yìsi shì yèwǎn wúfǎ dédào shìdàng de xiūxí dǎozhì

睡眠 不足、睡 眠品質 不好。失眠 的人可能 有
shuìmián bùzú shuìmián pǐnzhí bù hǎo shīmián de rén kěnéng yǒu

下面幾個 症 狀。第一，上 床 後很 難入睡：超
xiàmiàn jǐge zhèngzhuàng dìyī shàngchuáng hòu hěn nán rùshuì chāo

過30分鐘以上無法入睡，就可以算是失眠。第二，
guò fēnzhōng yǐshàng wúfǎ rùshuì jiù kěyǐ suàn shì shīmián dìèr

時睡時醒、睡得不夠深。第三，不容易睡著，睡
shí shuì shí xǐng shuìde bú gòu shēn dìsān bù róngyì shuìzháo shuì

著後容易醒過來，醒來後無法再睡著。在生
zháo hòu róngyì xǐng guòlái xǐng lái hòu wúfǎ zài shuìzháo zài shēng

活緊張的現代社會中，失眠的情形相當
huó jǐnzhāng de xiàndài shèhuìzhōng shīmián de qíngxíng xiāngdāng

普遍，研究發現，老年人和女性較其他人更容易
pǔpiàn yánjiù fāxiàn lǎoniánrén hé nǚxìng jiào qítā rén gèng róngyì

失眠。
shīmián

雖然失眠不會直接影響到人的生命安
suīrán shīmián búhuì zhíjiē yǐngxiǎng dào rén de shēngmìng ān

全，但是卻會嚴重影響生活品質。失眠
quán dànshì quèhuì yánzhòng yǐngxiǎng shēnghuó pǐnzhí shīmián

容易使人感到憂鬱、煩躁，長期失眠的人甚至
róngyì shǐ rén gǎndào yōuyù fánzào chángqí shīmián de rén shènzhì

會覺得生不如死。很多人因為失眠，導致白天的
huì juéde shēng bù rú sǐ hěnduō rén yīnwèi shīmián dǎozhì báitiān de

工作、生活、人際關係都受到影響。
gōngzuò shēnghuó rénjì guānxì dōu shòudào yǐngxiǎng

對付不嚴重的失眠有幾個辦法。例如：讓自己
duìfù bù yánzhòng de shīmián yǒu jǐge bànfǎ lìrú ràng zìjǐ

有規律地生活、有早睡早起及運動的習慣。
yǒu guīlǜ de shēnghuó yǒu zǎo shuì zǎo qǐ jí yùndòng de xíguàn

睡 前要 放 鬆 心情，可以聽聽 輕 音樂、泡泡 熱
shuì qián yào fàngsōng xīnqíng　kěyǐ tīngtīng qīng yīnyuè　pàopào rè

水澡。不要 在 床 上 看書、看電視、講 電話，
shuǐzǎo　búyào zài chuángshàng kàn shū　kàn diànshì　jiǎngdiànhuà

這 會破壞你的 睡 眠 習慣。睡覺 前 也不要 吃太飽
zhè huì pòhuài nǐ de shuìmián xíguàn shuìjiào qián yě búyào chī tài bǎo

或是 做劇烈運 動，更 不能 喝茶、咖啡、可樂等 有
huòshì zuò jùliè yùndòng　gèng bùnéng hē chá　kāfēi　kělè děng yǒu

咖啡因的 飲料。如果 這些 辦法對你來 說 都 沒有用，
kāfēiyīn de yǐnliào　rúguǒ zhèxiē bànfǎ duì nǐ lái shuō dōu méiyǒuyòng

那你就該 好好 找 醫生 談談了！
nà nǐ jiù gāi hǎohǎo zhǎo yīshēng tántán le

(二)問題
wèntí

_____ 1. 哪一個不是 失眠的 症 狀？
nǎ yí ge búshì shīmián de zhèngzhuàng
(A)上床後很難入睡
(B)時睡時醒
(C)睡著後容易醒過來，醒來後無法再睡著
(D)女性比男性容易失眠

_____ 2. 第二 段 主要告訴我們 什麼？
dì èr duàn zhǔyào gàosù wǒmen shénme
(A)失眠的症狀
(B)失眠對生活的影響
(C)對付失眠的辦法
(D)失眠的意思

_____ 3. 關 於 第二 段 的 內 容，下 面 哪 一個 正確？
guānyú dì èr duàn de nèiróng xiàmiàn nǎ yíge zhèngquè

(A) 失眠會直接影響生命安全

(B) 失眠不會影響生活品質

(C) 長期失眠的人會覺得生不如死

(D) 失眠的人可以在晚上工作

_____ 4. 失 眠 的 人 不 會 發 生 什 麼 事 情？
shīmián de rén búhuì fāshēng shénme shìqing

(A) 常常覺得煩躁

(B) 白天的工作受到影響

(C) 感到憂鬱

(D) 常常感冒發燒

_____ 5. 讀 完 第三 段 我 們 可以 知道 什麼？
dú wán dì sān duàn wǒmen kěyǐ zhīdào shénme

(A) 失眠對人的影響

(B) 失眠的症狀

(C) 幾個幫助睡著的方法

(D) 對身體健康的食物

_____ 6. 如果 你 的 失眠 情 況 不 嚴 重，你 可以 試
rúguǒ nǐ de shīmián qíngkuàng bù yánzhòng nǐ kěyǐ shì

試 看 做 下 面 哪一件 事 情 幫助 睡眠？
shì kàn zuò xiàmiàn nǎ yíjiàn shìqing bāngzhù shuìmián

(A) 睡前喝些咖啡、可樂

(B) 睡前做一些劇烈運動

(C) 在床上打電話給朋友聊天

(D) 聽些輕音樂、泡澡

_____ 7. 下 面 哪個 人 不 算 是 失 眠？
xiàmiàn nǎge rén búsuàn shì shīmián

(A) 子傑躺在床上1個小時還睡不著

(B) 金蓮一個晚上睡睡醒醒，睡得不夠深

(C) 家真睡了12個小時以後醒來，再也睡不著了

(D) 天衛躺在床上40分鐘後還醒著

_____ 8.「生 不如死」是 什 麼意思？

shēng bù rú sǐ   shì shénme yìsi

(A) 活著比較好

(B) 死了比活著快樂

(C) 活著比死了好

(D) 雖然活著但是跟死了一樣痛苦

(三) 生 詞
shēngcí

	生詞	漢語拼音	解釋
1	失眠	shīmián	นอนไม่หลับ
2	夜晚	yèwǎn	กลางคืน
3	無法	wúfǎ	ไม่สามารถ
4	適當	shìdàng	เหมาะสม
5	導致	dǎozhì	นำไปสู่
6	睡眠	shuìmián	การนอนหลับ
7	不足	bùzú	ไม่เพียงพอ
8	品質	pǐnzhí	คุณภาพ
9	症狀	zhèngzhuàng	อาการ (ป่วย)
10	入睡	rùshuì	นอนหลับ
11	時睡時醒	shí shuì shí xǐng	หลับ ๆ ตื่น ๆ
12	超過	chāoguò	เกิน
13	睡著	shuìzháo	หลับ
14	普遍	pǔpiàn	โดยทั่วไป
15	及	jí	และ
16	女性	nǚxìng	เพศหญิง
17	直接	zhíjiē	โดยตรง

	生詞	漢語拼音	解釋
18	生命	shēngmìng	ชีวิต
19	憂鬱	yōuyù	เครียด
20	煩躁	fánzào	หงุดหงิด รำคาญ
21	長期	chángqí	ระยะยาว
22	甚至	shènzhì	แม้กระทั่ง
23	生不如死	shēng bù rú sǐ	ชีวิตที่ตายทั้งเป็น
24	人際關係	rénjìguānxì	ความสัมพันธ์ระหว่างบุคคล
25	對付	duìfù	ต่อกร รับมือ
26	規律	guīlǜ	กฎระเบียบ
27	放鬆	fàngsōng	ผ่อนคลาย
28	輕音樂	qīng yīnyuè	เพลงเบา ๆ สบาย ๆ
29	破壞	pòhuài	ทำลาย
30	劇烈	jùliè	รุนแรง
31	咖啡因	kāfēiyīn	คาเฟอีน

四十、有幾桶 水？
yǒu jǐ tǒng shuǐ

(一)文 章
wénzhāng

從前，有個國王 和一群大臣 到 海邊 散步，
cóngqián　yǒu ge guówáng hé yìqún dàchén dào hǎibiān sànbù

國王 看著一望 無際的大海，突然 心血來 潮，問
guówáng kànzhe yí wàng wú jì de dàhǎi　túrán　xīn xiě lái cháo　wèn

身 邊 的大臣 們：「你們 覺得，這海 總共 可以
shēnbiān de dàchénmen　　nǐmen juéde　zhè hǎi zǒnggòng kěyǐ

裝　多少　桶　水？」大臣　們　聽了，都　只能　大眼
zhuāng duōshǎo tǒng shuǐ　　dàchénmen tīng le　dōu zhǐnéng dà yǎn

瞪　小　眼。國王　看到　這樣　的　情形，便　告訴所
dèng xiǎo yǎn　guówáng kàndào zhèyàng de qíngxíng biàn gàosù suǒ

有　的大臣：「給你們　三天　的　時間思考　這個　問題，
yǒu de dàchén　　gěi nǐmen sāntiān de shíjiān sīkǎo zhège wèntí

答得　出來的人，我　有　重　賞，如果　沒有　人答出
dá de chūlái de rén　wǒ yǒu zhòngshǎng rú guǒ méiyǒu rén dá chū

來，我　全部　都要　處罰！」
lái　wǒ quánbù dōuyào chǔfá

　　大臣　們非常　緊張，大家到處尋找　國内數
dàchénmen fēicháng jǐnzhāng dàjiā dàochù xúnzhǎo guónèi shù

學 不錯 的人，請他們　幫　忙　算算　大海裡到底有
xué búcuò de rén　qǐng tāmen bāngmáng suànsuàn dàhǎilǐ dàodǐ yǒu

多少　水、可以裝　多少　桶　水，可是大家算來
duōshǎo shuǐ　kěyǐ zhuāng duōshǎo tǒng shuǐ kěshì dàjiā suàn lái

算　去，還是無法算　出一個　確　定的答案。
suàn qù　háishì wúfǎ suàn chū yíge quèdìng de dáàn

　　一眨眼，三天的期限　到了。國王　把大臣　們集
yìzhǎyǎn　sāntiān de qíxiàn dào le　guówáng bǎ dàchénmen jí

合在宮　殿，詢問大臣　們有沒有　人知道答案。結
hé zài gōngdiàn　xúnwèn dàchénmen yǒuméiyǒu rén zhīdào dáàn　jié

果 還是 沒有 人 出來 回答。就在 國 王 思考該如何
guǒ háishì méiyǒu rén chūlái huídá　jiùzài guówáng sīkǎo gāi rúhé

處罰這群大臣　時，旁　邊一個掃地的老僕人　說　話
chǔfá zhèqún dàchén shí pángbiān yíge sǎodì de lǎo púrén shuōhuà

了：「稟告 國王，我 想 我 知道 海裡有 多少 桶
le　　bǐnggào guówáng　wǒ xiǎng wǒ zhīdào　hǎilǐ yǒu duōshǎo tǒng

水。」國王 說：「就 讓 你 說說 看吧！」老僕人
shuǐ　　guówáng shuō　jiù ràng nǐ shuōshuō kàn ba　　lǎo púrén

說：「這個 問題，要看 國王 您給的 桶子有 多
shuō　zhège wèntí　yào kàn guówáng nín gěi de tǒngzi yǒu duō

大，如果是 和海水一 樣 大的桶子，那就是一桶 水，
dà　rúguǒ shì hé hǎishuǐ yíyàng dà de tǒngzi　nà jiù shì yìtǒng shuǐ

如果 桶子只有海 水 的一半大，那就是 兩 桶 水，以
rúguǒ tǒngzi zhǐyǒu hǎishuǐ de yíbàn dà　nà jiùshì liǎngtǒng shuǐ　yǐ

此類推。」
cǐ lèi tuī

　　國 王 聽了老 僕人的答案，非常 高興，重 賞
　　guówáng　tīngle lǎo púrén de dáàn　fēicháng gāoxìng zhòngshǎng

了老僕人。大臣 們 回答不出來 國 王 的 問題，是因
le lǎo púrén　dàchénmen huídá bù chūlái guówáng de wèntí　shì yīn

為 算 不出來海水 到底有 多少，老僕人則是 從
wèi suàn bù chūlái hǎishuǐ dàodǐ yǒu duōshǎo lǎo púrén zéshì cóng

桶子有 多大來思考 問題。這個 故事 告訴我們，有 時
tǒngzi yǒu duōdà lái sīkǎo wèntí　zhège gùshì gàosù wǒmen yǒushí

候，換 個角度思考，難題就 能 夠 解決了。
hòu huàn ge jiǎodù sīkǎo　nántí jiù nénggòu jiějué le

(二)問題
wèntí

_____ 1. 下 面 哪個答案，最可以 說明 大臣 們 在
xiàmiàn năge dáàn zuì kěyǐ shuōmíng dàchénmen zài

海 邊 聽 到 國 王 的 問 題 時 的 情 況？
hǎibiān tīngdào guówáng de wèntí shí de qíngkuàng

(A) 大臣們搶著說出答案

(B) 沒有人知道答案

(C) 大家都覺得別人知道答案

(D) 有人知道答案，但是沒有說出來

_____ 2. 答 出 國 王 的 問題會 怎 麼 樣？
dá chū guówáng de wèntí huì zěnmeyàng

(A) 國王會帶他去看海

(B) 國王會給他很多錢或是很多禮物

(C) 可以和國王一起欣賞風景

(D) 可以當國王

_____ 3. 「一眨 眼」是 什 麼意思？
yìzhǎyǎn shì shénme yìsi

(A) 時間過得非常快

(B) 時間一天一天地過去

(C) 時間到了

(D) 時間過得很慢

_____ 4. 下 面 關 於「大眼 瞪 小 眼」的 用法，哪
xiàmiàn guānyú dà yǎn dèng xiǎo yǎn de yòngfǎ nǎ

個 正 確？
ge zhèngquè

(A) 媽媽生氣地問是誰打破杯子，我跟妹妹兩個人「大眼
瞪小眼」，沒有人說話。

(B) 老師和我「大眼瞪小眼」，告訴我上課不要講話。

(C) 發生車禍的兩個人一邊吵架，一邊「大眼瞪小眼」，

吵得臉都紅了，兩個人都說是對方的錯。

(D) 今天是情人節，街上的情侶們都「大眼瞪小眼」，看起來感情非常好。

___ 5. 甲、大臣 們 還是 不知道 答案
dàchénmen háishì bù zhīdào dáàn

乙、國 王 給大臣 們 三天 找 答案
guówáng gěi dàchénmen sāntiān zhǎo dáàn

丙、國 王 問老僕人 知不知道 答案
guówáng wèn lǎo púrén zhī bù zhīdào dáàn

丁、老 僕人 告訴 國 王 他 知道 答案
lǎo púrén gàosù guówáng tā zhīdào dáàn

戊、老 僕人 說出 正 確 答案
lǎo púrén shuōchū zhèngquè dáàn

上 面 幾件 事 情，從「先 發 生」到「最 後
shàngmian jǐjiàn shìqing cóng xiān fāshēng dào zuìhòu

發 生」應 該 怎麼 排 才 是 對 的？
fāshēng yīnggāi zěnme pái cái shì duì de

(A) 乙→甲→丙→丁→戊

(B) 甲→乙→丁→戊

(C) 甲→乙→丙→丁→戊

(D) 乙→甲→丁→戊

___ 6. 這 個 故事 後 來 怎麼 樣 了？
zhège gùshi hòulái zěnmeyàng le

(A) 大臣們找到答案了

(B) 數學家算出海有幾桶水了

(C) 老僕人得到國王的重賞

(D) 大臣們被國王處罰了

___ 7. 下 面 關 於「以此類 推」的 用法，哪個 錯誤？
xiàmiàn guānyú yǐ cǐ lèi tuī de yòngfǎ nǎge cuòwù

(A) 如果你有一本書沒有準時還給圖書館，遲還一天罰5塊，兩天罰10塊，以此類推。

(B) 現在衣服買一送一，買二送二，買三送三，以此類

推，買越多，送越多唷！
(C) 在我們公司工作滿一年，可以放七天特別假，兩年可以放八天特別假，三年可以放九天特別假，以此類推。
(D) 紅色、白色、黑色、藍色在我們文化中都有不同的意思，例如紅色代表喜事、白色則是有死亡的意思，以此類推。

_____ 8. 哪個不對？
nǎge bú duì
(A) 遇到困難的問題，可以換一個方式思考
(B) 連大臣們都回答不出來的問題，其他人一定也回答不出來
(C) 大臣們沒有改變思考的方式，所以答不出來國王的問題
(D) 國王給大臣們三天的時間思考問題

(三)生詞
shēngcí

	生詞	漢語拼音	解釋
1	國王	guówáng	กษัตริย์
2	群	qún	กลุ่ม หมู่ ฝูง (ลักษณนาม)
3	大臣	dàchén	ขุนนาง
4	一望無際	yí wàng wú jì	สุดสายตา
5	突然	túrán	ทันใดนั้น
6	心血來潮	xīn xiě lái cháo	(สำนวน) ฉุกคิดขึ้นมาได้ในทันที
7	身邊	shēnbiān	ข้างกาย
8	總共	zǒnggòng	ทั้งหมด
9	桶	tǒng	ถัง (ลักษณนาม)

	生詞	漢語拼音	解釋
10	大眼瞪小眼	dà yǎn dèng xiǎo yǎn	จ้องมองซึ่งกันและกัน (แต่ทำอะไรไม่ถูก)
11	便	biàn	จึง
12	思考	sīkǎo	คำนึง คิด การคิดวิเคราะห์
13	重賞	zhòngshǎng	ให้รางวัลอย่างงาม
14	處罰	chǔfá	ลงโทษ
15	尋找	xúnzhǎo	หา ตามหา
16	國內	guónèi	ในประเทศ
17	無法	wúfǎ	ไม่สามารถ
18	確定	quèdìng	มั่นใจ แน่ใจ
19	答案	dáàn	คำตอบ
20	一眨眼	yìzhǎyǎn	ชั่วพริบตา
21	期限	qíxiàn	กำหนดเวลา
22	集合	jíhé	รวบรวม
23	宮殿	gōngdiàn	พระราชวัง
24	詢問	xúnwèn	สอบถาม
25	掃地	sǎodì	กวาด
26	僕人	púrén	คนรับใช้
27	稟告	bǐnggào	รายงาน (ต่อผู้บังคับบัญชา)
28	以此類推	yǐ cǐ lèi tuī	จากเรื่องนี้ทำให้คิดถึงเรื่องอื่นในลักษณะเดียวกัน
29	角度	jiǎodù	มุม
30	賞	shǎng	ให้รางวัล ชื่นชม
31	難題	nántí	โจทย์ที่ยาก

四十一、水餃 的故事
shuǐjiǎo de gùshi

(一)文 章
wénzhāng

去餐廳 吃飯的 時候，我們 常 常 可以在菜單
qù cāntīng chīfàn de shíhòu　wǒmen chángcháng kěyǐ zài càidān

上 看到「水餃」這個食物。很多 外國 人來到 臺
shàng kàndào　shuǐjiǎo　zhège shíwù　hěnduō wàiguó rén láidào Tái

灣，也一定會 嚐 嚐 這個中國 傳 統的食
wān　yě yídìng huì chángcháng zhèige Zhōngguó chuántǒng de shí

物。你知道 嗎？關 於「水餃」，還 有一個小 故事。
wù　　nǐ zhīdào ma　guānyú　shuǐjiǎo　　hái yǒu yíge xiǎo gùshi

　　張　　仲景是 中　國 古代一位很 厲害的醫生。
Zhāng Zhòngjǐng shì Zhōngguó gǔdài yíwèi hěn lìhai de yīshēng

據說，水餃就是他發明 的。他不但 是位 很 厲害的
jùshuō　shuǐjiǎo jiùshì tā fāmíng de　tā búdàn shì wèi hěn　lìhai de

醫生，也很 有愛心，不管 是富人 還是 貧窮 的
yīshēng　yě hěn yǒu　àixīn　bùguǎn shì fùrén　hái shì pínqióng de

人，他都 很 認 真 地幫 大家看病，因此救了 很多
rén　tā dōu hěn rènzhēn de bāng dàjiā kànbìng　yīncǐ　jiùle　hěnduō

人的 生 命。
rén de shēngmìng

　　有一次，他回到 家鄉，發現 很 多 人不但 沒 東
yǒu yícì　　tā huídào jiāxiāng　fāxiàn hěnduō rén búdàn méi dōng

西吃，天氣冷 也沒衣服可以保 暖，耳朵 都 被 凍 爛
xi chī　tiānqì lěng yě méi yīfu　kěyǐ bǎonuǎn　ěrduo dōu bèi dònglàn

了。張　　仲景看到 這個現 象，決定要 想 個
le　Zhāng Zhòngjǐng kàndào zhège xiànxiàng　juédìng yào xiǎng ge

方法救救大家。他回到 家之後，叫他的 學 生 在 空
fāngfǎ jiùjiu dàjiā　tā huídào jiā zhīhòu　jiào tā de xuéshēng zài kòng

地上　準備一個好大的鍋子，在鍋子裡煮 藥湯，準
dìshàng zhǔnbèi yíge hǎodà de guōzi　zài guōzilǐ zhǔ yàotāng zhǔn

備在 冬至那天 分給那些 生 病的人喝。
bèi zài dōngzhì nàtiān fēngěi nàxiē shēngbìng de rén hē

　　這個藥湯的 名字叫「祛寒 嬌耳 湯」。做法是把
zhège yàotāng de míngzì jiào　qū hán jiāo ěr tāng　zuòfǎ shì bǎ

一些 食物、藥材 用 麵皮包起來下鍋 煮熟。人 們 喝
yìxiē shíwù　yàocái yòng miànpí bāoqǐlái xiàguō zhǔshóu　rénmen hē

完 湯 之後 全 身發熱，變 得比較 不 怕冷 了，吃了
wán tāng zhīhòu quánshēn fārè　biànde bǐjiào bú pà lěng le　chīle

幾次病 也 全 好了。張　 仲 景的藥 湯一直分到了
jǐcì bìng　yě quán hǎo　le　Zhāng Zhòngjǐng de yàotāng yìzhí fēndào le

大年 三十 這天，隔天 大年 初一，人 們 爲了慶 祝
dànián sānshí zhè tiān　gétiān dànián chū yī　rénmen wèile qìngzhù

新年，也 慶祝耳朵 好了，就模仿「嬌耳」的 樣子做
xīnnián　yě qìngzhù ěrduo hǎo le　jiù mófǎng　jiāoěr　de yàngzi zuò

食物。於是 人們 就把 這 種　食物叫「餃耳」、「水
shíwù　yúshì　rénmen jiù bǎ zhèzhǒng shíwù jiào　jiǎoěr　shuǐ

餃」，在 冬 至 和大年 初一 的 時候 吃，以紀念　張
jiǎo　　zài dōngzhì hé dànián chūyī de shíhòu chī　　yǐ　jiniàn Zhāng

仲 景 的愛心。
Zhòngjǐng de àixīn

(二)問題
wèntí

_____ 1.「水 餃」原 先 是 用來做 什麼的 東西？
shuǐjiǎo yuánxiān shì yònglái zuò shénme de dōngxi
　　(A) 只有富人才可以吃的食物
　　(B) 可以治病的食物
　　(C) 過年時會送的禮物
　　(D) 天氣冷一定要吃的食物

_____ 2. 誰 才 可以 喝 張　仲景　準備 的 藥湯？
shéi cái kěyǐ hē Zhāng Zhòngjǐng zhǔnbèi de yàotāng

(A) 張仲景的弟子

(B) 富人

(C) 貧窮的人

(D) 不管是誰，只要是生病的人都可以喝

_____ 3. 爲 什麼 現在 人們 會 在 冬至 的 時候
wèishénme xiànzài rénmen huì zài dōngzhì de shíhòu

吃 水餃？
chī shuǐjiǎo

(A) 生病的人在冬至這一天都好了

(B) 張仲景在冬至的時候分藥給大家喝

(C) 因爲冬至這一天最冷，所以一定要吃

(D) 張仲景在冬至的時候想出了救大家的方法

_____ 4. 第三 段 在 說　什麼？
dìsānduàn zài shuō shénme

(A) 張仲景發明水餃的原因

(B) 藥湯是怎麼做的

(C) 水餃是怎麼做的

(D) 張仲景是一個什麼樣的人

_____ 5. 水餃 又 叫 做「餃耳」，它和 耳朵 有　什麼
shuǐjiǎo yòu jiàozuò jiǎoěr tā hé ěrduo yǒu shénme

關係？
guānxì

(A) 吃了之後，耳朵可以聽得更清楚

(B) 它是照著耳朵的樣子做出來的

(C) 原先是用來治耳朵的藥

(D)「耳」跟「二」的聲音很像，意思是那時候一個人只
能吃兩個水餃

_____ 6. 下面 哪個是「深色 包著 淺色」?
xiàmiàn nǎge shì shēnsè bāozhe qiǎnsè

(A)　　　　(B)　　　　(C)　　　　(D)

_____ 7. i. 我決定要買這件衣服,請你幫我□□□
wǒ juédìng yào mǎi zhèjiàn yīfu qǐng nǐ bāng wǒ

ii. 謝謝你的禮物,我可以□□□嗎?
xièxie nǐ de lǐwù wǒ kěyǐ ma

iii. 小心一點,不要□□□了!
xiǎoxīn yìdiǎn búyào le

iv. 你可以幫我把那個箱子□□□嗎?
nǐ kěyǐ bāng wǒ bǎ nàge xiāngzi ma

哪個是對的?
nǎge shì duì de

(A) 搬過來 / 打開來 / 摔下來 / 包起來
(B) 包起來 / 搬過來 / 打開來 / 摔下來
(C) 打開來 / 搬過來 / 摔下來 / 包起來
(D) 包起來 / 打開來 / 摔下來 / 搬過來

_____ 8. 哪個是對的?
nǎge shì duì de

(A) 人們常常在冬至和新年的時候吃水餃
(B) 「水餃」是一種很新的食物,所以在餐廳很少看到
(C) 從故事中可以知道那時候是夏天
(D) 雖然張仲景不是一位很厲害的醫生,但是他常常關心
　　其他人

(三)生詞
shēngcí

	生詞	漢語拼音	解釋
1	水餃	shuǐjiǎo	เกี๊ยว
2	臺灣	Táiwān	ไต้หวัน

華語文閱讀測驗——中級篇（泰語版）

	生詞	漢語拼音	解釋
3	嚐	cháng	ชิม
4	傳統	chuántǒng	ดั้งเดิม
5	關於	guānyú	เกี่ยวกับ
6	古代	gǔdài	สมัยโบราณ สมัยก่อน
7	厲害	lìhai	เก่งกาจ
8	愛心	àixīn	มีเมตตา
9	富	fù	ร่ำรวย
10	貧窮	pínqióng	ยากจน
11	看病	kànbìng	ตรวจโรค (รักษาผู้ป่วย)
12	因此	yīncǐ	ดังนั้น
13	救	jiù	ช่วยเหลือ
14	生命	shēngmìng	ชีวิต
15	家鄉	jiāxiāng	บ้านเกิด
16	保暖	bǎonuǎn	(ทำให้) อบอุ่น
17	凍爛	dònglàn	(หนาวจน) แข็ง
18	現象	xiànxiàng	ปรากฏการณ์
19	空地	kòngdì	พื้นที่ว่าง
20	鍋子	guōzi	หม้อ
21	藥湯	yàotāng	ซุปสมุนไพร
22	冬至	dōngzhì	(วัน)เหมายัน
23	分	fēn	แบ่ง
24	做法	zuòfǎ	วิธีทำ
25	藥材	yàocái	ส่วนประกอบที่เป็นยา
26	麵皮	miànpí	แผ่นแป้ง
27	包	bāo	ห่อ

	生詞	漢語拼音	解釋
28	煮熟	zhǔshú	ต้มให้สุก
29	發熱	fārè	ทำให้(ร่างกาย) ร้อน
30	模仿	mófǎng	เลียนแบบ
31	紀念	jìniàn	ระลึกถึง ระลึก

四十二、空 中 飛人——麥可·喬登
kōng zhōng fēi rén　Màikě Qiáodēng

㈠文 章
wénzhāng

　　麥可·喬登（Michael Jordan）1963年2月17日在 美國
　　Màikě　Qiáodēng　　　　　　　　　　　nián yuè　rì zài Měiguó

紐約 出生，他在 五個 兄弟 中 排行 第四。他從
Niǔyuē chūshēng　tā zài wǔge xiōngdì zhōng páiháng dì sì　　tā cóng

小就很 有 運動 的天分。高 中 的 時候，他參加了
xiǎo jiù hěn yǒu yùndòng de tiānfèn　gāozhōng de shíhòu　tā cānjiāle

學校 的籃球隊,可是因爲 教練 覺得他有 點矮,所
xuéxiào de lánqiúduì　kěshì yīnwèi jiàoliàn juéde tā yǒu diǎn ǎi　suǒ

以只能 當「二軍」。不過他 並不因此氣餒,反而 更
yǐ zhǐnéng dāng　èrjūn　búguò tā bìngbù yīncǐ qìněi　fǎnér gèng

努力練習 自己的 籃球技巧,只要 是 有他參加的 籃球比
nǔlì　liànxí zìjǐ de lánqiú jìqiǎo zhǐyào shì yǒu tā cānjiā de lánqiú bǐ

賽,他都 幫 球隊拿到 很多 分數。在他高 中 的
sài　tā dōu bāng qiúduì nádào hěnduō fēnshù　zài tā gāozhōng de

最後 一年,他突然 長 到190公分,所以他 終 於可以
zuìhòu yìnián　tā túrán zhǎngdào　gōngfēn　suǒyǐ tā zhōngyú kěyǐ

進入「一軍」球隊,又 因爲他平 常 很努力練習,所
jìnrù　yìjūn qiúduì　yòu yīnwèi tā píngcháng hěn nǔlì liànxí　suǒ

以北卡羅來納大學 籃球隊的 教練,也請 他一起來大學
yǐ Běikǎluóláinà dàxué lánqiúduì de jiàoliàn　yě qǐng tā yìqǐ lái dàxué

籃球隊 練球。教練 並 不是因爲 麥可·喬 登 的 籃球
lánqiúduì liànqiú　jiàoliàn bìng búshì yīnwèi Màikě　Qiáodēng de lánqiú

天分 很 高,才 請他一起來練球,而是 看到他精 湛
tiānfèn hěn gāo　cái qǐng tā yìqǐ lái liànqiú　érshì kàndào tā jīngzhàn

的 籃球技巧 背後,努力練習的 精 神。
de lánqiú jìqiǎo bèihòu　nǔlì liànxí de jīngshén

　　麥可·喬登 在大學 三 年級的 時候加入了NBA,
Màikě Qiáodēng zài dàxué sān niánjí de shíhòu jiārùle

一打就是15年。在他15年 的NBA籃球 生涯 中,總
yì dǎ jiùshì nián zài tā nián de lánqiú shēngyá zhōng zǒng

共 獲得了6次 總 冠軍、5次最有價值 球員、6次 總
gòng huòdéle cì zǒngguànjūn cì zuìyǒu jiàzhí qiúyuán cì zǒng

決賽 最有價值 球員，還得到 了10次的 得分王。很 多
juésài zuì yǒu jiàzhí qiúyuán hái dédàole cì de défēnwáng hěn duō

人 認為他是目前 成 就最高 的 籃球 運動 員。麥
rén rènwéi tā shì mùqián chéngjiù zuìgāo de lánqiú yùndòngyuán Mài

可·喬登曾經 說過：「在我的NBA生涯 中，有 超
kě Qiáodēng céngjīng shuōguò zài wǒ de shēngyá zhōng yǒu chāo

過9000球沒 投進，輸了近300場 球賽，我有26次失手，
guò qiú méi tóujìn shūle jìn chǎng qiúsài wǒ yǒu cì shīshǒu

沒有 投進 關 鍵的最後 一球，我的 生 命 中 充
méiyǒu tóujìn guānjiàn de zuìhòu yìqiú wǒ de shēngmìng zhōng chōng

滿了一次又 一次的 失敗，因為 這 樣，所以我成 功。」
mǎnle yícì yòu yícì de shībài yīnwèi zhèyàng suǒyǐ wǒ chénggōng

就是 因為 麥可·喬登 不怕失敗、努力 嘗 試 的 精 神，
jiù shì yīnwèi Màikě Qiáodēng bú pà shībài nǔlì chángshì de jīngshén

他才能 有 現 在 的地位與 成 就。
tā cái néng yǒu xiànzài de dìwèi yǔ chéngjiù

(二)問題
wèntí

_____ 1. 第一段 裡面 沒有 說 到 什麼？
dì yī duàn lǐmiàn méiyǒu shuōdào shénme

(A) 麥可·喬登的生日

(B) 麥可·喬登高中的身高

(C) 麥可·喬登有幾個兄弟

(D) 麥可·喬登什麼時候參加NBA

_____ 2. 麥可・喬登 高中 的時候 爲什麼一開
Màikě Qiáodēng gāozhōng de shíhòu wèishénme yìkāi

始 只能 當「二軍」？
shǐ zhǐnéng dāng èrjūn

⒜ 身高不夠高

⒝ 不夠努力練習

⒞ 教練不喜歡他

⒟ 籃球打不好

_____ 3. 如果 麥可・喬登 因爲 只能 當「二軍」所以
rúguǒ Màikě Qiáodēng yīnwèi zhǐnéng dāng èrjūn suǒyǐ

「氣餒」，他 可能 會 做 什麼 事情？
qìněi tā kěnéng huì zuò shénme shìqing

⒜ 更努力練球

⒝ 想辦法長高

⒞ 再也不打籃球了

⒟ 幫球隊拿下更多分數

_____ 4. 下面 哪個 錯誤？
xiàmiàn nǎge cuòwù

⒜ 學生可以選擇要進「一軍」還是「二軍」

⒝ 身高太矮的人只能在「二軍」

⒞ 籃球打得不夠好的人只能在「二軍」

⒟ 通常來說，「一軍」比「二軍」厲害

_____ 5. 爲 什麼 大學 籃球隊 的 教練 請 讀高 中
wèishénme dàxué lánqiúduì de jiàoliàn qǐng dú gāozhōng

的 麥可・喬登 一起練 球？
de Màikě Qiáodēng yīqǐ liàn qiú

⒜ 因爲麥可・喬登長高到190公分

⒝ 因爲麥可・喬登有籃球天分

⒞ 因爲麥可・喬登的高中在那間大學附近

⒟ 因爲教練覺得麥可・喬登非常努力

_____ 6. 關於第二 段，哪個不 對？
guānyú dì èr duàn nǎge búduì
(A) 麥可‧喬登在籃球方面的成就非常高
(B) 麥可‧喬登大學的時候加入NBA
(C) 麥可‧喬登從小到大，一共打了15年的籃球
(D) 麥可‧喬登在NBA的時候拿到了6次總冠軍

_____ 7. 第三 段 中 最 想 告訴我們 的是什麼？
dìsānduàn zhōng zuì xiǎng gàosù wǒmen de shì shénme
(A) 麥可‧喬登很多球沒投進
(B) 麥可‧喬登輸了很多場球賽
(C) 麥可‧喬登失手很多次
(D) 麥可‧喬登因爲不怕失敗，所以才會成功

_____ 8. 哪個不 對？
nǎge búduì
(A) 麥可‧喬登是家中最小的孩子
(B) 麥可‧喬登在籃球生涯中失敗過許多次
(C) 麥可‧喬丹在大學三年級的時候加入了NBA
(D) 麥可‧喬登小時候就很會運動

(三)生 詞
shēngcí

	生詞	漢語拼音	解釋
1	排行	páiháng	อันดับที่
2	天分	tiānfèn	มีพรสวรรค์
3	籃球隊	lánqiúduì	ทีมบาสเกตบอล
4	二軍	èrjūn	ตัวสำรอง
5	氣餒	qìněi	ท้อแท้

	生詞	漢語拼音	解釋
6	技巧	jìqiǎo	เทคนิค
7	球隊	qiúduì	ทีม (บาสเกตบอล)
8	分數	fēnshù	คะแนน
9	突然	túrán	ทันใดนั้น
10	終於	zhōngyú	ในที่สุด
11	進入	jìnrù	เข้า
12	一軍	yìjūn	(นักกีฬา) ตัวจริง
13	教練	jiàoliàn	ครูฝึก
14	精湛	jīngzhàn	ล้ำลึก
15	背後	bèihòu	เบื้องหลัง
16	生涯	shēngyá	เส้นทางอาชีพ
17	總共	zǒnggòng	รวมทั้งสิ้น
18	獲得	huòdé	ได้รับ
19	冠軍	guànjūn	รางวัลชนะเลิศ
20	最有價值球員	zuì yǒu jiàzhí qiúyuán	ผู้เล่นทรงคุณค่า ผู้เล่นยอดเยี่ยม
21	總決賽	zǒngjuésài	รอบสุดท้าย
22	得分王	défēnwáng	ผู้เล่นทำคะแนนสูงสุด (ดาวยิง)
23	成就	chéngjiù	ความสำเร็จ
24	運動員	yùndòngyuán	นักกีฬา
25	曾經	céngjīng	เคย
26	失手	shīshǒu	ยิงพลาด
27	投	tóu	ยิงประตู (บาสเกตบอล)
28	關鍵	guānjiàn	สำคัญ
29	充滿	chōngmǎn	เต็มไปด้วย

	生詞	漢語拼音	解釋
30	失敗	shībài	ความพ่ายแพ้
31	嘗試	chángshì	ลอง ทดลอง
32	地位	dìwèi	ตำแหน่ง

四十三、不能 說 的祕密
bùnéng shuō de mìmì

你聽過「露馬腳」這個詞嗎？「露馬腳」這個詞
nǐ tīngguò　lòu mǎ jiǎo　zhège cí ma　　　lòu mǎ jiǎo　zhège cí

的意思是 說一件 事情 的眞 相，或 是不 想　讓大
de yìsi　shì shuō yíjiàn shìqing de zhēnxiàng　huò shì bù xiǎng ràng dà

家知道的祕密被洩漏 出來。「洩漏祕密」跟「露馬腳」
jiā zhīdào de mìmì bèi xièlòu chūlái　　xièlòu mìmì　gēn　lòu mǎ jiǎo

有 什麼 關係呢？爲 什麼 不 説 露「羊」腳 呢？據
yǒu shénme guānxì ne wèishénme bù shuō lòu yángjiǎo ne jù

説， 這 有一個 有趣的 故事。
shuō zhè yǒu yíge yǒuqù de gùshi

很久以前， 中 國 有一個 皇帝叫「朱 元 璋」。
hěnjiǔ yǐqián Zhōngguó yǒu yíge huángdì jiào Zhū Yuánzhāng

朱 元 璋 本來只是個平 凡 的老百 姓，生 活 過
Zhū Yuánzhāng běnlái zhǐshì ge píngfán de lǎo bǎixìng shēnghuó guò

得 並 不太好，他 當 時和一位姓 馬的女生 結了
de bìng bú tài hǎo tā dāngshí hé yíwèi xìng mǎ de nǚshēng jiéle

婚。這個女生 的 樣子還 過得去，但是就是有一
hūn zhège nǚshēng de yàngzi huán guòdequ dànshì jiùshì yǒu yì

雙「大腳」。當 時的人們 覺得女生 的腳越 小
shuāng dàjiǎo dāngshí de rénmen juéde nǚshēng de jiǎo yuè xiǎo

越 好看，只要女生 的腳 越 小，就越 有機會嫁給
yuè hǎokàn zhǐyào nǚshēng de jiǎo yuè xiǎo jiù yuè yǒu jīhuì jiàgěi

比較 好 的人。所以在 那個 時候，有一 雙 「大腳」就被
bǐjiào hǎo de rén suǒyǐ zài nàge shíhòu yǒu yìshuāng dàjiǎo jiù bèi

視爲一種 忌諱，是一件不能 説 出去的事情。
shìwéi yìzhǒng jìhuì shì yíjiàn bùnéng shuōchūqù de shìqing

後來朱 元 璋 當 上 了皇帝。他爲了感謝馬
hòulái Zhū Yuánzhāng dāngshàngle huángdì tā wèile gǎnxiè mǎ

姑娘 的幫助，就把她封 爲馬 皇后。馬 皇 后一
gūniáng de bāngzhù jiù bǎ tā fēng wéi Mǎ huánghòu Mǎ huánghòu yì

直覺得自己有一 雙 大腳很 醜，她不想 讓 別人
zhí juéde zìjǐ yǒu yìshuāng dàjiǎo hěn chǒu tā bùxiǎng ràng biérén

看到 她的 腳，所以就一直　穿著　長　長　的 裙子來
kàndào tā de jiǎo　suǒyǐ jiù yìzhí chuānzhe chángcháng de qúnzi lái

遮住 她的 大腳。
zhēzhù tā de dàjiǎo

　　有一天，馬　皇 后突然　想　出去看看 風景，她
yǒu yìtiān　Mǎ huánghòu túrán xiǎng chūqù kànkàn fēngjǐng　tā

坐在 轎子裡經 過 街上。很 多 人都聚集在 路旁，想
zuòzài jiàozilǐ jīngguò jiēshàng hěnduō rén dōu jùjí zài lùpáng xiǎng

看看馬　皇 后的　樣子。突然，一陣　好大的　風　吹
kànkàn Mǎ huánghòu de yàngzi　túrán　yízhèn hǎo dà de fēng chuī

過來，把轎子的布　吹起來，結果 她的 大腳 就 露出來
guòlái　bǎ jiàozi de bù chuīqǐlái　jiéguǒ tā de dàjiǎo jiù lòuchūlái

了。後來，所有的人都知道馬　皇 后 原 來有一
le　hòulái　suǒyǒu de rén dōu zhīdào Mǎ huánghòu　yuánlái yǒu yì

　雙　大腳，而「露馬腳」這個詞也就流　傳 下來了。
shuāng dàjiǎo　ér　lòu mǎ jiǎo zhège cí　yě jiù liúchuán xiàlái le

(二)問題
wèntí

_____ 1.「露　馬 腳」和「馬」的　關 係是？
lòu mǎ jiǎo hé　mǎ　de guānxì shì
　　(A)一個很會騎馬的女生的故事
　　(B)朱元璋的馬不見了
　　(C)一個姓「馬」的女生的故事
　　(D)朱元璋原來的工作是在賣馬

_____ 2. 爲什麼馬皇后要把自己的腳藏起來？
wèishénme Mǎ huánghòu yào bǎ zìjǐ de jiǎo cángqǐlái

(A) 她的腳太小了，大家覺得很奇怪

(B) 她的腳太美了

(C) 她的腳太黑了，不好看

(D) 因爲她的腳太大了，不好看

_____ 3. 哪個是不對的？
nǎge shì búduì de

(A) 在那個時候，女生的腳越小，大家就覺得她越能做事

(B) 在那個時候，大家都喜歡小腳的女生

(C) 在那個時候，如果大家覺得一個女生很好看，她可能也有一雙小腳

(D) 在那個時候，腳越小的女生，嫁給比較好的人的機會就越大

_____ 4. 大家怎麼知道馬皇后有一雙大腳？
dàjiā zěnme zhīdào Mǎ huánghòu yǒu yìshuāng dàjiǎo

(A) 她自己跟大家說的

(B) 不小心被別人看到的

(C) 朱元璋跟大家說的

(D) 賣鞋子給馬皇后的人說的

_____ 5. 「起來」／「出來」，可以放進下面哪個句子？
qǐlái   chūlái   kěyǐ fàngjìn xiàmiàn nǎge jùzi

(A) 快點動□□，我們要做的事情還有很多／他沒了工作，不知道怎麼活□□。

(B) 麻煩你站□□，我要打掃這個地方／他們一開始只是吵架，後來就打□□了。

(C) 一說到這件事，他馬上就哭了□□了／你吃□□了嗎？這盤菜好像壞了。

(D) 你再等一等，他等一下就走□□了／你可以□□一下嗎？我有件事情想跟你說。

_____ 6. 這個女生的樣子還「過得去」，意思是
zhège nǚshēng de yàngzi huán guòdequ　　yìsi shì
馬皇后？
Mǎ huánghòu

(A) 長得非常地醜

(B) 很久以前的事情了，忘了她的樣子

(C) 不是很漂亮也不是很醜，還可以

(D) 長得非常漂亮

_____ 7. 「忌諱」的意思是？
jìhuì　de yìsi shì

(A) 是一件很好，可以說出去的事情

(B) 可怕的事情，說出去大家都不敢聽的事情

(C) 大家都不太喜歡，不太能說出去的事情

(D) 大家都知道的事情

_____ 8. 下面哪個是對的？
xiàmiàn nǎge shì duì de

(A) 朱元璋當了皇帝之後，才和姓馬的女生結婚

(B) 在那個時候，腳越小的女生，大家就越喜歡

(C) 小時候朱元璋的家裡很有錢

(D) 馬皇后很喜歡自己的腳

(三)生詞
shēngcí

	生詞	漢語拼音	解釋
1	露馬腳	lòu mǎ jiǎo	(สำนวน) ความจริงถูกเปิดเผย
2	意思	yìsi	ความหมาย
3	真相	zhēnxiàng	ความจริง ข้อเท็จจริง
4	祕密	mìmì	ความลับ

	生詞	漢語拼音	解釋
5	洩漏	xièlòu	รั่วไหล
6	關係	guānxì	ความสัมพันธ์
7	據說	jùshuō	มีคนกล่าวว่า
8	皇帝	huángdì	ฮ่องเต้
9	本來	běnlái	เดิมที
10	民間	mínjiān	ภาคประชาชน
11	平凡	píngfán	(ประชาชน)ทั่วไป ธรรมดา
12	當時	dāngshí	ขณะนั้น
13	結婚	jiéhūn	แต่งงาน
14	過得去	guòdequ	พอผ่านไปได้
15	機會	jīhuì	โอกาส
16	被視為	bèi shìwéi	ถูกมองว่า...
17	忌諱	jìhuì	ข้อห้าม
18	感謝	gǎnxiè	ขอบคุณ
19	幫助	bāngzhù	ช่วยเหลือ
20	封為	fēngwéi	แต่งตั้งเป็น
21	皇后	huánghòu	จักรพรรดินี
22	醜	chǒu	น่าเกลียด
23	遮（住）	zhēzhù	ปิดไว้ (คลุมไว้)
24	突然	túrán	ทันใดนั้น
25	轎子	jiàozi	เกี้ยว
26	聚集	jùjí	รวมตัวกัน
27	一陣	yìzhèn	(ลม) วูบหนึ่ง
28	布	bù	ผ้า
29	結果	jiéguǒ	ผลลัพธ์

	生詞	漢語拼音	解釋
30	露	lòu	ปรากฏ
31	後來	hòulái	ต่อมา ภายหลังจากนั้น
32	流傳	liúchuán	สืบทอด แพร่กระจาย

四十四、統一發票
tǒngyī fāpiào

㈠文 章
wénzhāng

在臺灣，在 商 店 買完 東西以後我們 常
zài Táiwān   zài shāngdiàn mǎiwán dōngxi yǐhòu wǒmen cháng

常 可以拿到一 張 小 小 的紙，這 叫做「統一發
cháng kěyǐ nádào yìzhāng xiǎoxiǎo de zhǐ   zhè jiàozuò   tǒngyī fā

票」。你可別 小 看這 張 薄薄的紙，有了它，你可
piào   nǐ kě bié xiǎokàn zhè zhāng bóbó de zhǐ   yǒule tā   nǐ kě

能 會 成 爲一位 千萬 富翁！
néng huì chéngwéi yíwèi qiānwàn fùwēng

統一發票 有 很 多 功能，發票 上 面 會 有一
tǒngyīfāpiào yǒu hěnduō gōngnéng fāpiào shàngmian huì yǒu yì

些資料，像 是：你買 的 東西是 什麼？這些 東西多
xiē zīliào xiàngshì nǐ mǎi de dōngxi shì shénme zhèxiē dōngxi duō

少 錢？你是 什麼 時候 買 的？或是 在 什麼 地方買
shǎoqián nǐ shì shénme shíhòu mǎi de huòshì zài shénme dìfāng mǎi

的？這些 在 發票 上 都 可以 找 得 到。因爲 這些資
de zhèxiē zài fāpiào shàng dōu kěyǐ zhǎodedào yīnwèi zhèxiē zī

料，你也 能 清楚 地 知道自己把錢 花在 什麼 地方，
liào nǐyě néng qīngchǔ de zhīdào zìjǐ bǎ qián huāzài shénme dìfāng

控 制 自己的 花費。如果 你對 買 的 東西有 問題或 是
kòngzhì zìjǐ de huāfèi rúguǒ nǐ duì mǎi de dōngxi yǒu wèntí huòshì

不 滿 意，你也可以拿著 發票 問 問 店 員，是否 可以
bù mǎn yì nǐ yě kěyǐ názhe fāpiào wènwèn diànyuán shìfǒu kěyǐ

幫 你 換 新 的 商品 或 是 退還 你 原來 的 錢。
bāng nǐ huàn xīn de shāngpǐn huò shì tuìhuán nǐ yuánlái de qián

此外，統一發票 還可以監督 商 店 是否 誠 實
cǐwài tǒngyī fāpiào hái kěyǐ jiāndū shāngdiàn shìfǒu chéngshí

繳稅。每次 商 店 開出 統一發票，就 代表它們 有
jiǎoshuì měicì shāngdiàn kāichū tǒngyī fāpiào jiù dàibiǎo tāmen yǒu

責任 要 繳 稅 給 政府，政府的 稅 收 才 能 穩定。
zérèn yào jiǎoshuì gěi zhèngfǔ zhèngfǔ de shuìshōu cái néng wěndìng

而且 由於 統一發票 還可以對 獎，所以 更 多 的 人就
érqiě yóuyú tǒngyī fāpiào hái kěyǐ duìjiǎng suǒyǐ gèngduō de rén jiù

會 想要 買 東西，因此也能 刺激經濟。
huì xiǎngyào mǎi dōngxi   yīncǐ yě néng cìjī jīngjì

統一發票 上 有一排 號碼，每個奇數月 的25號，
tǒngyī fāpiàoshàng yǒu yìpái hàomǎ měige jīshù yuè de   hào

像 是 三月25號 或是 五月25號，政府都會 開出
xiàngshì sānyuè   hào huòshì wǔyuè   hào zhèngfǔ dōu huì kāichū

中 獎 的 號碼。開出的 號碼 有大獎也有 小獎，
zhòngjiǎng de hàomǎ kāichū de hàomǎ yǒu dàjiǎng yě yǒu xiǎojiǎng

只要發票 上 最後 三個 號碼和頭獎 開出的號 碼
zhǐyào fāpiàoshàng zuìhòu sānge hàomǎ hé tóujiǎng kāichū de hàomǎ

一樣，就可以得到六獎（最 小 的獎）200元。如果 跟特
yíyàng jiù kěyǐ dédào liùjiǎng zuì xiǎo de jiǎng   yuán rúguǒ gēn tè

別 獎 的八個號碼 全部一樣，那麼你就可以好好 想
biéjiǎng de bāge hàomǎ quánbù yíyàng nàme nǐ jiù kěyǐ hǎohǎo xiǎng

想你想 買 的東西或是 想 去旅遊的地方，因為你
xiǎng nǐ xiǎng mǎi de dōngxi huò shì xiǎng qù lǚyóu de dìfāng yīnwèi nǐ

將 會 得到一 千萬 的 獎金！
jiānghuì dédào yìqiānwàn de jiǎngjīn

(二)問題
wèntí

_____ 1. 什麼 時候 不會 拿到 統一發票？
shénme shíhòu búhuì nádào tǒngyī fāpiào
(A)去百貨公司的餐廳吃東西
(B)去麵包店買麵包
(C)搭完計程車之後
(D)去便利商店買東西

_____ 2. 如果 你去一間 麵包 店 買 東西，統一發票
rúguǒ nǐ qù yìjiān miànbāodiàn mǎi dōngxi tǒngyī fāpiào

    上 面 不 會 有 什 麼？
shàngmian búhuì yǒu shénme

  ⒜ 去買麵包的時間

  ⒝ 麵包是用什麼做的

  ⒞ 麵包店在什麼地方

  ⒟ 麵包店的名字

_____ 3. 什 麼 時 候 統一發票 會 開出 中 獎 的
shénme shíhòu tǒngyī fāpiào huì kāichū zhòngjiǎng de

  號 碼？
hàomǎ

  ⒜ 2月25號

  ⒝ 3月27號

  ⒞ 7月25號

  ⒟ 10月25號

_____ 4. 哪個 不是 統一發票 的 作 用？
nǎge búshì tǒngyī fāpiào de zuòyòng

  ⒜ 有了它，下次可以用比較少的錢買一樣的東西

  ⒝ 讓自己不會隨便花錢

  ⒞ 讓更多的人想要買東西

  ⒟ 有問題的時候可以拿著它請問店員

_____ 5. 第3行 的「小 看」是 什 麼意思？
dì háng de xiǎokàn shì shénme yìsi

  ⒜ 覺得很重要、不能沒有的意思

  ⒝ 覺得不好、不重要的意思

  ⒞ 東西原來很大，但覺得它很小的意思

  ⒟ 字很小，看不清楚的意思

_____ 6. 請 選 出 對 的？
qǐng xuǎnchū duì de

① 像 是 西瓜、蘋 果，或 是 葡萄。
xiàngshì xīguā píngguǒ huòshì pútáo

②就 有 許 多　水 果 隨 便 你 選 擇，非 常
jiùyǒu xǔduō shuǐguǒ suíbiàn nǐ xuǎnzé　fēicháng

方 便。
fāngbiàn

③臺 灣 有 很 多 好 吃的 水 果，
Táiwān yǒu hěnduō hǎochī de shuǐguǒ

④不 管　什 麼 時 候，都 有 好 吃 的 水 果 可
bùguǎn shéme shíhòu dōu yǒu hǎochī de shuǐguǒ kě

以 買，
yǐ mǎi

⑤你 只 需 要 走 進　超 級市 場，
nǐ zhǐ xūyào zǒujìn chāojí shìchǎng

(A) ①③⑤②④

(B) ③④②①⑤

(C) ③①④⑤②

(D) ④②⑤①③

_____ 7. 明 華 的 統一 發 票　號 碼 是
Mínghuá de tǒngyī fāpiào hàomǎ shì

「4491811」，請 問 他 中 了
qǐngwèn tā zhòngle

什 麼　獎？
shéme jiǎng

特別獎 tèbiéjiǎng	6537811
頭獎 tóujiǎng	4491302

(A) 特別獎，一千萬

(B) 頭獎，200萬

(C) 六獎，200元

(D) 他沒有中獎

_____ 8. 哪個 是　對 的？
nǎge shì duì de

(A) 統一發票最小的獎是「六獎」，可以換到2000元

(B) 統一發票只是一張沒有用的紙，買完東西以後不必留

下來
(C) 很多人因爲統一發票可以對獎，所以更想要買東西
(D) 很多商店沒有開統一發票，這是一件很正常的事情

(三)生詞
shēngcí

	生詞	漢語拼音	解釋
1	統一發票	tǒngyī fāpiào	ใบเสร็จรับเงิน
2	小看	xiǎokàn	ดูถูก ละเลย
3	薄	bó	บาง
4	成為	chéngwéi	กลายเป็น
5	千萬富翁	qiānwàn fùwēng	เศรษฐีร้อยล้าน
6	功能	gōngnéng	ฟังก์ชั่น
7	資料	zīliào	ข้อมูล
8	清楚	qīngchǔ	ชัดเจน
9	花	huā	ใช้จ่าย
10	控制	kòngzhì	ควบคุม
11	花費	huāfèi	การใช้จ่าย
12	滿意	mǎnyì	ความพึงพอใจ
13	店員	diànyuán	พนักงานร้าน
14	是否	shìfǒu	หรือไม่
15	商品	shāngpǐn	สินค้า
16	退還	tuìhuán	คืน
17	此外	cǐwài	นอกจากนี้
18	監督	jiāndū	ตรวจสอบ

	生詞	漢語拼音	解釋
19	誠實	chéngshí	ความซื่อตรง
20	繳稅	jiǎoshuì	ชำระภาษี
21	開（發票）	kāi	ออก (ใบเสร็จฯ)
22	代表	dàibiǎo	แสดงถึง
23	責任	zérèn	หน้าที่ ความรับผิดชอบ
24	政府	zhèngfǔ	รัฐบาล
25	稅收	shuìshōu	การจัดเก็บภาษี
26	穩定	wěndìng	เสถียรภาพ
27	對獎	duìjiǎng	ตรวจรางวัล
28	刺激	cìjī	กระตุ้น
29	經濟	jīngjì	เศรษฐกิจ
30	奇數	jīshù	เลขคี่
31	獎	jiǎng	รางวัล
32	得到	dédào	ได้รับ
33	獎金	jiǎngjīn	เงินรางวัล

四十五、運 動家的精 神
yùndòngjiā de jīngshén

(一)文 章
wénzhāng

　　如果 你 是一位 田徑 運動員，你前 面 的 競爭
　　rúguǒ nǐ shì yíwèi tiánjìng yùndòngyuán　nǐ qiánmiàn de jìngzhēng

對手 在比賽的 時候 跌倒 受　傷　了，你 會 怎麼做？
duìshǒu zài bǐsài de shíhòu diédǎo shòushāng le　　nǐ huì zěnmezuò

在2012年6月　美國俄亥俄州　舉行 的3200公尺 田徑賽，
zài　　nián yuè Měiguó Éhàié zhōu jǔxíng de　　gōngchǐ tiánjìngsài

梅根（Meghan Vogel）選擇了扶著 受 傷 的對手艾
Méigēn　　　　　xuǎnzéle fúzhe shòushāng de duìshǒu Ài

登（Arden McMath），一起走完 全 程。
dēng　　　　　　　yìqǐ zǒuwán quánchéng

當 時梅根是跑在最後面的選手,不過在
dāngshí Méigēn shì pǎo zài zuì hòumiàn de xuǎnshǒu　búguò zài

距離 終 點 大約50公尺的地方,跑在她前面的選
jùlí zhōngdiǎn dàyuē gōngchǐ de dìfāng pǎo zài tā qiánmiàn de xuǎn

手艾登跌倒受傷了。一般遇到 這樣的情形,
shǒu Àidēng diédǎo shòushāng le　yībān yùdào zhèyàng de qíngxíng

通 常 會趕快把握機會,追過跌倒的人,讓自己
tōngcháng huì gǎnkuài bǎwò jīhuì　zhuīguò diédǎo de rén　ràng zìjǐ

不要當最後一名。可是梅根並沒有 這樣做,
búyào dāng zuìhòu yìmíng　kěshì Méigēn bìng méiyǒu zhèyàng zuò

她看見艾登跌倒以後,她選擇把艾登扶起來,兩個
tā kànjian Àidēng diédǎo yǐhòu　tā xuǎnzé bǎ àidēng fúqǐlái　liǎngge

人一起慢 慢地走到 終 點。在經過 終 點 線的
rén yìqǐ mànmànde zǒudào zhōngdiǎn zài jīngguò zhōngdiǎn xiàn de

時候,梅根還刻意讓艾登 先 過,自己再過去,梅根
shíhòu Méigēn hái kèyì ràng Àidēng xiān guò　zìjǐ zài guòqù Méigēn

的行爲讓全 場的觀 眾都非常佩服,兩個
de xíngwéi ràng quánchǎng de guānzhòng dōu fēicháng pèifu　liǎngge

人都通過 終 點的時候,全 場的觀 眾都
rén dōu tōngguò zhōngdiǎn de shíhòu quánchǎng de guānzhòng dōu

爲梅根以及艾登拍手、歡呼。
wèi Méigēn yǐjí Àidēng pāishǒu huānhū

按照比賽的規定，如果 選手 在比賽的 過程
ànzhào bǐsài de guīdìng   rúguǒ xuǎnshǒu zài bǐsài de guòchéng

中　幫助另外一名 選手，將 會失去那一場 比
zhōng bāngzhù lìngwài yìmíng xuǎnshǒu jiānghuì shīqù nà yìchǎng bǐ

賽的資格，可是 主辦單 位 並 沒有 這 樣 做，主辦
sài de zīgé   kěshì zhǔbàndānwèi bìng méiyǒu zhèyàng zuò zhǔbàn

單位把她們 兩 個人的 成績保留下來，艾登 的 成
dānwèi bǎ tāmen liǎngge rén de chéngjī bǎoliú xiàlái   Àidēng de chéng

績是12分29秒90，梅 根 則是12分30秒24。梅 根 認爲，幫
jī shì fēn miǎo   Méigēn zé shì fēn miǎo   Méigēn rènwéi bāng

助艾登 通過 終 點，比贏 得比賽 冠軍還要開
zhù Àidēng tōngguò zhōngdiǎn   bǐ yíngdé bǐsài guànjūn hái yào kāi

心。
xīn

梅 根的教 練 杭特（Paul Hunter）也對 梅 根 的
Méigēn de jiàoliàn Hángtè   yě duì Méigēn de

行 爲 感到 驕傲，他 認爲 梅 根 本來 能 夠 超 越
xíngwéi gǎndào jiāoào   tā rènwéi Méigēn běnlái nénggòu chāoyuè

對手 的，但 梅 根卻 選 擇幫 助對手，他 從來
duìshǒu de   dàn Méigēn què xuǎnzé bāngzhù duìshǒu   tā cónglái

沒有 在比賽 看過 這 樣 的 情形，梅 根 這 樣 的 行
méiyǒu zài bǐsài kànguò zhèyàng de qíngxíng Méigēn zhèyàng de xíng

爲才是 眞 正 的運 動家精 神。
wéi cái shì zhēnzhèng de yùndòngjiā jīngshén

(二)問題
wèntí

_____ 1. 關於 梅根，下面 哪件 事情 是 不 對 的？
guānyú Méigēn xiàmiàn nàjiàn shìqing shì búduì de

(A) 梅根是一位田徑運動員

(B) 梅根差一點就可以得到3200公尺比賽的冠軍

(C) 梅根的比賽成績是12分30秒24

(D) 梅根的田徑教練是杭特

_____ 2. 梅根 看見 艾登 跌倒 了，她 沒 做 什麼
Méigēn kànjian Àidēng diédǎo le tā méi zuò shénme

事 情？
shìqing

(A) 追過艾登

(B) 讓艾登先通過終點

(C) 扶艾登起來

(D) 和艾登一起努力走到終點

_____ 3. 甲：艾 登 跌 倒
Àidēng diédǎo

乙：梅 根 幫 助 艾 登 通 過 終 點
Méigēn bāngzhù Àidēng tōngguò zhōngdiǎn

丙：梅 根 扶起艾登
Méigēn fúqǐ Àidēng

丁：全 場 觀 眾 拍 手
quánchǎng guānzhòng pāishǒu

上 面 幾 件 事 情，從「先 發 生」 到「最 後
shàngmian jǐjiàn shìqing cóng xiān fāshēng dào zuìhòu

發 生」應 該 怎 麼 排 才 是 對 的？
fāshēng yīnggāi zěnme pái cái shì duì de

(A) 甲→乙→丙→丁

(B) 丁→乙→甲→丙

(C) 甲→丙→乙→丁

(D) 丙→甲→丁→乙

_____ 4. 「梅 根 還 刻意 讓 艾登　先 過」，句子 中　的
Méigēn hái kèyì ràng Àidēng xiān guò　jùzizhōng de
「刻意」換　成 下 面 哪一個，意思 差 不 多？
kèyì huàn chéng xiàmiàn nǎ yíge　yìsi chābuduō

(A) 特別注意

(B) 生意

(C) 立刻

(D) 上面的答案都不對

_____ 5. 如果 劉 同學　參加俄亥俄 州　舉行 的 田 徑
rúguǒ Liú tóngxué cānjiā Éhàié zhōu jǔxíng de tiánjìng
賽，他 在 比賽 的 過 程　中　幫 助 另外一
sài tā zài bǐsài de guòchéngzhōng bāngzhù lìngwài yì
名　選 手，按照 比賽的 規定，劉　同學 會
míng xuǎnshǒu ànzhào bǐsài de guidìng Lliú tóngxué huì
怎 麼 樣？
zěnmeyàng

(A) 全場觀眾會為劉同學拍手

(B) 劉同學的比賽成績會變好

(C) 劉同學以後永遠不能參加田徑比賽

(D) 劉同學在這一場比賽將會沒有成績

_____ 6. 「本來……卻」在 下 面　哪個 句子　中　的　用法
běnlái què zài xiàmiàn nǎge jùzizhōng de yòngfǎ
是 錯 的？
shì cuò de

(A) 我□□想出門逛街，我媽媽□不准我去，因為我的作
業還沒寫完。

(B) 他□□很喜歡吃速食，□因為女朋友的一句話，再也
不吃了。

(C) 早上天氣□□很好，下午□開始下雨了。

(D) 我□□就不是很喜歡她，經過這次的事情後，我□討
厭她了。

———— 7. 杭特覺得 梅根 怎麼 樣？
Hángtè juéde Méigēn zěnmeyàng
(A) 梅根很驕傲
(B) 梅根應該要超越對手
(C) 梅根有運動家精神
(D) 杭特從來沒在比賽中看過梅根

———— 8. 哪個不 對？
nǎge búduì
(A) 梅根認為得到比賽冠軍比幫助艾登還要開心
(B) 杭特覺得梅根幫助艾登的行為很好
(C) 主辦單位沒有取消兩個人的比賽資格
(D) 艾登的比賽成績比梅根好一點

(三) 生 詞
shēngcí

	生詞	漢語拼音	解釋
1	田徑	tiánjìng	กรีฑา
2	運動員	yùndòngyuán	นักกีฬา
3	競爭	jìngzhēng	การแข่งขัน
4	對手	duìshǒu	คู่แข่ง
5	跌倒	diédǎo	ล้ม
6	受傷	shòushāng	ได้รับบาดเจ็บ
7	田徑賽	tiánjìngsài	การแข่งขันกรีฑา
8	扶	fú	พยุง
9	選手	xuǎnshǒu	ผู้เข้าแข่งขัน
10	距離	jùlí	ระยะทาง
11	終點	zhōngdiǎn	จุดหมาย ปลายทาง
12	大約	dàyuē	ประมาณ

	生詞	漢語拼音	解釋
13	一般	yìbān	ทั่วไป
14	通常	tōngcháng	โดยทั่วไป
15	把握	bǎwò	รักษา (โอกาส)
16	追	zhuī	ไล่ตาม
17	終點線	zhōngdiǎnxiàn	เส้นชัย
18	刻意	kèyì	จงใจ
19	觀眾	guānzhòng	ผู้ชม
20	佩服	pèifu	ศรัทธา
21	拍手	pāishǒu	ตบมือ
22	歡呼	huānhū	ร้องเชียร์
23	按照	ànzhào	ตาม
24	規定	guīdìng	ข้อกำหนด กฎระเบียบ
25	過程	guòchéng	กระบวนการ ในระหว่าง
26	另外	lìngwài	นอกจากนี้
27	將	jiāng	จะ
28	失去	shīqù	สูญเสีย
29	資格	zīgé	คุณสมบัติของผู้สมัคร
30	主辦單位	zhǔbàndānwèi	ผู้จัดงาน
31	保留	bǎoliú	เก็บ
32	贏得	yíngdé	ชนะ
33	冠軍	guànjūn	รางวัลชนะเลิศ
34	驕傲	jiāoào	ภูมิใจ
35	超越	chāoyuè	เหนือ
36	運動家	yùndòngjiā	นักกีฬา

四十六、臺灣 的 小吃
Táiwān de xiǎochī

到 哪裡 玩 必須 帶 著 護照、現金 以及 夠 大 的 胃 呢？
dào nǎlǐ wán bìxū dàizhe hùzhào xiànjīn yǐjí gòu dà de wèi ne

答案 就是 臺灣。
dáàn jiùshì Táiwān

美國 有線 電 視 新 聞 網CNN的CNN GO網 站，在
Měiguó yǒuxiàndiànshì xīnwénwǎng de wǎngzhàn zài

2012年6月13日刊出了一篇文章，篇名是〈40種不能沒有的臺灣食物〉。文章介紹了40種臺灣熱門的小吃，例如像山一樣高的刨冰、像臉一樣大的雞排、鳳梨酥、蚵仔煎、珍珠奶茶等。

文章還說明了臺灣小吃因為融合了閩南、潮州、福建以及日本等各個地方食物的特色，所以，才能有各式各樣風味獨特的小吃。

文章更提醒想要來臺灣旅遊的人：如果來臺灣旅遊，就不應該遵守「一天吃三餐」的習慣，而是隨時隨地，只要你的胃有空間，就該品嚐臺灣的美食，因為臺灣的美食真的太多了。舉例來說，臺北就有大約20條專門賣小吃的街道。每當你以為你已經找到最棒的路邊攤，例如味

道 令 你 難 忘 的 臭 豆腐，或者 是 令 你 垂 涎 三
dào lìng nǐ nánwàng de chòudòufǔ huòzhě shì lìng nǐ chuí xián sān

尺 的 牛肉 麵，結果 過 些 時候，你 又 會 在 另 一 條
chǐ de niúròumiàn jiéguǒ guò xiē shíhòu nǐ yòu huì zài lìng yìtiáo

街道 找 到 比 之前 更 好吃 的 路 邊 攤。
jiēdào zhǎodào bǐ zhīqián gèng hǎochī de lùbiāntān

文 章 的 最後 還 打趣地 說，如果 你 問 幾個 臺灣
wénzhāng de zuìhòu hái dǎqù de shuō rúguǒ nǐ wèn jǐge Táiwān

朋 友：在 臺灣，什麼 是 最好 吃 的 食物？那 幾個 臺
péngyǒu zài Táiwān shénme shì zuì hǎo chī de shíwù nà jǐge Tái

灣 人 可能 會 因此而 吵架 呢！如果 你 想 知道40 種
wānrén kěnéng huì yīncǐ ér chǎojià ne rúguǒ nǐ xiǎng zhīdào zhǒng

臺灣熱門 的 小吃是 什麼，請 自行 到 網 站 上
Táiwān rèmén de xiǎochī shì shénme qǐng zìxíng dào wǎngzhànshàng

一探 究 竟 吧！
yí tàn jiù jìng ba

(二)問題
wèntí

_____ 1. 這篇 文 章 介 紹 了 什麼 東 西？
zhèpiān wénzhāng jièshàole shénme dōngxi
  (A)臺灣好玩的地方
  (B)臺灣漂亮的風景
  (C)臺灣好吃的食物
  (D)臺北熱門的小吃

_____ 2. 在第4段　中，「打趣」這個詞，你覺得　換
　　　　zài dì duàn zhōng　dǎqù zhège cí　nǐ juéde huàn
　　　　成　下面　哪一個詞以後，意思差不多？
　　　　chéng xiàmiàn nǎ yíge cí yǐhòu　yìsi chabuduō
　　　　(A) 開玩笑
　　　　(B) 例如
　　　　(C) 有趣
　　　　(D) 打算

_____ 3. 爲什麼文章在最後一段　說「那幾個
　　　　wèishénme wénzhāng zài zuìhòu yíduàn shuō nà jǐge
　　　　臺灣人可能　會因此而吵架呢！」？
　　　　Táiwānrén kěnéng huì yīncǐ ér chǎojià ne
　　　　(A) 臺灣人不喜歡回答這個問題
　　　　(B) 臺灣有太多好吃的食物
　　　　(C) 臺灣的食物都不好吃
　　　　(D) 臺灣人喜歡用吵架決定事情

_____ 4. 臺灣有各式各樣　風味獨特小吃的
　　　　Táiwān yǒu gè shì gè yàng fēngwèi dútè xiǎochī de
　　　　原因是　什麼？
　　　　yuányīn shì shénme
　　　　(A) 有鳳梨酥、蚵仔煎、珍珠奶茶、雞排以及刨冰
　　　　(B) 臺北就有大約20條專門賣小吃的街道
　　　　(C) 臺灣的小吃有閩南、潮州、福建以及日本等各個地方
　　　　　　食物的特色
　　　　(D) 臺灣人有一天吃很多餐的習慣

_____ 5. 文章　認爲來臺灣旅遊的人　應該做
　　　　wénzhāng rènwéi lái Táiwān lǚyóu de rén yīnggāi zuò
　　　　什麼？
　　　　shénme
　　　　(A) 遵守一天吃三餐的習慣
　　　　(B) 到臺北去吃牛肉湯麵
　　　　(C) 準備好護照跟現金
　　　　(D) 吃各式各樣臺灣的美食

_____ 6. 關於 用「一探究竟」寫 成 的句子，下 面
guānyú yòng yí tàn jiù jìng xiěchéng de jùzi xiàmiàn
哪個 錯 誤？
nǎge cuòwù

(A) 聽到外面有人大叫，媽媽立刻跑出門外「一探究
竟」。

(B) 人到底是不是猴子變成的？佩玉爲了想知道這個問
題，找了同學一起去圖書館「一探究竟」。

(C) 大家都說那部電影很好看，讓我忍不住花錢買票到電
影院「一探究竟」。

(D) 警察在路上「一探究竟」，就把小偷抓住了。

_____ 7. 甲：爸 爸 對 我 的 愛 像 海一樣□
bàba duì wǒ de ài xiàng hǎi yíyàng

乙：這 棟 房 子像 山 一樣□
zhèdòng fángzǐ xiàng shān yíyàng

丙：她 眼 珠子的 顏色跟 海 水 一 樣□
tā yǎnzhūzi de yánsè gēn hǎishuǐ yíyàng

丁：他 的 手 跟 我 的 臉 一 樣□
tā de shǒu gēn wǒ de liǎn yíyàng

上 面 四個□裡面 的 詞 應 該 是 什 麼？
shàngmian sì ge lǐmiàn de cí yīnggāi shì shéme

(A) 甲：深 乙：高 丙：藍 丁：大

(B) 甲：高 乙：大 丙：深 丁：小

(C) 甲：遠 乙：矮 丙：多 丁：大

(D) 甲：藍 乙：高 丙：深 丁：高

_____ 8. 哪個 不 對？
nǎge búduì

(A) 到臺灣玩必須帶著護照、現金以及夠大的胃

(B) CNN GO網站上介紹了40種臺灣沒有的食物

(C) 雞排、鳳梨酥、蚵仔煎、珍珠奶茶都是臺灣有名的小
吃

(D) 只要你還吃得下，就該多多品嚐臺灣的美食

(三)生詞
shēngcí

	生詞	漢語拼音	解釋
1	現金	xiànjīn	เงินสด
2	胃	wèi	กระเพาะ
3	有線電視新聞網	yǒuxiàndiànshì xīnwénwǎng	เครือข่ายโทรทัศน์เคเบิล (CNN)
4	刊	kān	เผยแพร่ ตีพิมพ์
5	篇名	piānmíng	ชื่อบทความ
6	熱門	rèmén	เป็นที่นิยม
7	小吃	xiǎochī	ของว่าง
8	刨冰	bàobīng	น้ำแข็งไส
9	雞排	jīpái	ไก่ทอด (มีลักษณะเป็นแผ่นใหญ่ ๆ)
10	鳳梨酥	fènglísū	พายสับปะรด
11	蚵仔煎	ézǎijiān	หอยนางรมทอด
12	珍珠奶茶	zhēnzhūnǎichá	ชานมไข่มุก
13	融合	rónghé	ผสาน
14	閩南	Mǐnnán	พื้นที่ทางใต้ของมณฑลฮกเกี้ยน
15	潮州	Cháozhōu	เมืองแต้จิ๋ว
16	福建	Fújiàn	มณฑลฮกเกี้ยน
17	特色	tèsè	เอกลักษณ์
18	各式各樣	gè shì gè yàng	หลากหลาย
19	風味	fēngwèi	รสชาติ
20	獨特	dútè	เป็นเอกลักษณ์
21	提醒	tíxǐng	เตือน
22	遵守	zūnshǒu	ปฏิบัติตาม (กฎ หรือ ธรรมเนียม)

	生詞	漢語拼音	解釋
23	隨時隨地	suíshí suídì	ทุกที่ทุกเวลา
24	品嚐	pǐncháng	ลิ้มรส ลิ้มลอง
25	舉例	jǔlì	ตัวอย่างเช่น
26	大約	dàyuē	ประมาณ
27	專門	zhuānmén	โดยเฉพาะ เป็นพิเศษ
28	街道	jiēdào	ถนน
29	路邊攤	lùbiāntān	ร้านค้าริมทาง
30	令	lìng	ทำให้
31	臭豆腐	chòudòufǔ	เต้าหู้เหม็น
32	垂涎三尺	chuí xián sān chǐ	น้ำลายไหล (อยากกิน อยากได้)
33	牛肉麵	niúròumiàn	ก๋วยเตี๋ยวเนื้อ
34	打趣	dǎqù	น่าสนใจ
35	吵架	chǎojià	ทะเลาะ
36	一探究竟	yí tàn jiù jìng	ค้นพบ (ดูให้เข้าใจ)

參考資料：美國CNN Co網站文章：40種不能沒有的臺灣食物。2012/06/13

網址：http://www.cnngo.com/explorations/eat/40-taiwanese-food-
296093?page=0,0

四十七、讀萬 卷 書不如行 萬里路
dú wànjuànshū bùrú xíng wànlǐlù

(一)文 章
wénzhāng

你聽 過 臺灣 女歌手 蔡依林 唱 的世博臺灣
nǐ tīng guò Táiwān nǚgēshǒu Cài Yīlín chàng de Shìbó Táiwān

館 代表 歌曲〈臺灣 心跳 聲〉嗎？如果你有機會 到
guǎn dàibiǎo gēqǔ　Táiwān xīntiàoshēng ma　rúguǒ nǐ yǒu jīhuì dào

臺灣，你一定 要去歌詞 中 提到 的地方。
Táiwān　nǐ yídìng yào qù gēcí zhōng tídào de dìfāng

臺灣 哪裡好 玩？如果你到 臺灣 的北部，淡 水 是
Táiwān nǎlǐ hǎo wán　rúguǒ nǐ dào Táiwān de　běibù　Dànshuǐ shì

你非去不可的地方。無論 是古蹟或是 小吃，都 非常
nǐ fēi qù bù kě de dìfāng　wúlùn shì gǔjī huòshì xiǎochī　dōu fēicháng

受到大家的 歡 迎。淡 水 還有 規劃 得非 常 好 的
shòudào dàjiā de huānyíng　Dànshuǐ háiyǒu guīhuà de fēicháng hǎo de

自行車 車道，你可以一邊 騎車 運動，一邊 欣 賞 沿
zìxíngchē chēdào　nǐ kěyǐ yìbiān qíchē yùndòng　yìbiān xīnshǎng yán

途美麗的 風景，可以說 是一舉 兩 得呢！
tú měilì de fēngjǐng　kěyǐ shuō shì yì jǔ liǎng dé ne

如果你到 臺灣 的 中部，那你非去 三義不可。三
rúguǒ nǐ dào Táiwān de zhōngbù　nà nǐ fēi qù Sānyì bù kě　Sān

義的木雕 非常 有 名，如果你去 參觀 木雕 博物
yì de mùdiāo fēicháng yǒumíng　rúguǒ nǐ qù cānguān mùdiāo bówù

館，你一定 會 讚嘆 木雕 作者的 雕刻技巧。除了木
guǎn　nǐ yídìng huì zàntàn mùdiāo zuòzhě de diāokè jìqiǎo　chúle mù

雕以外，三義的客家菜 跟 油桐 花也非常 有 名。
diāo yǐwài　Sānyì de kè jiā cài gēn yóutónghuā yě fēicháng yǒumíng

每年 的四月是 油桐花 盛 開的季節，這時候 來到
měinián de sìyuè shì yóutónghuā shèngkāi de jìjié　zhèshíhòu lái dào

三義，不但可以欣 賞 油桐 花，還可以吃到「油 桐 花
Sānyì　búdàn kěyǐ xīnshǎng yóutónghuā　hái kěyǐ chī dào yóutónghuā

餐」，可以說 是既「大飽 眼福」又「大飽口福」了。
cān　　kěyǐ shuō shì jì dà bǎo yǎn fú　yòu dàbǎokǒufú　le

臺灣 東部的風景也非常 美麗，尤其是 花 蓮
Táiwān dōngbù de fēngjǐng yě fēicháng měilì　yóuqí shì Huālián

太魯閣國家公園各種特別的地形。無論是峽谷或
Tàilǔgé guójiā gōngyuán gèzhǒng tèbié de dìxíng wúlùn shì xiágǔ huò

是斷崖，你看了以後一定會讚嘆大自然的力量。看
shì duànyái nǐ kànle yǐhòu yídìng huì zàntàn dàzìrán de lìliàng kàn

完了這樣的風景，無論你有什麼壓力或是煩惱，
wánle zhèyàng de fēngjǐng wúlùn nǐ yǒu shénme yālì huòshì fánnǎo

都可以暫時放到一邊了。
dōu kěyǐ zhànshí fàngdào yìbiān le

歌詞中提到的好玩的地方當然不止這些，
gēcízhōng tídào de hǎowán de dìfāng dāngrán bùzhǐ zhèxiē

俗話說得好：「讀萬卷書不如行萬里路。」等你
súhuà shuō de hǎo dú wànjuànshū bùrú xíng wànlǐlù děng nǐ

親自到臺灣，你就能親耳聽到臺灣最動人的「心
qīnzì dào Táiwān nǐ jiùnéng qīněr tīngdào Táiwān zuì dòngrénde xīn

跳聲」了。
tiàoshēng le

(二)問題
wèntí

——— 1. 「淡水是你非去不可的地方」，你覺得「非去
Dànshuǐ shì nǐ fēi qù bù kě de dìfāng nǐ juéde fēi qù
不可」的意思是？
bù kě de yìsi shì
(A)不可以去
(B)可以不去
(C)一定要去
(D)不去也可以

_____ 2. 到 淡 水 玩，你可能 沒辦法做 到 的 事
dào Dànshuǐ wán nǐ kěnéng méibànfǎ zuòdào de shì

情 是？
qíng shì

(A) 吃小吃

(B) 騎自行車

(C) 拜訪古蹟

(D) 欣賞斷崖、峽谷地形

_____ 3. 如果 你 冬 天 去 三 義 玩，你可能 無法做 哪
rúguǒ nǐ dōngtiān qù Sānyì wán nǐ kěnéng wúfǎ zuò nǎ

些 事 情？
xiē shìqing

(A) 欣賞油桐花

(B) 吃客家菜

(C) 看木雕

(D) 上面寫的事情都可以做到

_____ 4. 臺 灣 有 許多 不 同 的 地形，在哪裡你可以
Táiwān yǒu xǔduō bùtóng de dìxíng zài nǎlǐ nǐ kěyǐ

同 時 看 到 斷 崖和峽谷？
tóngshí kàndào duànyá hé xiágǔ

(A) 臺灣南部

(B) 臺灣東部

(C) 臺灣中部

(D) 臺灣北部

_____ 5. 下 面 哪個句子有 問題？
xiàmiàn nǎge jùzi yǒu wèntí

(A) 那個地方很好玩，你非去不可！

(B) 臺灣的香蕉很好吃，你非吃不可。

(C) 我喜歡演員陳妍希，她演的電影我非看不可。

(D) 這個東西對身體不好，爲了你的健康，你非吃不可。

―――― 6. 「讀 萬 卷 書 不 如 行　萬里路」的意思是？
　　　dú　wànjuànshū　bùrú xíng　　wànlǐlù　de yìsi shì

　　(A) 讀書對我們沒有幫助

　　(B) 健康比較重要，必須多走路。

　　(C) 只要用功讀書，就可以得到一切

　　(D) 除了了解書上的知識以外，還必須多旅行、多看看。

―――― 7. 文 章 　 中 　 沒有 　 說 到 臺灣 哪個 地
　　　wénzhāngzhōng　méiyǒu　shuōdào Táiwān nǎge dì
　　　方？
　　　fāng

　　(A) 臺灣北部

　　(B) 臺灣中部

　　(C) 臺灣南部

　　(D) 臺灣東部

―――― 8. 關 於 這篇 　 文 章，下 面 　 哪個 不對？
　　　guānyú zhèpiān wénzhāng xiàmiàn nǎge búduì

　　(A) 三義的木雕很有名

　　(B) 淡水只有小吃受到大家的歡迎

　　(C) 喜歡觀察斷崖和峽谷地形的人可以去花蓮玩

　　(D) 四月到三義不但可以欣賞油桐花，還可以吃油桐花餐

㈢**生 詞**
shēngcí

	生詞	漢語拼音	解釋
1	讀萬卷書不如行萬里路	dú wànjuànshū bùrú xíng wànlǐlù	(สำนวน) อ่านหนังสือหมื่นเล่ม มิสู้เดินทางหมื่นลี้
2	世博	Shìbó	งานแสดงนิทรรศการโลก
3	歌曲	gēqǔ	เพลง
4	臺灣心跳聲	Táiwān xīntiàoshēng	heartbeat of Taiwan (ชื่อเพลง)

	生詞	漢語拼音	解釋
5	歌詞	gēcí	เนื้อเพลง
6	提到	tídào	กล่าวถึง
7	淡水	Dànshuǐ	เขตตั้นสุ่ย
8	無論	wúlùn	ไม่ว่าจะเป็น
9	古蹟	gǔjī	สถานที่ทางประวัติศาสตร์
10	受到	shòudào	ได้รับ ประสบ
11	規劃	guīhuà	การวางแผน
12	車道	chēdào	ตรอก ถนนหนทาง
13	沿途	yántú	ตลอดทาง
14	欣賞	xīnshǎng	ชื่นชม ดื่มด่ำ
15	一舉兩得	yì jǔ liǎng dé	ยิงปืนนัดเดียวได้นกสองตัว
16	三義	Sānyì	เมืองซันอี้
17	木雕	mùdiāo	แกะสลักไม้
18	博物館	bówùguǎn	พิพิธภัณฑ์
19	讚嘆	zàntàn	สรรเสริญ ชื่นชอบ
20	作者	zuòzhě	ผู้เขียน
21	雕刻	diāokè	แกะสลัก
22	技巧	jìqiǎo	เทคนิค
23	客家菜	kèjiācài	อาหารจีนแคะ
24	油桐花	yóutónghuā	ดอกมะเยาหิน
25	盛開	shèngkāi	เบ่งบาน
26	大飽眼福	dà bǎo yǎn fú	เห็นเต็มตา
27	花蓮	Huālián	ฮวาเหลียน
28	太魯閣國家公園	Tàilǔgé guójiā gōngyuán	อุทยานทาโรโกะ

	生詞	漢語拼音	解釋
29	地形	dìxíng	ภูมิประเทศ
30	峽谷	xiágǔ	หุบเขา
31	斷崖	duànyái	หน้าผา
32	大自然	dàzìrán	ธรรมชาติ
33	力量	lìliàng	พลัง
34	壓力	yālì	ความกดดัน
35	暫時	zhànshí	ชั่วคราว
36	不止	bùzhǐ	ไม่เพียงเท่านี้
37	親耳	qīněr	ได้ยินกับหู
38	心跳聲	xīntiàoshēng	จังหวะการเต้นของหัวใจ

四十八、傘 的 故事
sǎn de gùshi

下雨 的 時候，如果 忘了帶傘 總是 很 不 方便，
xiàyǔ de shíhòu　rúguǒ wàngle dài sǎn zǒngshì hěn bù fāngbiàn

你 知道 第一把「傘」是 誰 發明 的 嗎？
nǐ zhīdào dì yī bǎ　sǎn　shì shéi fāmíng de ma

很久 以前，有一個 優秀 的 發明 家叫「魯班」。魯班
hěnjiǔ yǐqián　yǒu yíge yōuxiù de fāmíngjiā jiào　Lǔ bān　Lǔ bān

的個性　很好，只要　別人　有　困　難的時　候　找　他　幫
de gèxìng hěnhǎo　zhǐyào biérén yǒu kùnnán de shíhòu zhǎo tā bāng

忙，他　總　會　熱心地　幫　助大家，所以大家都　很　喜歡
máng　tā zǒng huì rèxīn de bāngzhù dàjiā　suǒyǐ dàjiā dōu hěn xǐhuān

他。個性　好的魯班　對他的老婆也　很好，只要　老　婆肚
tā　gèxìng hǎo de Lǔ bān duì tā de lǎopo yě hěnhǎo　zhǐyào lǎopo dù

子一餓，他就會馬上　送　上　吃的　東西。老婆一覺
zi yí è　tā jiù huì mǎshàng sòngshàng chī de dōngxi　lǎopo yì jué

得冷，他就馬上　送　上　溫　暖的外套，老婆在店
de lěng　tā jiù mǎshàng sòngshàng wēnnuǎn de wàitào　lǎopo zài diàn

裡看到喜歡　的衣服，魯班也會馬上　買來送　她。
lǐ kàndào xǐhuān de yīfu　Lǔ bān yě huì mǎshàng mǎilái sòng tā

有一天，魯　班的老婆　全　身　濕淋淋地回來，原來
yǒu yìtiān　Lǔ bān de lǎopo quánshēn shīlínlín de huílái　yuánlái

是她在　逛街的時候突然下雨了。老婆希望　魯　班
shì tā zài guàngjiē de shíhòu túrán xiàyǔ le　lǎopo xīwàng Lǔ bān

想　想　辦法，讓　她可以在下雨的時候　也可以　逛街。
xiǎngxiǎng bànfǎ　ràng tā kěyǐ zài xiàyǔ de shíhòu yě kěyǐ guàngjiē

魯班　發現　下雨天　大家　躲在家裡，是因爲有　屋頂可以
Lǔ bān fāxiàn xiàyǔtiān dàjiā duǒzài jiālǐ　shì yīnwèi yǒu wūdǐng kěyǐ

擋　雨。所以他　想了　想，如果　在路上　蓋　很多　像
dǎng yǔ　suǒyǐ tā xiǎngle xiǎng　rúguǒ zài lùshàng gài hěnduō xiàng

這　樣　的小屋頂，這樣　出門也不會淋到雨了，這
zhèyàng de xiǎo wūdǐng zhèyàng chūmén yě búhuì líndào yǔ le　zhè

就是　之後　的「涼亭」。
jiù shì zhīhòu de　liángtíng

過了幾天，老婆告訴魯班，她覺得這樣還是不太
guòle jǐtiān lǎopo gàosù Lǔ bān tā juéde zhèyàng háishì bú tài

好，涼亭和涼亭中間的路還是會淋到雨。魯班
hǎo liángtíng hé liángtíng zhōngjiān de lù háishì huì líndào yǔ Lǔ bān

想起他無意間看到小孩拿著荷葉在擋雨，於是他
xiǎngqǐ tā wúyìjiān kàndào xiǎohái názhe héyè zài dǎng yǔ yúshì tā

照著荷葉的樣子，用竹子做了一個器具。他一開始
zhàozhe héyè de yàngzi yōng zhúzi zuòle yíge qìjù tā yì kāishǐ

先在上面鋪上樹葉，發現這樣還是會淋到
xiān zài shàngmiàn pūshàng shùyè fāxiàn zhèyàng háishì huì líndào

雨，後來鋪上了布，但是布還是會滴水。最後，他鋪
yǔ hòulái pūshàngle bù dànshì bù háishì huì dīshuǐ zuìhòu tā pū

了羊皮，發現羊皮不透水，可以擋雨，後來魯班就
le yángpí fāxiàn yángpí bú tòushuǐ kěyǐ dǎngyǔ hòulái Lǔ bān jiù

把這種東西叫做「雨傘」！
bǎ zhèzhǒng dōngxi jiàozuò yǔsǎn

(二)問題
wèntí

_____ 1. 為什麼魯班想發明雨傘？
wèishénme Lǔ bān xiǎng fāmíng yǔsǎn

(A) 老婆喜歡雨傘，但是店裡賣的傘太貴了

(B) 讓老婆不要淋到雨

(C) 想幫助那一群孩子

(D) 想賺很多錢

_____ 2.「雨傘」的 樣子是 照 什麼東西的 樣子
　　　　yǔsǎn de yàngzi shì zhào shénme dōngxi de yàngzi
　　　做 的?
　　　zuòde
　　　　(A) 竹子
　　　　(B) 涼亭
　　　　(C) 樹葉
　　　　(D) 荷葉

_____ 3. 這 篇 文 章 主 要 在 說 什 麼?
　　　　zhèpiān wénzhāng zhǔyào zài shuō shénme
　　　　(A) 如果幫助別人,在你有困難的時候,別人也會幫助你
　　　　(B) 為什麼會有「雨傘」的原因
　　　　(C) 下雨天的時候記得要帶傘
　　　　(D) 為什麼會有「涼亭」的原因

_____ 4. 剛 開始蓋「涼 亭」的 原 因 是 為了?
　　　　gāng kāishǐ gài liángtíng de yuányīn shì wèile
　　　　(A) 下雨的時候有地方可以擋雨
　　　　(B) 可以坐著看風景的地方
　　　　(C) 讓走很多路的人有地方可以休息
　　　　(D) 中午吃午餐的地方

_____ 5. 哪一 張 圖 片 是「荷葉」?
　　　　nǎyìzhāng túpiàn shì héyè

(A) 　(B) 　(C) 　(D)

_____ 6. 哪個句子是 錯 的?
　　　　nǎge jùzi shì cuò de
　　　　(A) 愛迪生(Edison)發明了電燈。
　　　　(B) 他在學校「發現」了這隻狗。
　　　　(C) 上課睡覺被老師「發現」就不好了。
　　　　(D) 這本書是誰「發明」的?

———— 7. 第19行「無意間 看 到」的意思 是 ？
dì háng wúyìjiān kàndào de yìsi shì
　(A) 不想看，但看到了
　(B) 本來就想這樣做
　(C) 不小心看到，本來沒有這個意思
　(D) 想看，卻看不到

———— 8. 哪 個 不 對 ？
nǎge búduì
　(A) 魯班對他的老婆很好
　(B) 涼亭可以擋雨，但是還是不方便。
　(C) 原來的雨傘是用竹子做的
　(D) 魯班最後鋪在雨傘上的是「布」

(三) 生 詞
shēngcí

	生詞	漢語拼音	解釋
1	發明	fāmíng	ประดิษฐ์
2	優秀	yōuxiù	ยอดเยี่ยม
3	發明家	fāmíngjiā	นักประดิษฐ์
4	個性	gèxìng	อุปนิสัยส่วนตัว
5	困難	kùnnán	ความลำบาก
6	熱心	rèxīn	กระตือรือร้น
7	肚子	dùzi	ท้อง
8	餓	è	หิว
9	馬上	mǎshàng	ทันที
10	冷	lěng	เย็น
11	溫暖	wēnnuǎn	อบอุ่น
12	外套	wàitào	เสื้อโค้ท

	生詞	漢語拼音	解釋
13	全身	quánshēn	ทั้งตัว
14	濕淋淋	shīlínlín	เปียก
15	逛街	guàngjiē	ช้อปปิ้ง
16	突然	túrán	ทันใดนั้น
17	希望	xīwàng	หวัง
18	辦法	bànfǎ	วิธี
19	躲	duǒ	หลบซ่อน
20	屋頂	wūdǐng	หลังคา
21	擋	dǎng	บัง
22	蓋	gài	สร้าง
23	淋	lín	เปียก (ฝน)
24	涼亭	liángtíng	ศาลาในสวน
25	中間	zhōngjiān	กลาง ตรงกลาง
26	無意間	wúyìjiān	โดยไม่คาดคิด
27	荷葉	héyè	ใบบัว
28	照	zhào	ตามที่
29	樣子	yàngzi	รูปลักษณ์ ลักษณะ
30	竹子	zhúzi	ไม้ไผ่
31	器具	qìjù	เครื่องใช้
32	鋪	pū	จัดวาง ปู
33	樹葉	shùyè	ใบไม้
34	發現	fāxiàn	ค้นพบ
35	布	bù	ผ้า
36	滴	dī	หยด (น้ำ)
37	羊皮	yángpí	หนังแกะ
38	透	tòu	ดูดซับ

四十九、月 餅
yuèbǐng

㈠文 章
wénzhāng

　　農曆的八月 十五是 華人的　中 秋節。和元 宵 節
　　nónglì de bāyuè shíwǔ shì huárén de　Zhōngqiūjié　hé Yuánxiāojié

吃湯 圓、端 午節吃 粽子一樣，中 秋節 吃月餅是
chī tāngyuán　Duānwǔjié chī zòngzi　yíyàng　Zhōngqiūjié chī yuèbǐng shì

華人的習俗。你知道 爲什麼　中 秋節要 吃月餅嗎？
huárén de xísú　　nǐ zhīdào wèishénme Zhōngqiūjié yào chī yuèbǐng ma

關於　中秋節 吃 月餅 的 由來，有 許多 不同 的
guānyú　Zhōngqiūjié chī yuèbǐng de yóulái　yǒu xǔduō bùtóng de

説法。最　常　聽 到 的 説法是：在 唐　朝 的 時候，
shuōfǎ　zuì cháng tīngdào de shuōfǎ shì　zài Tángcháo de shíhòu

唐　朝 北 方的 突厥族一直 來騷擾　唐　朝 的 邊界，
Tángcháo běifāng de Tújuézú yìzhí lái sāorǎo Tángcháo de biānjiè

讓　住在 邊界 的人民　很 困擾，也威脅　到了 唐 朝
ràng zhùzài biānjiè de rénmín hěn kùnrǎo　yě wēixié dào leTángcháo

的 國家 安全。唐　朝 的 皇帝 爲了解決 這個 問題，請
de guójiā ānquán Tángcháo de huángdì wèile jiějué zhège wèntí　qǐng

他 手 下 最　棒 的　將軍——李靖去　攻打突厥族。李靖
tā shǒuxià zuì bàng de jiāngjūn　Lǐjìng qù gōngdǎ Tújuézú　Lǐjìng

沒有 辜負　皇帝 的期待，邊界一直　傳　來好　消息。
méiyǒu gūfù huángdì de qídài　biānjiè yìzhí chuánlái hǎo xiāoxí

就在 八月　十五日 這天，李靖 帶著　軍隊 凱旋。爲了
jiù zài bāyuè shíwǔ rì zhè tiān　Lǐ jìng dàizhe jūnduì kǎixuán　wèile

慶祝 李靖的　勝利，城 內與　城 外不 停地放　鞭
qìngzhù Lǐjìng de shènglì　chéngnèi yǔ chéngwài bùtíng de fàng biān

炮、演奏 祝賀的 音樂，軍隊與 人民　都非 常　高興。
pào yǎnzòu zhùhè de yīnyuè　jūnduì yǔ rénmín dōu fēicháng gāoxìng

有一個吐蕃人到 唐 朝 做　生意，聽 到 了 這個 消
yǒu yīge Tǔfānrén dào Tángcháo zuò　shēngyi　tīngdàole zhèige xiāo

息，於是就把包　裝　得很 漂 亮 的 圓餅 獻給
xí　yúshì jiù bǎ bāozhuāng de hěn piàoliàng de yuánbǐng xiàngěi

皇帝，當 作　祝賀軍隊 凱旋 的禮物。
huángdì　dàngzuò zhùhè jūnduì kǎixuán de lǐwù

皇帝看到 吐蕃人 送的 圓餅，非常 高興。
huángdì kàndào Tǔfānrén sòng de yuánbǐng fēicháng gāoxìng

他一手 拿著 圓餅，一手 指著 天空 中 又 圓
tā yìshǒu názhe yuánbǐng yìshǒu zhǐzhe tiānkōngzhōng yòu yuán

又大的 月亮，說了 一句「應 將 胡餅 邀 蟾蜍」，
yòu dà de yuèliàng shuōle yíjù yīng jiāng húbǐng yāo chánchú

說 完以後，就把 圓 餅 分給了其他人。大家看到
shuō wán yǐhòu jiù bǎ yuánbǐng fēngěile qítā rén dàjiā kàndào

皇帝 這麼 做，於是也 跟著 這麼 做，所以，中 秋節
huángdì zhème zuò yúshì yě gēnzhe zhème zuò suǒyǐ Zhōngqiūjié

吃 月餅 的習俗，就 這 樣 流 傳 了下來。
chī yuèbǐng de xísú jiù zhèyàng liúchuánle xiàlái

(二)問題
wèntí

───── 1. 下 面 討論 第一段 內 容 的句子，哪個 正 確？
xiàmiàn tǎolùn dì yīduàn nèiróng de jùzi nǎge zhèngquè
　(A) 吃月餅、湯圓、粽子，都是華人的習俗
　(B) 湯圓跟粽子是一樣的東西
　(C) 八月十五是中秋節，也是元宵節
　(D) 中秋節的習俗是吃湯圓

───── 2. 如果你想 知道「吃 月 餅 的 由來」，你可以
rúguǒ nǐ xiǎng zhīdào chī yuèbǐng de yóulái nǐ kěyǐ
　怎麼 問 這個 問題？
zěnme wèn zhège wèntí
　(A) 怎麼吃月餅？
　(B) 為什麼要吃月餅？
　(C) 月餅裡面有什麼東西？
　(D) 去哪裡可以吃到月餅？

_____ 3. 下面哪個句子用「獻」這個詞不太好？
xiàmiàn nǎge jùzi yòng xiàn zhège cí bú tài hǎo

(A) 小花把她的第一名「獻」給他的父母。

(B) 我把最好吃的東西「獻」給我最喜歡的爺爺。

(C) 他把最棒的水果「獻」給總統。

(D) 小明把他的玩具「獻」給他的弟弟。

_____ 4. 「應將胡餅邀蟾蜍」這句話中，胡
yīng jiāng húbǐng yāo chánchú zhè jù huà zhōng hú

餅跟蟾蜍應該是什麼？
bǐng gēn chánchú yīnggāi shì shénme

(A) 胡餅是月餅，蟾蜍是月亮

(B) 胡餅是一種餅乾，蟾蜍是一種動物

(C) 胡餅是月餅，一種動物

(D) 胡餅是一種餅乾，蟾蜍是月亮

_____ 5. 「邊界一直傳來好消息」這句話中的
biānjiè yìzhí chuánlái hǎo xiāoxí zhè jù huà zhōng de

「好消息」是什麼？
hǎo xiāoxí shì shénme

(A) 邊界發生了很多好事情

(B) 李靖打贏了突厥族

(C) 邊界的天氣很好

(D) 以上都不對

_____ 6. 「凱旋」在文章中是什麼意思？
kǎixuán zài wénzhāngzhōng shì shénme yìsi

(A) 李靖帶著軍隊回到唐朝

(B) 李靖和軍隊一起慶祝勝利

(C) 李靖打贏了突厥族，帶著軍隊回到唐朝

(D) 李靖和軍隊、人民一起放鞭炮

_____ 7. 李靖 帶著 軍隊 凱 旋 以後，沒 有 發 生 什
Lǐ jìng dàizhe jūnduì kǎixuán yǐhòu méiyǒu fāshēng shén
麼 事 情？
me shìqing

(A) 城內與城外不停地放鞭炮

(B) 吐蕃人把禮物獻給皇帝

(C) 突厥族又來騷擾唐朝的邊界

(D) 城內與城外到處都可以聽到祝賀的音樂

_____ 8. 下 面 討 論 這 篇 文 章 的句子，哪個 正
xiàmiàn tǎolùn zhè piān wénzhāng de jùzi　nǎge zhèng
確？
què

(A) 這篇文章說了兩個中秋節吃月餅的由來。

(B) 中秋節吃月餅的習慣是吐蕃人告訴皇帝的。

(C) 李靖回唐朝以後，許多人民把月餅獻給皇帝。

(D) 這篇文章告訴我們為什麼中秋節要吃月餅。

(三)生詞
shēngcí

	生詞	漢語拼音	解釋
1	月餅	yuèbǐng	ขนมไหว้พระจันทร์
2	農曆	nónglì	ปฏิทินจันทรคติ
3	華人	huárén	คนจีน ชาวจีน
4	中秋節	Zhōngqiūjié	เทศกาลไหว้พระจันทร์
5	元宵節	Yuánxiāojié	เทศกาลหยวนเซียว (เทศกาลโคมไฟ)
6	湯圓	tāngyuán	บัวลอย
7	端午節	Duānwǔjié	เทศกาลไหว้บะจ่าง
8	粽子	zòngzi	บะจ่าง

	生詞	漢語拼音	解釋
9	習俗	xísú	ขนบธรรมเนียม ประเพณี
10	關於	guānyú	เกี่ยวกับ
11	由來	yóulái	ที่มา ความเป็นมา
12	說法	shuōfǎ	แนวคิด
13	唐朝	Tángcháo	ราชวงศ์ถัง
14	突厥族	Tújuézú	ชาวเทอร์จิค (ชนกลุ่มน้อย)
15	騷擾	sāorǎo	ล่วงละเมิด
16	邊界	biānjiè	เขตแดน
17	困擾	kùnrǎo	ลำบากใจ
18	威脅	wēixié	คุกคาม
19	皇帝	huángdì	จักรพรรดิ
20	為了	wèile	เพื่อที่จะ
21	攻打	gōngdǎ	โจมตี
22	辜負	gūfù	ทำให้ผิดหวัง
23	期待	qídài	ความคาดหวัง
24	傳	chuán	แพร่
25	軍隊	jūnduì	กองทัพ
26	凱旋	kǎixuán	ได้รับชัยชนะกลับมา
27	勝利	shènglì	ชัยชนะ
28	鞭炮	biānpào	ประทัด
29	演奏	yǎnzòu	บรรเลง เล่น(ดนตรี)
30	祝賀	zhùhè	ขอแสดงความยินดี
31	吐蕃人	Tǔfānrén	ชาวถู่ฟาน
32	包裝	bāozhuāng	บรรจุภัณฑ์
33	獻	xiàn	มอบให้

	生詞	漢語拼音	解釋
34	當作	dàngzuò	เป็น
35	將	jiāng	นำ
36	邀	yāo	เชิญ
37	蟾蜍	chánchú	คางคก
38	於是	yúshì	ก็เลย ดังนั้น
39	流傳	liúchuán	สืบทอด แพร่กระจาย

五十、蟑 螂
zhāngláng

㈠文 章
wénzhāng

在你的 國家，容易看到 蟑 螂 嗎？臺灣 的 天氣
zài nǐ de guójiā　róngyì kàndào　zhāngláng ma　Táiwān de tiānqì

溫暖 且 潮濕，所以居家 環境 中 常 常 容易
wēnnuǎn qiě cháoshī　suǒyǐ jūjiā huánjìngzhōng chángcháng róngyì

看到 蟑 螂。全 世界的 蟑 螂 有4000多 種，在臺
kàndào zhāngláng quán shìjiè de zhāngláng yǒu　duō zhǒng zài Tái

灣，有76種 蟑螂。在 臺灣 最多、最常 見 的
wān yǒu zhǒng zhāngláng zài Táiwān zuì duō zuì cháng jiàn de

蟑螂是美洲 蟑螂。
zhāngláng shì Měizhōuzhāngláng

美洲 蟑螂 來自於 非洲 的熱帶地區。身體的
Měizhōuzhāngláng láizì yú Fēizhōu de rèdài dìqū shēntǐ de

長 度是35-43公分，牠們 有一對 觸角、兩 對 翅 膀、
chángdù shì gōngfēn tāmen yǒu yíduì chùjiǎo liǎngduì chìbǎng

六隻 腳。牠們 雖然 有 翅膀，可是不太會飛。牠們
liùzhī jiǎo tāmen suīrán yǒu chìbǎng kěshì bú tài huì fēi tāmen

是夜行性 動物，晝 伏夜出，所以白天 不太 容易見
shì yèxíngxìng dòngwù zhòu fú yè chū suǒyǐ báitiān bú tài róngyì jiàn

到 牠們。牠們 的身體 非常 扁平，所以 遇到 攻擊的
dào tāmen tāmen de shēntǐ fēicháng biǎnpíng suǒyǐ yùdào gōngjí de

時候，可以 藏在 牆壁、地板的 縫隙中，以躲 過 危
shíhòu kěyǐ cángzài qiángbì dìbǎn de fèngxìzhōng yǐ duǒguò wéi

險。美 洲 蟑螂 最喜歡 溫暖、潮濕的 環境，所
xiǎn Měizhōuzhāngláng zuì xǐhuān wēnnuǎn cháoshī de huánjìng suǒ

以臺灣 地區非常 適合美洲 蟑螂的繁殖。美洲
yǐ Táiwān dìqū fēicháng shìhé Měizhōuzhāngláng de fánzhí Měizhōu

蟑螂 最喜歡 待在地下室、排水溝、下水道、糞
zhāngláng zuì xǐhuān dāi zài dìxiàshì páishuǐgōu xiàshuǐdào fèn

坑 等 地方。所以 蟑螂 大多 是 沿著 排水管
kēng děng dìfāng suǒyǐ zhāngláng dàduō shì yánzhe páishuǐguǎn

向 上 爬，從 廚房、浴室、陽臺的排水孔 進到
xiàng shàng pá cóng chúfáng yùshì yángtái de páishuǐkǒng jìndào

人類 的 家 中。爲了 增加 生 存 的 機會，美 洲 蟑
rénlèi de jiāzhōng wèile zēngjiā shēngcún de jīhuì Měizhōuzhāng

螂 是 雜食性 的，牠們 幾乎 什麼 都 吃，例如 廚餘、垃
láng shì záshíxìng de tāmen jīhū shénme dōu chī lìrú chúyú lè

圾、死掉 的 動 物 等。
sè sǐdiào de dòngwù děng

對付 蟑 螂 的 方法有 很 多，例如 用 殺 蟲劑、
duìfù zhānglángde fāngfǎ yǒu hěnduō lìrú yòng shāchóngjì

蟑 螂 藥、熱水 等。不過，專 家 認爲，蟑 螂 到 人
zhānglángyào rèshuǐ děng búguò zhuānjiā rènwéi zhāngláng dào rén

類 的 家裡後，還是 必須 找 到 食物 和 水 才 能 生 存。
lèi de jiālǐ hòu háishì bìxū zhǎodào shíwù hé shuǐ cáinéng shēngcún

所以，保持居家 環 境 整 潔，讓 蟑 螂 找 不 到
suǒyǐ bǎochí jūjiā huánjìng zhěngjié ràng zhāngláng zhǎobúdào

食物 與 水，才 是 最 有效 的 辦法。
shíwù yǔ shuǐ cái shì zuì yǒuxiào de bànfǎ

(二)問題
wèntí

———— 1. 關 於 第一 段 的 內容，哪個 是 對 的？
guānyú dì yī duàn de nèiróng nǎge shì duì de

(A)臺灣最常見的蟑螂是非洲蟑螂

(B)美國有很多蟑螂

(C)全世界的蟑螂大約有76種

(D)蟑螂在臺灣非常常見

———— 2. 為什麼臺灣容易有蟑螂？
wèishénme Táiwān róngyì yǒu zhānglǎng

(A) 因為臺灣有很多夜市

(B) 蟑螂喜歡臺灣溫暖、潮濕的環境

(C) 臺灣的環境太髒太亂了

(D) 以上的答案都不對

———— 3. 關於美洲蟑螂，下面哪一個不對？
guānyú Měizhōuzhānglǎng xiàmiàn nǎ yí ge búduì

(A) 身體的長度大約是35-43公分

(B) 有一對觸角、兩對翅膀、六隻腳

(C) 是雜食性的

(D) 有翅膀，跟鳥一樣很會飛

———— 4. 下面關於「晝伏夜出」的解釋，哪個正
xiàmiàn guānyú zhòu fú yè chū de jiěshì nǎge zhèng

確？
què

(A) 白天休息，晚上才出來活動。

(B) 不管是白天還是晚上，都出來活動。

(C) 不管是白天或是晚上，都在休息。

(D) 晚上休息，白天出來活動。

———— 5. 蟑螂遇到攻擊的時候會做什麼事
zhānglǎng yùdào gōngjí de shíhòu huì zuò shénme shì

情？
qing

(A) 待在地下室、排水溝等地方

(B) 沿著排水管向上爬

(C) 躲在牆壁、地板的隙縫中

(D) 不會做任何事情

_____ 6. 什麼是對付蟑螂最有效的辦法？
shénme shì duìfù zhānɡláng zuì yǒuxiào de bànfǎ

(A) 噴殺蟲劑

(B) 放蟑螂藥

(C) 用熱水燙

(D) 保持居家環境整潔

_____ 7. 哪個不對？
nǎge búduì

(A) 美洲蟑螂只吃人類的食物

(B) 美洲蟑螂最喜歡待在下水道、糞坑等地方

(C) 蟑螂大多是從排水孔進到人類的家中

(D) 蟑螂的身體非常扁平

(三)生詞 shēngcí

	生詞	漢語拼音	解釋
1	蟑螂	zhānɡláng	แมลงสาบ
2	溫暖	wēnnuǎn	อบอุ่น
3	且	qiě	และ
4	潮濕	cháoshī	ชื้น
5	居家	jūjiā	บ้าน
6	美洲蟑螂	Měizhōuzhānɡláng	แมลงสาบอเมริกัน
7	來自	láizì	มาจาก
8	非洲	Fēizhōu	แอฟริกา
9	熱帶	rèdài	เขตร้อน
10	觸角	chùjiǎo	อวัยวะรับสัมผัส
11	翅膀	chìbǎng	ปีก

	生詞	漢語拼音	解釋
12	夜行性動物	yèxíngxìng dòngwù	สัตว์กลางคืน
13	晝伏夜出	zhòu fú yè chū	ซ่อนตัวในเวลากลางวันและออกมาตอนกลางคืน
14	扁平	biǎnpíng	แบน
15	攻擊	gōngjí	โจมตี
16	牆壁	qiángbì	ผนัง
17	地板	dìbǎn	พื้น
18	縫隙	fèngxì	ช่องว่าง
19	以	yǐ	เพื่อ
20	躲	duǒ	หลบซ่อน
21	適合	shìhé	เหมาะสม
22	繁殖	fánzhí	ขยายพันธุ์
23	待	dāi	รอ
24	地下室	dìxiàshì	ชั้นใต้ดิน
25	排水溝	páishuǐgōu	ทางระบายน้ำ
26	下水道	xiàshuǐdào	ท่อน้ำทิ้ง
27	糞坑	fènkēng	มูลสัตว์
28	沿	yán	ตาม
29	排水管	páishuǐguǎn	ท่อระบายน้ำ
30	浴室	yùshì	ห้องอาบน้ำ
31	陽臺	yángtái	ระเบียง
32	排水孔	páishuǐkǒng	รูระบายน้ำ
33	人類	rénlèi	มนุษย์
34	生存	shēngcún	อยู่รอด การดำรงชีพ
35	雜食性	záshíxìng	กินไม่เลือก
36	幾乎	jīhū	เกือบ เกือบจะ

華語文閱讀測驗——中級篇（泰語版）

	生詞	漢語拼音	解釋
37	廚餘	chúyú	เศษอาหาร
38	垃圾	lèsè	ขยะ
39	對付	duìfù	จัดการกับ รับมือกับ
40	殺蟲劑	shāchóngjì	ยาฆ่าแมลง
41	蟑螂藥	zhānglángyào	ยาฆ่าแมลงสาบ
42	專家	zhuānjiā	ผู้เชี่ยวชาญ
43	保持	bǎochí	รักษา
44	整潔	zhěngjié	ความสะอาดและความเรียบร้อย
45	有效	yǒuxiào	มีประสิทธิภาพ

解答

單元一　表格

一、臺灣高鐵時刻表
1. (A)　2. (B)　3. (D)　4. (B)　5. (D)
6. (C)　7. (B)　8. (C)

二、門診時間表
1. (C)　2. (B)　3. (B)　4. (D)　5. (A)
6. (D)　7. (C)　8. (A)

三、顧客意見調查表
1. (B)　2. (D)　3. (C)　4. (B)　5. (A)
6. (C)　7. (D)　8. (B)

四、舒服飯店房間價目表
1. (B)　2. (B)　3. (C)　4. (C)　5. (D)
6. (D)　7. (D)　8. (A)

五、永建夜市地圖
1. (A)　2. (D)　3. (B)　4. (C)　5. (D)
6. (B)　7. (D)　8. (D)

六、藥袋
1. (C)　2. (D)　3. (B)　4. (C)　5. (D)
6. (A)　7. (B)　8. (D)

七、訂婚喜帖
1. (B)　2. (A)　3. (A)　4. (A)　5. (C)
6. (B)　7. (B)　8. (D)

八、產品保證卡
1. (D)　2. (B)　3. (B)　4. (A)　5. (B)
6. (C)　7. (C)　8. (A)

九、音樂會門票
1. (A)　2. (D)　3. (C)　4. (A)　5. (B)
6. (C)　7. (A)　8. (D)

十、集點活動
1. (B)　2. (B)　3. (A)　4. (A)　5. (D)
6. (C)　7. (D)　8. (B)

單元二　對話

十一、夫妻對話
1. (C)　2. (B)　3. (A)　4. (C)　5. (C)
6. (C)　7. (D)　8. (A)

十二、買東西（一）
1. (D)　2. (C)　3. (A)　4. (C)　5. (B)
6. (D)　7. (C)　8. (B)

十三、朋友聊天
1. (B)　2. (D)　3. (B)　4. (A)　5. (C)
6. (D)　7. (A)　8. (C)

十四、買東西（二）
1. (C)　2. (B)　3. (D)　4. (A)　5. (C)
6. (D)　7. (B)　8. (A)

十五、搭捷運
1. (C)　2. (B)　3. (A)　4. (B)　5. (C)
6. (C)　7. (B)　8. (B)

十六、蜜月旅行
1. (C)　2. (A)　3. (B)　4. (C)　5. (D)
6. (B)　7. (A)　8. (C)

十七、失眠
1. (B)　2. (C)　3. (D)　4. (A)　5. (D)
6. (C)　7. (B)　8. (D)

十八、有趣的故事

1.(C)　　2.(B)　　3.(B)　　4.(D)　　5.(B)
6.(C)　　7.(A)　　8.(C)

十九、約會

1.(C)　　2.(B)　　3.(A)　　4.(D)　　5.(B)
6.(B)　　7.(C)　　8.(A)

二十、學校宿舍

1.(B)　　2.(B)　　3.(C)　　4.(A)　　5.(C)
6.(A)　　7.(B)　　8.(D)

單元三　短文

二十一、消夜

1.(D)　　2.(A)　　3.(A)　　4.(D)　　5.(C)
6.(B)　　7.(A)　　8.(D)

二十二、手指長度研究

1.(B)　　2.(A)　　3.(A)　　4.(C)　　5.(D)
6.(B)　　7.(A)　　8.(B)

二十三、老王賣瓜，自賣自誇

1.(D)　　2.(D)　　3.(A)　　4.(C)　　5.(C)
6.(D)　　7.(B)　　8.(C)

二十四、誰是對的？

1.(B)　　2.(C)　　3.(B)　　4.(B)　　5.(D)
6.(A)　　7.(C)　　8.(D)

二十五、父親節的由來

1.(A)　　2.(D)　　3.(B)　　4.(D)　　5.(B)
6.(D)　　7.(A)　　8.(D)

二十六、難寫的「萬」字

1.(D)　　2.(A)　　3.(C)　　4.(B)　　5.(A)
6.(C)　　7.(B)　　8.(D)

二十七、杞人憂天

1.(A)　　2.(A)　　3.(D)　　4.(B)　　5.(D)
6.(D)　　7.(C)　　8.(A)

二十八、微笑

1.(D)　　2.(D)　　3.(A)　　4.(D)　　5.(C)
6.(A)　　7.(A)　　8.(B)

二十九、聰明的使者

1.(D)　　2.(D)　　3.(B)　　4.(D)　　5.(C)
6.(A)　　7.(A)　　8.(C)

三十、送　禮

1.(A)　　2.(B)　　3.(D)　　4.(C)　　5.(B)
6.(D)　　7.(D)　　8.(A).

三十一、吃「醋」

1.(A)　　2.(A)　　3.(D)　　4.(C)　　5.(B)
6.(C)　　7.(B)　　8.(C)

三十二、數字「四」

1.(B)　　2.(C)　　3.(A)　　4.(B)　　5.(B)
6.(C)　　7.(B)　　8.(D)

三十三、熟能生巧

1.(D)　　2.(B)　　3.(A)　　4.(C)　　5.(D)
6.(A)　　7.(B)　　8.(D)

三十四、我們來「講八卦」！

1.(C)　　2.(B)　　3.(D)　　4.(B)　　5.(A)
6.(C)　　7.(B)　　8.(C)

三十五、「樂透」樂不樂？

1.(B)　　2.(C)　　3.(B)　　4.(C)　　5.(B)
6.(D)　　7.(B)　　8.(C)

三十六、愚人節

1.(C)　　2.(A)　　3.(B)　　4.(C)　　5.(B)
6.(B)　　7.(D)　　8.(D)

三十七、「低頭族」小心！

1. (A)　　2. (C)　　3. (B)　　4. (D)　　5. (B)
6. (C)　　7. (A)　　8. (D)

三十八、咖啡時間

1. (D)　　2. (D)　　3. (C)　　4. (B)　　5. (B)
6. (D)　　7. (C)　　8. (B)

三十九、失眠

1. (D)　　2. (B)　　3. (C)　　4. (D)　　5. (C)
6. (D)　　7. (C)　　8. (D)

四十、有幾桶水？

1. (B)　　2. (B)　　3. (A)　　4. (A)　　5. (D)
6. (C)　　7. (D)　　8. (B)

四十一、水餃的故事

1. (B)　　2. (D)　　3. (B)　　4. (A)　　5. (C)
6. (C)　　7. (D)　　8. (A)

四十二、空中飛人——麥可‧喬登

1. (D)　　2. (A)　　3. (C)　　4. (A)　　5. (D)
6. (C)　　7. (C)　　8. (A)

四十三、不能說的祕密

1. (C)　　2. (D)　　3. (A)　　4. (B)　　5. (C)
6. (C)　　7. (C)　　8. (B)

四十四、統一發票

1. (C)　　2. (B)　　3. (C)　　4. (A)　　5. (B)
6. (C)　　7. (D)　　8. (C)

四十五、運動家的精神

1. (B)　　2. (A)　　3. (C)　　4. (D)　　5. (D)
6. (B)　　7. (C)　　8. (A)

四十六、臺灣的小吃

1. (C)　　2. (A)　　3. (B)　　4. (C)　　5. (D)
6. (D)　　7. (A)　　8. (B)

四十七、讀萬卷書不如行萬里路

1. (C)　　2. (D)　　3. (A)　　4. (B)　　5. (D)
6. (D)　　7. (C)　　8. (B)

四十八、傘的故事

1. (B)　　2. (D)　　3. (B)　　4. (A)　　5. (C)
6. (D)　　7. (C)　　8. (D)

四十九、月餅

1. (A)　　2. (B)　　3. (D)　　4. (A)　　5. (B)
6. (C)　　7. (C)　　8. (D)

五十、蟑螂

1. (A)　　2. (D)　　3. (B)　　4. (D)　　5. (A)
6. (C)　　7. (D)　　8. (A)

Note

國家圖書館出版品預行編目資料

華語文閱讀測驗—中級篇（泰語版）／楊琇惠
編著；林漢發譯. -- 初版. -- 臺北市：五
南，2018.05
　　　　面；　　公分.
ISBN 978-957-11-9667-1 (平裝)
1.漢語 2.讀本
802.86　　　　　　　　　107004445

1XCV　新住民／東南亞語系

華語文閱讀測驗
中級篇（泰語版）

編 著 者 ― 楊琇惠(317.4)

譯　　 者 ― 林漢發

發 行 人 ― 楊榮川

總 經 理 ― 楊士清

副總編輯 ― 黃惠娟

責任編輯 ― 蔡佳伶

校對編輯 ― 李鳳珠

封面設計 ― 姚孝慈

出 版 者 ― 五南圖書出版股份有限公司

地　　　址：106台北市大安區和平東路二段339號4樓

電　　　話：(02)2705-5066　　傳　　真：(02)2706-6100

網　　　址：http://www.wunan.com.tw

電子郵件：wunan@wunan.com.tw

劃撥帳號：01068953

戶　　　名：五南圖書出版股份有限公司

法律顧問　林勝安律師事務所　林勝安律師

出版日期　2018年5月初版一刷

定　　　價　新臺幣400元